Stefania Bertola

A NEVE FERMA

Romanzo

SALANI EDITORE

ISBN 88-8451-700-1

Visita: www.InfiniteStorie.it
il grande portale del romanzo

dal 1862
Milano, via Gherardini 10
www.salani.it

«L'ho perduto... me meschina
ah chissà dove sarà?»

Avvertenza

Anzi, avvertenze perché sono due. La prima è quella classica: questa è un'opera di fantasia, i personaggi sono immaginari, i nomi sono quasi tutti inventati (delle eccezioni rendo conto in fondo, nel ramo 'Ringraziamenti') e se qualcuno corrisponde a qualche persona realmente esistente, si vede che mi è rimasto impigliato nel cervello senza che me ne rendessi conto.*

La seconda è molto importante, quindi state bene attenti e soprattutto attente: mi rivolgo infatti a quei signori, e a quelle ancor più numerose signore, che quando leggono un libro e ci trovano un errore, o una parola inesistente, o scritta male, o il tempo di un verbo che non va bene e cose del genere, scrivono all'editore protestando come bisce. Allora: tutto quello di strano o non corretto che trovate in questo libro è fatto apposta, chiaro? Perciò, tanto per fare un esempio, lo so che non si dice 'tops models', ma scritto così mi faceva ridere. Quindi non prendetevela con la Salani, grazie. Ah, anche la citazione iniziale è sbagliata. Barbarina dice «l'ho perduta», non «l'ho perduto». Però a me serviva sbagliata, quindi melomani abbiate pazienza e mettetevi il cuore in pace.

In quanto all'acroama, che a un certo punto incontrerete, esiste, ma ne ho trasformato il significato a mio comodo. Anche i filosofi possono quindi rinunciare a ogni protesta.

Sinceramente, io questa avvertenza non l'avrei messa, perché mi pare resa completamente superflua dalla scritta 'romanzo' che accompagna il titolo di questo libro. Ma l'editore ci teneva, e in certi casi è più sensato flectar che frangar, no?

* Mentre già queste 'avvertenze' andavano in stampa, abbiamo scoperto che esiste davvero una giornalista che si chiama Valeria Volatile. Ecco quindi un perfetto esempio di nome rimasto impigliato nella memoria. Mi auguro che la vera Valeria sia comprensiva, accetti la mia più smaccata buonafede, e provi un po' di simpatia per la sua energica alter ego di carta.

Emma e la Vera Mousse al Cioccolato

Emma era sempre stata una ragazza piuttosto disordinata, ma non avrebbe mai creduto di riuscire a perdere l'amore della sua vita tre giorni dopo averlo trovato. Nemmeno con gli occhiali da sole le andava così male: gli unici che funzionavano davvero bene erano purtroppo i Persol, ma nonostante quello sciagurato nome le duravano sempre almeno qualche mese. E lui, l'amore della sua vita, si chiamava Andrea, un punto a favore, perché con gli Andrea il rischio non è perderli ma trovarne troppi. Qualunque ragazza attorno ai trent'anni è stata fidanzata almeno con un Andrea. Ce ne sono a tutti gli angoli dell'esistenza, e lei l'unico che avesse incontrato lo aveva già perso.

Si erano messi insieme domenica 14 marzo, e alle 22.45 di mercoledì 17 Emma si accorse di non averlo più, rischiando anche di rompere otto bicchieri di cristallo per un valore complessivo di quattrocentottanta euro. Riuscì per puro miracolo a mantenerli in equilibrio fra le dita destrutturate dallo choc, si girò e tornò in cucina. Li posò sul tavolo, si piegò in due, e a questo punto Bianca notò che il suo comportamento era stravagante.

«Ehi. Che ti succede?»

Emma si raddrizzò, inghiottì il suo cuore che stava cercando di risalirle lungo la gola, e rispose: «Hanno finito i croccantini alle mandorle».

«E ti sembra un buon motivo per svenire?»

Bianca rovesciò una milionata di croccantini su un vassoio, ne assaggiò uno e partì verso la serra della Pasticceria Delacroix, quella sera riservata al Midnight Break di una troupe cinematografica.

I Midnight Break erano l'ultima invenzione di Corrado Delacroix. Lui non li chiamava così, perché non pronunciava parole in inglese, li chiamava 'quei cosi', come quasi tutto il resto. Li aveva creati dal nulla qualche mese prima, durante una riunione con i suoi collaboratori. Era alla finestra, e guardava fuori con aria assorta. Quando faceva così, chi non lo conosceva si immaginava che stesse pensando a qualcosa di romantico o esistenziale. Quelli che lavoravano per lui, invece, sapevano che stava scegliendo la prossima grana da piantare.

«Non capisco perché quel cretino di Pininfarina deve avere un caprifoglio più grande del mio».

Erano seguiti attimi di costernazione e silenzio. La signora Elena, Andrea, gli addetti alla segreteria e al design, i tre cuochi, tutti si chiesero desolati come fosse potuto succedere che quel bastardo del caprifoglio della porta accanto fosse cresciuto tanto, fino a sorpassare l'augusto esemplare che si abbarbicava nel giardino della Palazzina Delacroix. Mentre Zhang Ji Wei, il cuoco cinese specializzato in dolci al cucchiaio, si appuntava mentalmente di occuparsene nottetempo con un machete, Andrea, che sapeva sempre come distrarre suo padre, aveva detto: «Senti, papà, com'era quell'idea a cui hai accennato ieri?»

«Ah, sì... perché non facciamo dei cosi di notte... tipo quelle robe la domenica mattina, però a mezzanotte. Sarebbe interessante, no?»

Così erano nati i Midnight Break, versione serale del brunch, e proprio a causa dei Midnight Break Emma aveva appena perduto l'amore. Adesso aspettava con ansia che Bianca tornasse in cucina. Aveva molta fiducia nelle sue capacità di percezione: una ragazza che vuole diventare miliardaria deve saper cogliere l'essenziale, e nella serra in quel momento c'era un essenziale grande come il camper di Moira Orfei.

E Bianca non la deluse: quando tornò aveva la bocca all'ingiù.

«Non avrei mai creduto che fosse così scemo».

«Visto? Però, che sfiga. Con tutti i locali che ci sono in questa città. Potevano andare da Giancarlo...»

«Davvero. Di solito quelli del cinema vanno ai Murazzi... le feste di fine produzione le fanno tutte lì...»

Emma cercò di restare impassibile, inespressiva come un'amante infelice in un film cinese, ma una grossa lacrima le premeva all'angolo dell'occhio sinistro, e Bianca se ne accorse.

«Vuoi andare a casa a piangere? Posso cavarmela con Tinco».

«No, grazie... piangerò dopo. Passami i Peccatilly».

Povera Emma. I Peccatilly, che stava disponendo a circondini su un grande vassoio d'argento, erano un banco di prova particolarmente ostico, trattandosi di una creazione di Andrea, orgoglio e vanto della Pasticceria Delacroix, ordinati in tutta Italia e in molta Europa: cioccolato fondentissimo, caffè, peperoncino, vaniglia e cognac. Ogni scodellino una stilettata rovente al suo cuore, che assomigliava ormai a un consunto puntaspilli per porcospini.

Poi Emma raddrizzò le spalle e tornò in giardino. In primavera piena e d'estate era lì, in quel grande rettangolo dietro la Pasticceria, circondato da ombrose mura, che si svolgevano i piccoli ricevimenti eleganti prediletti dai ricchi del circondario. Ma da ottobre a fine marzo, a ospitarli era la serra riscaldata, curata personalmente da Corrado Delacroix, una serra traboccante di piante molto strane e sconosciute, provenienti da vivai sofisticati. Entrando nello spazio caldo e profumato, Emma immaginava di essere una cyber replicante androide che serviva i pasticcini agli umani, ignorando il concetto di sentimento. Rotelle. Dentro sono tutta fatta di rotelle e diodi, pensava Emma, che aveva scarse cognizioni scientifiche e ancor meno elettroniche. Sempre cercando di sentirsi meccanismo, appoggiò con grazia il suo vassoio su uno dei tavoli che sfoggiavano il Buffet di Mezzanotte.

La linea editoriale dei Midnight Break era ispirata a quei viaggi verso il frigorifero che animano le notti della città. All'una, alle due, alle quattro, le persone si alzano, le porte dei frighi si aprono, e i quartieri si accendono del bagliore opaco di quegli spaccati con frittata. Formaggi, maionese, avanzi di verdura, forchettate di pasta fredda, polpette ancorate al loro sughetto rappreso, sui tavoli della serra c'era tutto, ma rimontato in versione patinata. E a parte, su un tavolo defilato di dimensioni non esagerate c'era l'Angolino della Poesia, riservato all'acclamato e celebrato cioccolato Delacroix. Mentre sistemava i Peccatilly accanto ai Savoir Faire al rum, Emma sentì la risata di Andrea, che tendeva a calare e sgranarsi verso la fine, facendole sempre sciogliere le giunture. Quindi lui rideva. Non conosceva rimorso o esitazione, pudore o riserbo. E come logica conseguenza di quella sua armoniosa risata, la famosa lacrima che Emma stava trattenendo da un quarto d'ora riuscì finalmente a precipitarsi nel nulla, andando a spattarsi su un Fiocco di Neve (cioccolato bianco, cristalli di zucchero e mandorle) limitrofo.

«Non preoccuparti, lo mangio io». Veloce fino a rasentare l'invisibilità, Tinco fece sparire il cioccolatino profumato, e le diede un'amichevole spinta.

«Fila via. Non dargli la soddisfazione. Aria. Manda Bianca e tu sparisci».

Emma si innervosì. Possibile che la sua interpretazione dell'androide fosse tanto lacunosa? Alzò gli occhi a incontrare la faccia allegra di Tinco, diciannove anni, apprendista completo di tutti gli optional: piercing, tatuaggio, sei orecchini, cresta. Tinco, ovvero Giuseppe Scippa, diplomato all'Istituto dell'Arte Bianca e residente a San Mauro Torinese in via Mezzaluna con mamma, papà, nonni, due sorelle gemelle e un cagnetto rauco.

Emma lo guardò con quella che sperava fosse un'espressione meccanica e gli disse: «Non c'è problema. Sto molto bene».

«'Sta bella mazza».

L'amichevole conversazione fu interrotta dalla signora Elena, tutta in lilla, bella come un glicine, che rivolse ai due un sorriso mortale e sussurrò: «Allora? Ci sono almeno tre vassoi vuoti e voi state qui a fare conversazione? Portate i Rotolini, le Skegge e una ciotola grande di Insalata Cotta».

Emma e Tinco filarono via come trenini elettrici, ben sapendo che irritare la Direttrice di Sala era pericoloso. Ma mentre Tinco scomparve senza intoppi in direzione cucina, la fuga di Emma fu intercettata da una persona con i capelli bianchi e la camicia blu, che le si parò davanti.

«Senti un po', tu» disse Corrado Delacroix, con una punta di cortese disprezzo.

Emma si immobilizzò all'istante, nello stile messo a punto da tanti conigli al minimo sentore di pericolo. Se non le tremavano le orecchie, non era per cattiva volontà. Si sentiva la traccia di lacrima sulla guancia che sfrigolava come una cicatrice, e intuì anche la presenza di una gocciolina al naso. Adesso mi licenzia, pensò, e così perdo amore e lavoro in mezz'ora, proprio come all'inizio dei film.

«Sei tu quella che ha fatto quel dolce di pere?»

Emma non poteva negarlo. Era lei che aveva fatto quel dolce di pere. In un momento di sventato ottimismo, cullata dai primi baci di Andrea, aveva chiesto a Jerôme il permesso di sperimentare un dolcetto per la colazione che aveva in mente da un po', e Jerôme non aveva trovato un valido motivo per dirle di no. Lo avevano messo in vendita al bar, fra le brioches, ed era andato a ruba.

«Sì... io... Jerôme mi ha dato il permesso e...»

«Sì, benissimo, poi una volta o l'altra ne dovremo parlare».

Senza darle il tempo di rispondere, il demiurgo spostò altrove il suo sguardo azzurro e il suo interesse, ed Emma si rese conto che il sofisticato pannello elettronico all'interno del suo corpo aveva di nuovo lasciato il posto a normali sostanze organiche. Perciò tornò in cucina, si tolse il grembiule e annunciò che se ne andava.

Bianca stava completando il Cerchio Magico dei Formaggi Perduti con una fetta di Antico Raschera di Villastellone.

«Buona idea» disse. «Appena quei crapuloni finiscono di ingozzarsi arrivo. Non annegare nelle tue stesse lacrime».

Tinco smise di sciacquare posate e chiese: «Cosa vuol dire crapuloni?»

«Gente che mangia troppo» rispose Jerôme, il pasticciere marocchino che era l'unico vice accreditato di Andrea Delacroix.

«Allora è proprio la parola giusta per quei merdoni. Quelli mangiano come porci finché non gli esplode il tubero».

Tinco disprezzava senza confini i frequentatori del Midnight Break. Alla sua austera anima di contadino piemontese, sia pure accessoriato, quell'abbuffarsi inutile a rimorchio di qualche già lauta cena sembrava una stravaganza da fighetti degna di essere rimossa con le cattive. In più, era specialmente scocciato, perché quella sera gli era sceso un mito. Da qualche mese, Andrea aveva sostituito Diabolik come suo modello esistenziale, e invece l'aveva appena visto comportarsi come un pesce bavoso con una tizia intonacata, facendo piangere la formidabile Emma. La quale gli si avvicinò, e tirò leggermente la matita calibro 3 che Tinco portava infilata nel lobo destro.

«Batti il cinque, rospo».

Lui grugnì, e si riimmerse nella saponata.

La Palazzina Delacroix era in cima alla più bella strada di Torino, corso Fiume, che con ampia ma lieve pendenza unisce la riva del Po ai primi albori della collina. Per tornare a casa, Emma attraversava il ponte, tagliava per il Valentino e raggiungeva il quartiere di San Salvario, via Lombroso 22 e il quarto piano senza ascensore dove c'era la porta del piccolo alloggio che divideva con Bianca.

Perché vado a casa?, si chiedeva Emma, imboccando via Lombroso. Farei meglio ad andare a vedere se c'è qualcuno alla Jumpin', che ci vado a fare a casa, i programmi per la serata sono saltati, Andrea non mi raggiungerà più tardi per amarmi e carezzarmi fra le mie nuove lenzuola stampate a giunchiglie. Mai più Andrea mi amerà e bacerà fra lenzuola di qualsiasi colore e disegno.

«Forssse ti sssbagli...» sussurrò una vocetta catarrosa mentre lei infilava la chiave nella serratura. «Forssse a quessst'ora ha già capito il suo errore, e ti sssta cercando fra le piante esssotiche... e tra poco, poco, poco bussserà alla tua porta per chiederti perdono, tale quale a Gianni Morandi nella canzone *In ginocchio da te*».

Nonostante la citazione di Morandi, a parlare così non era la mamma di Emma, bensì la Voce della Noia, una fastidiosa presenza che la abitava da un sacco di tempo, e che la bombardava di luoghi comuni, per di più enunciati con troppe sibilanti, una via di mezzo tra Sir Biss e Gollum.

Eppure, Emma un po' le credeva. Si asciugò le lacrime, si preparò una tisana balsamica e si dedicò a una classica attività femminile: struggersi e languire, aspettare e sperare, prepararsi frasi da dire a qualcuno che non verrà ad ascoltarle.

Alle due arrivò Bianca, e a Emma bastò guardarla per capire che era troppo stanca per consolarla. Sembrava addirittura diminuita dalla stanchezza. Si affacciò alla porta della camera di Emma, che stava seduta sul suo letto giapponese dell'Ikea e aveva fra le mani la ricetta della Vera Mousse al Cioccolato. Il primo, e purtroppo ormai ultimo, dono d'amore di Andrea.

Emma la guardò con aria interrogativa e Bianca annuì.

«Se ne sono andati insieme. Lei sembrava una che si porta a casa un vestito fantastico scoperto a un saldo».

Con un sospiro, Emma strappò la ricetta.

«Addio Vera Mousse al Cioccolato. Preferisco non conservare ricette che fanno piangere».

Bianca, sempre ferma sulla porta, cominciò a spogliarsi. Era una ragazza piccola, con piccoli vestiti.

«Vuoi una tisana?» chiese.

«Già fatto. Sai, per fortuna non avrò molto da dimenticare. Siamo stati insieme solo tre giorni. Abbiamo fatto poco».

«Non era neanche una vera storia, no?»

«No. Non siamo nemmeno mai andati al cinema».

«Quindi? Ricordi da cancellare?»

Emma sventolò la 'Settimana Enigmistica'.

«Abbiamo fatto insieme 'Che cosa apparirà'».

«Si può superare. Aspetta. Vediamo se c'è qualcosa che...»

Bianca tirò fuori un libro dal suo zainetto rosso, che aveva gettato in terra. Aveva sempre dei libri con sé, giunti a diversi stadi di lettura, e ogni volta che la cosa le risultava fisicamente possibile, leggeva. Emma l'aveva vista leggere mentre affettava i carciofi (taglio all'indice della mano sinistra), mentre aspettava l'autobus (autobus perso), mentre mangiava un gelato alla panna (camicetta rovinata). Da quando abitavano insieme, Bianca le aveva letto ad alta voce una sterminata quantità di frasi, versi, formule e congetture. Questa volta, il libro era bianco e sottile e conteneva liriche greche.

«Senti qua: 'Cinse gli occhi notturno sonno nero'. Questo va bene per te, adesso. Lasciati cingere gli occhi».

«Okay» rispose Emma, che obbediva sempre volentieri.

Bianca se ne andò, ed Emma pianse un pochino, poi lasciò che il notturno sonno nero le cingesse gli occhi, si addormentò e dormendo sognò di piangere e si svegliò e pianse e poi ancora dormì, e sognò di dover salvare un grosso canguro che aveva preso fuoco, e perciò si svegliò, pianse un po', e alle quattro decise di mettersi il pigiama, ficcarsi a letto e dormire seriamente. Ormai si era strutta così tanto che le sembrava di essere diventata concava, e aveva pianto così tanto che aveva perso un chilo in lacrime, però il suo stato d'animo non era troppo pessimo. Mentre si sciacquava la faccia, addirittura canticchiava. Ma sì, dai.

E proprio mentre si infilava i fuseaux e la T-shirt denominati 'pigiama' sentì suonare alla porta.

Eccolo qui, pensò. La Voce della Noia aveva ragione, viene a chiedermi perdono. Ha capito che lei è solo un sogno, un mito che non regge al trasloco nella realtà, mentre io sono il suo vero amore. Che faccio, lo perdono?

Aprì la porta, lo guardò, e capì che la Voce della Noia aveva torto. Torto marcio.

«Ciao».

«Ciao».

Seduti in cucina, osservavano tristi la vaschetta con dentro i pesci di Bianca, Audio e Video.

«Come ti senti?» chiese Andrea.

«Abbastanza bene. Cioè, per essere che ti ho visto innamorarti di un'altra sotto i miei occhi, potrei stare peggio».

«Senti, Emma... tu lo sapevi che...»

«Eh. Me l'hai detto l'altro ieri: 'Nessuna mi è mai piaciuta quanto te, tranne Jasmine Jay'».

Era successo mentre erano affacciati al ponte Isabella, guardavano il fiume alle due di notte, un po' persi d'amore, intirizziti dall'aria notturna, e lui avvolgendosi un suo ricciolo attorno alle dita le aveva raccontato la sua antica passione per l'attrice che aveva conosciuto quando avevano tutti e due circa sedici anni. Conosciuta nel senso che l'aveva vista al cinema e si era innamorato senza speranza, anzi, no, con una speranza, quella di incontrarla un giorno e poi sposarla, diventare padre di molte bambine simili a lei e costruire fondamenta e infissi di un matrimonio destinato a sbalordire per solidità l'arido mondo del cinema. Jasmine Jay era esplosa con il suo primo film, il travolgente successo *Rose in boccio*, a cui erano seguite tante copie carbone, tutte modellate sullo stesso presupposto: liceale francese molto sexy ma fresca come l'acqua eccetera vive i suoi primi bla bla e le sue prime ecc. ecc. circondata da amici colì e colà e genitori bi e ba. Poi Jasmine aveva preso strade diverse, interpretando film in cui spesso era legata alla testiera del letto, e altri in cui cavalcava in abiti del Seicento, ma Andrea non l'aveva mai persa di vista, continuando a seguirla anche mentre si fidanzava a raffica con ragazze tridimensionali. Andava sempre a vedere i suoi film, e ogni volta gli veniva una piccola morte nel cuore: guardala lì, pensava, ormai ha venticinque, ventotto, trent'anni, mi invecchia e io ancora non ho saputo trovarla, salvarla, farla mia, dare un senso alla sua vita.

Questo aveva raccontato Andrea a Emma sul ponte Isabella, alle due di una notte di fine inverno, e lei non si era preoccupata per niente. E allora?, aveva pensato. Anche a me piace tanto

Johnny Depp. Lo fece presente anche in quel malinconico momento, seduti in cucina in compagnia dei pesci rossi.

«Sì, vabbè, ma io credevo che fosse una cosa normale, tipo, anche a me piace Johnny Depp, però...»

«Ma se tu lo incontrassi? Se ieri sera capitava per caso lui, in Pasticceria? Con una troupe che gira un film a Torino e, metti, il regista è suo amico? E lui capitava, e ti guardava e tu...»

Emma annuì. Capiva il suo punto di vista.

«Lo so. Io, obiettivamente, non credo che Johnny Depp mi prenderebbe in grandissima considerazione, però, se succedesse, in effetti, potrei anche buttare tutto all'aria. Non lo so, Andrea. Sta di fatto che è successo a te, non a me. E a te Jasmine ti ha preso in considerazione, giusto? Ve ne siete andati insieme».

Andrea la fissò dritta negli occhi.

«Infatti».

Anche per quello Emma si era tanto innamorata di lui. Perché era un uomo che non cercava mai di fare pena, di scusarsi, di travestire le sue scelte da momenti di debolezza. Gli rese onore, come poteva, dicendo: «Comunque, eravamo stati insieme solo tre giorni».

«Tre giorni perfetti, però».

«Evidentemente non abbastanza».

Lo guardò, e lui guardò lei. Lei lo guardò di più. Andrea era pallido, aveva i capelli scuri, gli occhi grigi, gli zigomi taglienti, e, in quel momento, la barba lunghina, le palpebre arrossate, un brutto odore di sigarette sulla pelle. Emma sospirò. Lui fece un rumore strano, come se scricchiolasse. Lei sorrise.

«Scricchioli?»

«Eh... sì. C'è qualcosa che...»

«Dai. Basta. È inutile che la tiriamo in lungo. Cerca di giocartela bene».

Andrea si alzò e si avviò all'uscita di quella casa che non aveva fatto in tempo a conoscere.

«Alla fine, non ti importava poi troppo di me, vero?»

Lei non se la sentì di confermare.

«Tu dovresti saperlo, quanto».

«Senti e... c'è una cosa che...»

Andrea tacque, riflettendo, poi scosse la testa.

«Niente. Adesso non è il momento. Te ne parlerà mio padre, uno di questi giorni. Comunque sappi che io non c'entro. È stata una decisione sua».

Emma chiuse la porta. La fine del loro amore aveva richiesto dodici minuti in tutto.

L'INTERNO DEL CROISSANT

La signora Elena si fissò con molta attenzione, tanto che se ne avesse aggiunta ancora un po', lo specchio avrebbe risucchiato i suoi lineamenti, lasciandola con la faccia vuota come una pagnotta. A differenza della Regina Grimilde, che allo specchio, specchio delle sue brame, chiedeva sempre chi fosse la più bella del reame, la signora Elena al rettangolo argentato faceva questa domanda, sempre la stessa:

«QUANTI ANNI DIMOSTRO? I tre diversi tipi di crema che ogni mattina e ogni sera mi spalmo sul viso, collo e décolleté, servono? Il morbido gel con cui contorno a regolari intervalli occhi e labbra compie il lavoro per cui lo pago, e anche caro? E le molte smorfie che silenziosamente eseguo per tenere allenati gli stanchi muscoletti sbadiglianti delle guance, sono utili? Il biondo dorato dei miei capelli comincia a svelare la sua natura chimica mediante il semplice contrasto con le sopracciglia? Quale tipo di luce dissimula meglio le fini zampe di gallina che sventagliano ai lati dei miei occhi? E gli stramaledetti contorni del viso? Hanno ceduto un altro po', questi bastardi, non contenti delle molte misure che prendo per non mostrare al mondo il volto spesso della mezza età».

Furibonda, come al solito era dopo la spassionata disamina delle sette del mattino, Elena si addolcì un po' scendendo a osservare l'impeccabile tenuta del fisico. All'apparenza era ancora tutto snello e sodo. Certo, la pelle a toccarla non aveva più la fresca rimbalzosità dei trent'anni, e la matita sotto il seno non la metteva neanche, tanto lo sapeva che ci restava intrappolata a nidificare, però chi guardava e non toccava ci cascava ancora.

Posso passare per una quarantenne, pensò con sollievo. Trentottenne perfino, to'. E la signora Elena, che di anni ne aveva cinquantaquattro, affrontò l'ultimo, doloroso compito di ogni mattina: pesarsi. Cinquanta grammi più di ieri. Quindi, oggi, solo verdura. Sospirò, scese dalla bilancia, e si dedicò finalmente all'arte e al piacere. Fard, pennelli, ombretti, rossetti, matite e spugnette: quaranta minuti tutte le mattine, per uscire di casa e sentirsi ancora la bionda favolosa che era stata. Perché oggi era il gran giorno, quello che aspettava da ventitré anni, e voleva viverselo da star.

«Allora ci siamo. È arrivata» disse infatti poco dopo a Lucia, la sua aiutante nonché seconda cameriera in gerarchia presso la Pasticceria Delacroix. Lucia arrivava sempre per prima, da trent'anni. Chiunque entrasse nelle cucine, al mattino, la trovava già lì. Eppure Lucia abitava da qualche parte, e aveva addirittura un marito e un paio di figli, tutti cuochi in varie località, alberghi o navi.

«Buongiorno, Elena. Ti faccio un caffè?»

«Sì, grazie, ma vero. Sono troppo nervosa per bere l'orzo. E sbucciami una mela, per cortesia».

«Non vuoi un croissant?»

«Scherzi?»

«Vuoto».

«Niente. Ho preso cinquanta grammi».

Lucia sbuffò. Nemmeno vuoto... il croissant senza niente dentro è ammesso in tutte le diete, pensava, o almeno in tutte le diete compatibili con lei.

«Hai sentito quello che ti ho detto? È arrivata. Ci siamo. È il gran giorno. Da oggi la mia vita sarà diversa. E anche la sua. Lui non lo sa, ma niente sarà più come prima».

Di quello, era sicura anche Lucia, ma non era tanto convinta che fosse una bella prospettiva.

«Non so, Elena. Te l'ho detto. Secondo me sbagli. Non puoi sapere come reagirà».

«Ma certo che lo so. A me basta guardarlo negli occhi per capire tutto di lui».

Lucia continuò a sbucciare una Mela Royal Gala più verde che rossa, e scosse la testa, desolata. Eravamo sempre lì. Sempre, sempre. Passavano gli anni, le cellule cerebrali di Elena si diradavano, ma quelle rimaste continuavano ad avere un unico punto di riferimento: Corrado Delacroix. Da trent'anni Elena leggeva in quegli occhi, e non aveva ancora capito che erano scritti in una lingua per lei incomprensibile.

«Tu non ci capisci niente del signor Delacroix, Elena. Quand'è che ti convincerai?»

«Io lo conosco come nessuna mai l'ha conosciuto. È lui che non ha ancora guardato in fondo al pozzo di se stesso».

Quando voleva dare potenza e spessore alle sue frasi, Elena pescava un po' a casaccio nel grande mare delle figure retoriche, e con queste belle parole uscì dalla cucina e andò in guardaroba a indossare uno dei quindici elegantissimi grembiuli che metteva in negozio. Sulla porta incrociò Zhang Ji Wei. Zhang era in Italia da dodici anni, e anche lui conosceva bene la triste storia di Elena e del dottor Delacroix. La guardò allontanarsi, scuotendo la testa, poi prese in mano il mestolino con cui assaggiava le creme e ancora una volta comunicò a Lucia la sua opinione su quella faccenda.

«Poveliiiina! Come wo hen hao non vede la zhu kai xin finché non è tloppo ni jin tian».

La signora Lucia annuì. Zhang era ancora in attesa di saper dire bene tutte le cose in italiano, ma lei capiva le sue frasi belle e misteriose.

«Lascia perdere, Zango. Elena ha la capa tosta come un batticarne».

La prima indicazione che quella sarebbe stata davvero una giornata anomala nella storia della Delacroix si presentò alle nove in punto, quando il Pasticciere Supremo entrò nel suo ufficio e schiacciò l'interfono che lo collegava alle cucine: «È arrivata la

Trisciuoglio? Mandatemela con la colazione». *Clac.* Chiusa la comunicazione. La signora Elena sentì un brivido serpentino attraversarle la schiena. Da quando era stata assunta, era stata sempre e soltanto lei a portare la colazione al principale. Cosa significava questa convocazione della Trisciuoglio? Era forse nata una subitanea passione nel cuore vagabondo del suo amato Corrado? Uno di quei violenti capricci passeggeri non sempre a sfondo erotico che caratterizzavano i suoi rapporti con le nuove conoscenze? Impossibile... Emma Trisciuoglio... no... mai Corrado l'aveva degnata della sia pur minima attenzione. E poi, dicevano che avesse una mezza storia con Andrea... che però domenica sera se l'era filata con quell'attrice francese... mmm... In quel momento Elena vide Emma che passava pallida, e rimandando ulteriori elucubrazioni la afferrò per un braccio e iniziò a istruirla per questo delicato, quasi insostenibile compito.

Erano in cucina, e tra loro c'era il lucente vassoio d'argento preparato da Elena personalmente: tazza di porcellana bianca, teiera, zuccheriera e lattiera d'argento appartenenti a un servizio inglese georgiano che pesava una quintalata, e una pila di fette di pane caldo, il burro, tre tipi di marmellata, la frutta e un muffin caramellato speciale preparato da Zlatan, il cuoco serbo che si occupava della pasticceria minuta. In un vasetto di cristallo, come ogni mattina, un fiore di stagione, in questo caso un ramo di forsythia appena fiorito.

«Prova a sollevarlo» disse la signora Elena.

Emma eseguì, e si sentì svenire. Non ce l'avrebbe mai fatta a reggere quella roba fino allo studio del principale.

«Posalo. Non è così che lo devi prendere. Hai presente Cenerentola, quando porta il tè alla matrigna?»

Emma annuì. Cenerentola di vassoi ne doveva portare tre, uno per la matrigna, uno per Anastasia e uno per Genoveffa, e ogni volta che vedeva il film, Emma ammirava la destrezza e la possanza della magrolina, che riusciva a percorrere scale e corridoi senza versare neanche una goccia di niente.

«Il segreto sta nel modo in cui bilanci il vassoio. Guarda qui».

Dopo una breve dimostrazione pratica e qualche prova, Emma riuscì a dominare il peso della colazione, e si preparò ad avviarsi. Ma Elena la fermò con uno sguardo.

«Aspetta un po'. Se stamattina ha chiesto che la colazione gliela portassi tu, deve esserci un motivo. Qualcosa si muove».

Emma fece segno di sì con la testa.

«Escludo un interesse personale. Sei qui da otto mesi, e non ti ha mai degnata di uno sguardo. In più, non sei il suo tipo».

Emma annuì ancora. Era completamente d'accordo con la signora Elena.

«Perciò, ha qualcosa in mente. Tu fai molta attenzione a quello che ti dirà. Qualunque cosa sia, fai attenzione».

Emma continuò ad annuire.

«E stai molto attenta, perché poi mi dovrai ripetere tutto parola per parola. Ripeti».

«Cosa?»

«Quello che ti ho detto».

«Che le dovrò ripetere tutto parola per parola».

«Esatto. Devi imprimerti a marchio di fuoco come verba che non volant». In casi estremi, Elena sapeva anche ricorrere alle lingue straniere, a cominciare dal latino.

«Ah. Be'... ci provo, ma...»

«No, non devi provarci. Devi riuscirci. E guarda che se dimentichi qualcosa, io lo scoprirò, e per te si metterà molto male, qua dentro».

Emma inghiottì.

«E lo so. Speriamo bene, signora Elena».

«Sperare non basta. Vai».

Ed Emma andò. Nel tratto fra la cucina e lo studio, ripercorse tutta la sua vita professionale, chiedendosi se era sull'orlo di un disastro, e se tra poco avrebbe dovuto, per la terza volta, ricominciare da zero.

Vito Trisciuoglio, il padre di Emma, era arrivato da San Severo, provincia di Foggia, nel 1970. Aveva ventotto anni, e a Torino aveva già un fratello maggiore detentore di officina, una sorella minore detentrice di un marito proprietario di bar, e un assortimento di cugini e cugine. Tutto lasciava prevedere per lui un armonioso sviluppo pugliese, con inserimento nell'officina e matrimonio con signorina pugliese conosciuta tramite parenti, quando invece si imbatté in Rita Ceschino, di Valle San Nicolao, provincia di Biella, un paese dove l'effetto serra non ha attecchito. A loro non risulta nessun buco nell'ozono, lì fa sempre freddo come una volta e forse anche un filo di più. Dal paese Rita era venuta nella grande città a trovare un'amica conosciuta d'estate, quando a Valle San Nicolao si aprivano le ville. Con l'amica aveva appuntamento al bar L'Angelo Azzurro di via Po, e qui aveva notato Vito che insultava un calciobalilla, colpevole di aver agevolato la vittoria della coppia avversaria. Era il 1974. Si erano sposati, avevano messo su casa nel quartiere detto Barriera Milano, e nel '77 avevano procreato un'unica figlia, Emma. Rita era barista nell'intimo, e avendo dovuto lasciare il bar del dopolavoro di Valle San Nicolao, aveva rilevato un bar in città, a cui Vito si era aggregato, rinunciando a malincuore ai motori sporchi di grasso. La rinuncia a malincuore per lui era diventata uno stile di vita, che si era perfezionato fino alla classe suprema negli ultimi anni, e cioè da quando erano tornati al paese. Non il suo, naturalmente, ma quello di lei, il sobrio Valle San Nicolao, dove avevano occupato la casa dei defunti suoceri, in cui vivevano seguendo regole biellesi.

Una delle poche cose su cui i coniugi Trisciuoglio erano sempre andati d'accordo era la convinzione che Emma dovesse studiare, e diventare un pozzo di scienza possibilmente laureata e forse anche premiata col Nobel. Fino a un certo punto, la bambina aveva mantenuto le aspettative. Liceo classico, ottimi voti, gran bella maturità, laurea in Storia con una tesi sulla Stele di Rosetta. Una volta laureata, Emma era riuscita anche a trovare un certo numero di supplenze e varie attività precarie nelle scuole cittadine, e per qualche anno aveva insegnato storia o latino, italiano o geografia a ragazzini e ragazzine. Ma a poco a poco, inesorabile come una marea, era montata in lei una violenta avversione per quel mestiere. No, basta, non ne poteva più, piuttosto che continuare a fare la professoressa avrebbe preferito andare a battere nel bel corso Massimo d'Azeglio che accompagna i torinesi nelle loro fughe verso il mare. Non voleva neanche diventare segretaria, avere un dottorato, lavorare in un ufficio stampa, correggere bozze o scrivere sui giornali. No, guardando i programmi di cucina in tivù, Emma aveva capito che voleva guadagnarsi da vivere preparando torte, pasticcini, budini, creme ed eventualmente uova di Pasqua.

Così si era iscritta a un Corso per Pasticcieri e per pagarselo aveva venduto lo stereo, gli orecchini d'oro con acquamarina della Prima comunione e sei sterline sempre d'oro che il nonno paterno le aveva regalato per i suoi primi sei compleanni, dopo i quali era schiattato giocando a bocce. Completato il corso con onore e buon apprendimento dei fondamentali, era stata assunta in una piccola pasticceria, e da lì aveva compiuto il salto fino alla Pasticceria Delacroix, dove stava cercando di assimilare per osservazione, imitazione, contatto e attenzione i segreti della pasticceria di qualità superiore. Un giorno, avrebbe creato anche lei un dolce memorabile, e l'avrebbe visto confezionato in scatole bianche con un'elegante figura al centro, proprio come quelli di Andrea.

In quel momento, però, mentre sorreggeva con esili polsi il vassoio e avanzava verso un colloquio che aveva molte probabilità di risultare sgradevole, si chiedeva se non avrebbe fatto meglio a continuare a sgomitare nel duro mondo del precariato scolastico. Invece di quell'Andrea lì, avrebbe conosciuto qualche altro Andrea, magari professore di matematica o filosofia, e insieme a lui avrebbe costituito una famiglia tutta disegnata sui fogli protocollo. Mai e poi mai un professore di matematica di un liceo torinese avrebbe avuto occasione di fidanzarsi con Jasmine Jay.

Ma Emma non aveva molto tempo per rimpiangere questo insegnante immaginario. Era davanti alla porta. E si rese conto che non poteva bussare. Due mani, entrambe occupate con il vassoio. Impossibile liberarne una. Di fronte a questo insuperabile ostacolo fisico, Emma sentì che il battito del suo cuore accelerava, e che gelide goccioline di sudore le sbocciavano sulla fronte. Scartata l'ipotesi che le sarebbe venuta più naturale, e cioè bussare a calcioni, posò il vassoio per terra, bussò e, quando la voce del padrone disse «Avanti», socchiuse la porta, raccolse il vassoio, spinse col fianco e, appena un po' di sbieco, entrò.

Corrado Delacroix, con gli occhiali da presbite a metà naso, guardava la posta.

«Sai dov'è... aspetta... Torquay?»

«Nell'Inghilterra meridionale».

«Mi hanno invitato alla Settimana del Pudding e Derivati».

Emma non commentò e posò il vassoio sull'ordinatissima scrivania, esattamente di fronte a Corrado. Lavorava lì da otto mesi, sufficienti a insegnarle un'estrema prudenza verbale.

«Ah... la colazione... sì. Siediti».

Emma si sedette sulla poltroncina rossa di fronte alla scrivania. Il suo datore di lavoro, che era curioso come una scimmia, le chiese: «Tu cosa mangi, a colazione?»

«Prendo il caffè, poi dipende. Certe volte pane tostato e marmellata, o biscotti, o lo yogurt, o latte e fiocchi. O se no avanzi».

«Il caos, insomma».

«Sì».

Silenzio. Corrado si versò il tè, e poi, senza il minimo preavviso, attaccò.

«Quel dolce di pere che hai fatto... mica male».

Silenzio. Silenzio anche da parte di Emma. Era annichilita. Ricevere un complimento per un dolce da parte di Delacroix era inimmaginabile. Non esisteva risposta possibile.

Lui peraltro non sembrava aspettarsene una, e continuò.

«Quindi, avremmo deciso di mandarti al concorso».

Ancora silenzio. Frastornamento totale. Che concorso?

«Che concorso?»

Corrado Delacroix assaggiò un boccone di muffin e lo posò con una smorfia.

«È immangiabile! Troppi mirtilli... Zlatan ha perso la mano. Come, che concorso?... Quanti concorsi esistono di cui valga la pena parlare?»

Con la bocca e la gola completamente inaridite, Emma gracchiò: «'Una Stella per Natale'?»

«Brava».

«Volete che io partecipi a 'Una Stella per Natale'?»

Corrado Delacroix fece uno dei suoi brevi sorrisetti irridenti.

«Sei sorda? O sordastra?»

Emma trovò questo commento profondamente ingiusto. Non puoi dire a un'oscura aspirante pasticciera di ventisette anni che parteciperà al massimo avvenimento internazionale nel campo della pasticceria e pretendere che reagisca con consumata nonchalance. Si riteneva già molto sofisticata per il semplice fatto di non essere svenuta. Perché il concorso 'Una Stella per Natale', nonostante il nome corrivo, era il sogno di chiunque lavorasse nel loro campo, era l'Isola del Tesoro più Disneyland più la sera degli Oscar. Era stato inventato dieci anni prima dall'ACME, l'Association Confituriers Mâitres d'Europe, un organismo internazionale ricco e potente, benevolo e giusto, con sede a Parigi e ramificazioni in tutto il mondo. Ogni due anni, l'ACME pubblicava sul suo organo ufficiale, l''ACME Gazette', la classifica dei dieci pasticcieri migliori d'Europa. Migliori come? I criteri erano tanto misteriosi quanto impeccabili, visto che mai nessuno li aveva né compresi né messi in discussione. Alcuni maestri erano comparsi parecchie volte, nessuno era comparso sempre. E tutti e dieci avevano l'opportunità di partecipare al concorso 'Una Stella per Natale', giunto ormai alla quinta edizione. Ciascuno di loro sceglieva uno dei suoi collaboratori, che avesse meno di trent'anni e non avesse mai partecipato a nessun concorso. I dieci eletti venivano radunati per una settimana in uno château da qualche parte, e qui ciascuno di loro creava un dolce che prevedeva tre ingredienti obbligatori, comunicati ai concorrenti solo all'ultimo momento. Il risultato poteva essere una torta o un cioccolatino, un gelato o un pasticcino, poteva assumere qualunque forma e prevedere ogni altro ingrediente oltre a quelli obbligatori: purché si trattasse di pasticceria, non c'erano limiti. Al termine della settimana, una giuria suprema, composta da Queen Paola, Queen Beatrice e altre queen e princesses dei Paesi coinvolti, più famosi scrittori, idolatrati divi del rock, star di hollywood e celebrità sportive, tutti insieme nel numero di trenta sceglievano il dolce vincitore, che sarebbe stato messo in commercio il primo dicembre, contemporaneamente in seicentottanta pasticcerie in tutto il mondo e sarebbe diventato oggetto di poesie, canzoni e altre espressioni di stima da parte dei componenti della giuria, molto generosamente ricompensati per il loro impegno dalla Fondazione 'Una Stella Per Natale'. Accessori all'impresa erano un concerto di Capodanno, donazioni ai Paesi africani più bisognosi di donazioni, una sfilata di Alta Moda a Milano e tredici puntate come ospite speciale a *Voilà our chef!*, trasmissione televisiva internazionale che sbancava lo share di mezza Europa. Vincere era fantastico, ma anche solo arrivare fra i primi tre garantiva pubblicità e favori della sorte. Corrado Delacroix era stato fra i dieci partecipanti due volte, e otto anni prima aveva mandato Andrea a vincere il concorso, con il suo famoso Sonetto, un cioccolatino col cuore di zabaglione.

«Ma... siamo in classifica?» chiese Emma, che non poteva evitare di fare ancora qualche domanda stupida.

Senza dire una parola, Corrado Delacroix le porse l' 'ACME Gazette' di marzo, aperta a pagina 3. Quell'anno il primo in classifica era Henry Tortellier, il rinomato cioccolatiere belga che aveva strappato ai Godiva la supremazia della praline; seguivano Tim Curry, inglese, maestro dell'omonima zuppa, che nella sua pasticceria si preparava in ventidue diverse versioni; poi veniva Luis Figueira, nume indiscusso della Confeitaria dos Setais, la pasticceria di Lisbona dove regnanti in esilio e scrittori tristi andavano in cerca di intense quanto effimere consolazioni, e

Mart Kalev, dell'omonima fabbrica di dolci di Tallin, detto 'Il Basquiat del cioccolato'. Quinto era lo svizzero Bernhard Zahringen, creatore della versione definitiva della *Kirschtorte*, seguito dal fiabesco Niels Bohr di Copenaghen, le cui scatole di dolci assortiti ispirati ai personaggi di Andersen costavano quasi quanto una piccola utilitaria. Settimo era Corrado Delacroix, il sornione Richelieu della pasticceria italiana, e poi ancora Osman Usmus, islandese, che nella sua minuscola pasticceria di Reykjavik produceva il famoso *Vatnajooku*, il biscotto di cui, si dice, non ci si stanca mai; il francese Jean Michel Jeangardon, di Reims, famoso per le sublimi e coloratissime miriadi di caramelle che esibiva in immensi barattoli; e per finire Vassiliev Smolnyj di San Pietroburgo, creatore dei *Petits rien*, dolcetti tanto morbidi ed evanescenti che soltanto i palati più fini riuscivano a sentirne l'incantevole sapore prima che si sciogliessero in bocca.

Emma finì di leggere, poi si rivolse a Delacroix, che senza lasciarle il tempo di parlare alzò l'incandescente sguardo azzurro verso un quadrato bianco di Giulio Paolini appeso davanti a lui, e le chiese, con un cenno della testa: «Ti piace?»

«Non c'è molto che possa piacermi. È tutto bianco».

«Guardalo bene».

Emma scosse la testa. Non adesso.

«Scusi, ma perché vuole mandare me al concorso?»

«Perché devo mandare qualcuno che lavori per me, abbia meno di trent'anni e abbia qualche possibilità di vincere. Non vedo grandi alternative».

«Ci sarebbe Zhang. O Zlatan».

«Sì... be'... invece abbiamo scelto te. Ti fidi?»

Era una domanda retorica, ma Emma, che disprezzava gli artifici del discorso, rispose.

Tre Meringhette Perfetto Amore

Bianca inquadrò la voluta di gelato alla fragola, poi mise lo zoom, e il minimonitor della sua macchina digitale si riempì di rosa. *Clic*. La fotografia non rivelava la natura di quel rosa, eppure comunicava una sensazione di squisitezza e la bocca si riempiva di acquolina senza sapere perché. Questa è arte, pensò Bianca, e adesso passiamo al pistacchio.

«Che minchia fai, Bi, c'è da tagliare il Brioscione».

Come sempre conciso e concreto, Tinco spezzò l'atmosfera da studio fotografico, e riportò Bianca al qui e adesso: ore 11.15, interno della Pasticceria Delacroix in cui lei svolgeva, o avrebbe dovuto svolgere, le funzioni di cameriera. Fra un attimo, però.

«Aspetta... ancora uno scatto e arrivo...»

Clic. Bianca indicò la foto a Tinco.

«Vedi? È una specie di verdità, ma senza la sostanza. Come se fosse l'idea platonica di pistacchio».

«Longhi...» Azzurra e minacciosa, la signora Elena tolse la macchina fotografica di mano alla più insopportabile fra le sue sottoposte. «Ti spiacerebbe fare quello per cui ti paghiamo? Taglia il Brioscione, infornane un altro e guarda nella saletta. Ci sono almeno tre tavoli da servire. E tu, Scippa, non stare lì a far niente».

Senza aspettare risposta, perché tanto non c'era niente da rispondere, la signora Elena ondeggiò verso un'anziana duchessa che si stava sbriciolando addosso un bignè.

Bianca guardò la sua macchina scomparire in una tasca altrui. Succedeva spesso. Quando fotografava in orario di lavoro, chiunque la vedesse le toglieva la macchina, e gliela restituiva solo alla fine della giornata. Eppure, per tante volte che succedesse, Bianca non smetteva mai di provarci.

Senza rancore affrontò il Brioscione, un rotolo di pasta sfoglia, prosciutto, frittata e spinaci, molto apprezzato dalle dame in cerca di uno spuntino sostanzioso. Accanto a lei, Tinco sciacquava le tazze fischiettando tra i denti. Stava ancora pensando alla verdità del pistacchio.

«Ma che sarebbe, 'sta idea platonica?»

«È una cosa filosofica, l'ha inventata Platone, un tizio greco dell'antichità. In pratica, è quando tu pensi a una cosa senza averla sottomano. Pensi 'cavallo', ma non un certo cavallo in particolare, tipo...»

«Dinamite, il cavallo di Tex».

«Eh no, tu pensi 'cavallo', e ti vedi in mente un cavallo indefinito che è come se fosse tutti i cavalli. Quella è l'idea platonica».

«Se invece penso a un cavallo che conosco?»

«Pensi a quello, punto e basta. Lasci fuori la filosofia».

Tinco annuì, in silenzio, e continuò a lavare le tazze come in trance. Quando parlava con Bianca, spesso dopo gli formicolava il cervello, e gli spuntavano pensieri nuovi. Lo diceva sempre anche a Vale, la sua ragazza, apprendista sciampista in un'elegante bottega di Piazza Vittorio.

«Ma sai per dire quante idee che si possono avere? C'è un casino di roba a cui pensare, che uno neanche se lo immagina. Bianca c'ha una testa. E pure Emma».

«Passami le cipster» era la risposta standard di Valentina, che ne aveva veramente le scatole piene di queste colleghe di Tinco, Emma e Bianca, che lui le portava sempre a modello. Quelle erano due vecchiarde di venticinque o trent'anni, a lei non interessavano, lei di anni ne aveva solo diciassette e aveva altre ambizioni. Voleva vincere il concorso 'Sciampista Emergente Provincia di Torino', ed era contenta come una pasqua di essere arrivata in finale.

«See, sai che roba. Sai che finale. Vi mettono a fare gli sciampi» la scoraggiava lui.

«Apposta. E chi lo fa meglio vince. Conta tutto: temperatura dell'acqua, tipo di shampoo scelto, massaggio... saremo in dieci, e c'è pure una che prima abitava a Roma».

«Mi spaventi, giuro».

Valentina gli diede una botta in testa, Tinco le morse una mano, e tutto andò per il meglio.

Bianca Longhi aveva cominciato a lavorare da Delacroix quattro anni prima, forte di un diploma dell'Istituto alberghiero, specializzazione Servizio di Sala, una qualifica professionale che aveva conquistato per placare le ansie di sua mamma, una separata pessimista che non avrebbe avuto pace finché l'unica e amatissima figlia non avesse avuto 'uno stipendio in mano', come diceva lei. E Bianca, quando era eticamente possibile, preferiva assecondare che discutere, così aveva iniziato una carriera di cameriera mentre cercava di decidere come sarebbe diventata miliardaria. Questo era infatti il semplice e chiaro scopo della sua vita. Voleva scegliere un ramo professionale che le consentisse guadagni esorbitanti, onde non dover mai far quadrare il bilancio. Per quanto riguardava lei, il bilancio poteva fare le capriole e andare in giro in autostop, non voleva mai doversi preoccupare di farlo stare dentro i due capi di un mese, come aveva visto fare alla mamma fin dalla prima volta che aveva sbirciato fuori dalla culla. I suoi progetti cambiavano continuamente, perché lei si sentiva pronta a tutto. Dai sei anni in avanti non aveva fatto altro che leggere, assimilando quantità inverosimili di informazioni. Libri di storia, manuali di apicoltura, romanzi rosa, vite di santi, poemetti ebraici, novelle fiorentine, summae filosofiche, drammi elisabettiani, haiku giapponesi, antologie di poesia, sceneggiature di Truffaut, testi di antropologia, biografie di attrici e ogni altra cosa riducibile in frasi scritte, Bianca leggeva tutto e di tutto ricordava almeno qualcosa, perciò a ventisei anni aveva una cultura disorganica ma imprevedibile. Per il momento, la usava soltanto a fini personali, mentre decideva cosa voleva fare nella vita. Non era facile, perché non se la sentiva di scartare niente, e ogni sei mesi cambiava idea: inventare capi di abbigliamento strani destinati a diventare cult? Lanciare via Internet una Catena di Sant'Antonio a cui fosse impossibile sottrarsi? Scrivere un best seller? Opere d'arte destinate al MoMA? Creare dal nulla un servizio terziario di cui nessuno ancora sapeva di aver bisogno? Al momento, si sentiva portata per la fotografia, e quindi concentrava tutte le sue energie su quello. Nonostante le aspirazioni all'eccessiva ricchezza era frugale all'estremo, viveva con poco e finalizzava tutti i suoi guadagni alla passione del momento: quindi, in questo periodo, comprava carta e cartucce per la stampante, libri fotografici, biografie di fotografi e manuali di fotografia. Partecipava a tutti i concorsi e inondava Internet con le sue opere. Per poter lavorare, fotografare, leggere e progettare futuri sempre diversi, Bianca aveva dovuto rinunciare a qualcosa, e così da tre anni aveva smesso di frequentare i ragazzi, e aveva intenzione di non riprendere. Sapeva che l'amore ostacola una carriera di successo, e contava di rimandare la faccenda a dopo i trent'anni. Quando la banca avesse iniziato a mandarle estratti conto ragguardevoli, allora, e solo allora, avrebbe ricominciato a guardarsi attorno e a mettersi il rimmel. Prima, non voleva distrazioni. Perciò riservò un'occhiata piuttosto gelida al giovane uomo biondo che la chiamava con una certa insistenza dal tavolino di porfido. Davanti a sé aveva i resti di un cappuccino e un vassoio con sopra tre Meringhette Perfetto Amore.

«Sì?» Bianca si avvicinò diffidente, con il blocchetto delle ordinazioni in mano.

«Scusa, potresti farmi un grande favore?»

Bianca ne dubitava. Il tipo aveva l'aria febbrile, i capelli raccolti in una coda e la barba lunghetta, e dardeggiava lo sguardo avanti e indietro dalla porta.

«Cioè?»

«Sta per entrare una signorina con gli occhiali. Ha una giacca di pelle nera. Potresti rovesciarle addosso qualcosa?»

Bianca posò il blocchetto. «Stai scherzando?»

«No. Fra cinque minuti al massimo da quella porta entrerà una ragazza bruna con gli occhiali. Indosserà, probabilmente, un soprabito di pelle nera. Dovresti andarle incontro, rovesciarle addosso qualcosa, e tenerla impegnata abbastanza da darmi la possibilità di andarmene insieme alla signorina che sta per uscire dal bagno».

«Scusa, come fai a sapere cosa faranno tutte queste ragazze?»

Lui alzò un cellulare. «Ti prego. Sarò felice di lasciarti questi di mancia».

Era comparso dal nulla un biglietto da cinquanta euro. Bianca annuì.

«D'accordo».

Si girò e la vide. Stava attraversando la strada, inequivocabilmente diretta verso la Pasticceria Delacroix. Bruna, occhiali, pelle nera. Era lei. Bianca non aveva molto tempo per organizzarsi. Andò al banco, prese un vassoio, ci mise sopra una lattina di Coca, la stappò, aggiunse un piattino con una brioche, mise una mano in tasca, tirò fuori il cellulare e tenendo con una mano il vassoio e con l'altra il telefono si precipitò verso la porta strillando all'apparecchio: «Nooo! Non puoi farlo!!! Io ti amoooo!»

Con un grido straziato piombò addosso alla cliente, inaffiandola di Coca Cola e investendola con i suoi cinquanta chili compatti.

La ragazza crollò e per colmo di fortuna le saltarono anche via gli occhiali. E alle sue spalle, troppo veloce per poter manifestare gratitudine, guizzò via il biondo con la coda, trascinandosi dietro una ragazza con la giacca a fiori che stringeva in mano il piattino con le tre Meringhette Perfetto Amore.

Bianca lanciò ancora qualche strillo isterico per non perdere la centralità della scena, poi si gettò come un'invasata sulla ragazza bruna, gemendo disperata: «Mi scusi! Mi scusi tanto, non volevo! Oh mio Dio, ho fatto una cosa terribile... mi scusi... sono desolatissima... è che il mio ragazzo mi ha... mi aveva appena... scusi, ho perso la calma...»

La ragazza bruna se la tolse di dosso senza tanti complimenti, e cercò di asciugarsi la Coca Cola che le colava lungo la giacca di pelle. Attorno a lei si davano gran pena l'anziano barista Manlio, Tinco e Cleopatra Farina, la cassiera della Pasticceria. Per fortuna la signora Elena era ancora in bagno ad aiutare la Duchessa a ripulirsi, e si era persa la scena. Bianca si teneva a una certa distanza, casomai alla cliente fosse venuto in mente di graffiarla.

Ma la ragazza non sembrava bellicosa, bensì piuttosto angosciata.

«Guardi, io la capisco, però... un po' di attenzione... non è per la giacca... o le scarpe... è che avevo appuntamento con una persona e... non c'è più... un attimo fa era seduto lì, l'avete visto? Un ragazzo biondo, con la coda...»

«Sì sì, l'ho visto, ha ordinato cappuccino e meringhette».

«Meringhette?» la giovane donna smise di soffiarsi il naso cosparso di goccioline di Coca Cola, e guardò perplessa Bianca. «Che meringhette? Ale non mangia dolci. Mai».

«Ha ordinato sei Meringhette Perfetto Amore, farcite con crema di marroni e toppate con cioccolato e scagliette di nocciole» non poté che confermare Bianca.

«Però» interloquì volonterosa Cleopatra Farina, «le meringhette le ha mangiate solo la signorina che era con lui, l'ho vista io».

«AAAAHHH!» strillò la bruna. «Una signorina come?»

Invano Bianca mimicò alla Farina di strozzarsi con la sua stessa lingua e non aggiungere una parola: la cassiera della Pasticceria Delacroix era una donna comunicativa, servizievole e nata per lavorare in un servizio informazioni, perciò tutta garrula rispose: «Una coi capelli biondi, ricci, una giacca a fiori, sotto c'aveva una maglia ruggine, i jeans ricamati, e se non mi sbaglio una borsa azzurra. Mi pare c'avesse pure...»

Ma ulteriori particolari sulla signorina andarono persi, perché la bruna con gli occhiali lanciò un grido violentissimo e diede un pugno sul banco del bar, spezzando in due un piattino pieno di olive.

«È lei! Bastardo!!! Io lo ammazzo!!!»

E con grande costernazione degli astanti, crollò a terra svenuta.

Nonostante dentro si sentisse scardinato fin dalle fondamenta, Andrea aveva un aspetto solo leggermente più brillante del solito mentre entrava nei laboratori che occupavano il seminterrato della Palazzina Delacroix. Al pianterreno c'erano la Pasticceria e la cucina, al primo piano gli uffici, e al secondo e ultimo l'attico mansardato in cui lui aveva il suo appartamento. Corrado abitava a breve distanza, in una villa lungo viale Seneca. La Palazzina Delacroix era un bizzarro edificio costruito anni prima da un architetto stravagante a nome signor Luzi, e si presentava come un frullato di volute color panna. Un muro di cinta racchiudeva il giardino e le serre, separando la quiete agreste del tutto dal moderato traffico di corso Fiume.

Il seminterrato aveva un lato di finestre sul giardino, ma era sempre illuminato da potenti e ben mirate luci artificiali. Qui si creavano i cioccolatini, le torte, i pasticcini e le altre specialità Delacroix, qui venivano impacchettate e inscatolate per viaggiare in ogni angolo del mondo, e da qui ogni mattina partiva il furgone che le consegnava a pochi ed esperti corrieri. Andrea entrò e si fermò davanti a quattordici ciotoline di diversi colori, allineate in fondo a un bancone. Con un minuscolo cucchiaino di ceramica assaggiò il contenuto di quella color albicocca. Era una densa pasta di cioccolato pallido.

«C'è troppo rum. Ma funziona lo stesso. Aggiungi un accenno di gelsomino».

Parlava a Jerôme, che si era materializzato accanto a lui con sinuosa quiete mediterranea. Il suo assistente e in un certo senso maestro era un uomo piccolo, con una corona di capelli grigi, sempre vestito di nero o blu scuro, elusivo e saggio come un personaggio di Tolkien. Adesso guardò Andrea con severità e disse: «Gelsomino? Non è in linea con la politica della casa, Andrea. Noi non utilizziamo gusti nouvelle pâtisserie».

Andrea accennò un sorriso: «Lo so ma... questa volta faremo un'eccezione. Ci concederemo il piacere di una stridente sorpresa papillare...»

«Quindi la storia con l'attrice va avanti».

Andrea considerò Jerôme con molta freddezza.

«Ho mai discusso con te della mia vita privata?»

«Ho mai sbagliato a diagnosticare i tuoi innamoramenti?»

«C'è poco da diagnosticare. Domenica sera ci hai visti andare via insieme».

«E la piccola Emma?»

Andrea sperimentò qui per la prima volta una sensazione che presto gli sarebbe diventata familiare: un lievissimo squarcio in mezzo al cuore, come inferto con delle forbicine da unghie.

«Peccato» rispose sobriamente.

Jerôme non aggiunse altro, e portò via la ciotola per aggiungere l'esatta quantità di essenza di gelsomino che Andrea non gli aveva specificato. Anche per questa sua capacità di misurare l'indefinito era diventato l'esecutore materiale delle idee del geniale erede dell'impero Delacroix.

Il geniale erede dell'impero Delacroix tirò fuori dalla tasca il suo cellulare, e scrisse un sms che diceva: 'TI HO APPENA MESSA IN UN CIOCCOLATINO'.

Poi tornò a concentrarsi su quello che aveva davanti: in quelle ciotole c'erano i suoi tentativi per creare un nuovo plateau di cioccolatini, una scatola sensazionale e sorprendente da mettere in vendita per celebrare i trent'anni della Maison Delacroix. Mentre assaggiava il composto della ciotola numero sei (noce, fondente ghanese, alchermes e miele) sorrideva ancora, pensando alla sua amata che dormiva rannicchiata in pochi centimetri di seta color cipria. E proprio mentre pensava a Jasmine, gli si parò davanti la sorridente Emma, che pareva spettinata e inquieta.

Imbarazzo. Negli ultimi giorni era riuscito sempre a eluderla. Eppure, doveva pur succedere. Con un leggero moto di fastidio, Andrea si disse che avrebbe dovuto insistere di più per convincerla a cambiare lavoro.

«Ehi. Buongiorno».

«Ciao». Emma lo guardò trafficare attorno alle ciotoline. «Che fai? È per la nuova scatola?»

«Sì. Assaggia». Le allungò sulla punta di uno stecco un po' della crema della ciotola dieci, base di cioccolata con pulviscolo di cocco e profumo di menta.

«Buono! Cocco e menta... mi piace».

«Bene. Ma devo modificarlo ancora. Così è risaputo. Cocco e menta è risaputo».

«Ma va'. Non c'è niente di famoso al cocco e menta».

Emma assaggiò un'altra punta di cioccolato, poi si lasciò andare al senso di sicurezza e fiducia che sempre, ancora, Andrea le ispirava.

«Di', lo sai che... che tuo padre mi ha detto che manderete me al concorso? Alla 'Stella per Natale'?»

Andrea sorrise appena. «Certo che lo so. Stavo per dirtelo l'altra notte, poi...» lasciò scivolare via la frase, rimpiangendo di averla iniziata. Meglio non parlare dell'altra notte. «E allora? Che hai detto? Hai accettato?»

Emma lo guardava zitta, con la bella bocca chiusa, e quell'aria un po' da illustrazione dell'Ottocento che, fino a pochi giorni prima, lo aveva mandato fuori di testa. Si era innamorato proprio di brutto, appena l'aveva vista, e ci aveva messo otto mesi a chiederle di uscire. Peccato per com'era andata.

Finalmente, si decise a rispondergli.

«Gli ho detto di sì, che gli dovevo dire? Perciò da oggi devo cominciare ad allenarmi».

«Sì, be'... in questa fase devi cercare soprattutto...»

Prima che Andrea potesse finire la frase (ovvero aggiungere le seguenti parole: 'migliorare le tue tecniche di base') la signora Elena piombò su di loro con energia e risentimento.

«Emma! Cosa ci fai qui? Ti avevo detto di tornare subito in negozio, quando avevi finito col dottor Delacroix».

Senza aspettare risposta, la prese per un braccio e la trascinò di sopra. In cucina non c'era nessuno, ed Elena la inchiodò al muro.

«Sei stata dentro più di un'ora. Che cosa ti ha detto? Ricordati: parola per parola».

«Parola per parola è difficile, perché lo sa com'è il dottor Delacroix, che divaga, però in sostanza hanno deciso di mandare me al concorso. Alla 'Stella per Natale'».

La signora Elena diventò blu come il suo grembiule, una delicata sfumatura pavone. Dalle profondità di quel colore, annaspò: «Te? Come rappresentante della Delacroix? Ma... quando ha... ma come ha...»

Era evidente che questa notizia sconvolgeva la signora Elena oltre ogni possibile previsione. Okay, pensava Emma, anche io mi sono stupita, sì, pensavamo tutti che avrebbe mandato Zlatan, però non è il caso di farsi venire un ictus.

«Signora Elena... si sieda... le prendo qualcosa?»

«Sparisci».

Emma non se lo fece dire due volte, e se la batté a razzo. C'era qualcosa di eccessivo, in tutto questo, ma in quei giorni andava così, che la vita esagerava, ed era inutile stare a pensarci tanto su.

Noemi Belmonte Picchi, a differenza di sua sorella Elena, di invecchiare se ne fregava alla grande. Le bastava continuare ad avere denti forti abbastanza da spaccare il torrone, le mani robuste, i polmoni grandi, due gambe che non si stancavano mai e occhi in grado di infilare l'ago. A Noemi piaceva faticare, e poi riposarsi. Era convinta che in un sapiente alternarsi tra spossamento bestiale e brutale riposo stesse l'equilibrio celeste della vita umana. Seguendo fedelmente questi criteri mandava avanti da vent'anni un elegante vivaio sulla collina torinese, prediletto da ricchi, nobili e snob, e famoso sia per le sue rose che per le sue ortensie. Zappando e potando come un'indemoniata si sentiva bene, e meglio ancora si sentiva quando mollava tutto, e si abbatteva su una panchina a riflettere sulle talee. Per questo non capiva sua figlia Camelia che stava languendo nella doccia, e continuava a lavarsi pur essendo ormai pulitissima.

Noemi era andata a prenderla alla stazione e l'aveva portata nel minuscolo ma elegantissimo villino in collina che le aveva donato suo marito, il giudice Picchi, prima di ritirarsi nel Botswana. Camelia aveva parlato senza mai smettere per tutto il tragitto, mescolando senza alcun esito lamentele e suppliche, e poi, appena arrivata a casa, si era chiusa in bagno.

«Camelia, esci!» urlò Noemi, sfogliando un catalogo di Sgaravatti.

Ventitré anni, un po' rotondina, molto bionda, naso dritto, occhi azzurro lobelia, Camelia uscì stringendosi nell'accappatoio e comunicò a sua madre che era finito il balsamo.

«Non mi interessa. Piuttosto, invece di perdere tempo in bagno, vai in cucina a far pratica di pan di Spagna. Ti viene asciutto, mi ha detto Suor Melissa».

«Mamma... è inutile. Non voglio fare il concorso. Non sono in grado».

«Certo che sei in grado. Io e tua zia abbiamo speso dodicimila euro perché tu fossi capace».

«Voglio fare la modella...»

«Escluso. Sei troppo vecchia, tra l'altro. Tu farai il concorso, e lo vincerai. Perché sei capace, e perché hai il Quaderno con le ricette del nonno».

«E a che serve? Non ci capisco niente. Nessuno ci capisce niente».

Noemi inspirò profondamente. Sapeva che non avrebbe dovuto farlo. La psicologa l'aveva avvertita: «Non serve pressarla. Se il ricordo riaffiorerà, sarà una sensazione spontanea, favorita da un profumo, un colore, un suono. Può essere tutto, signora Belmonte: un fresia che sboccia, lo sgocciolio della pioggia o una canzone degli anni '80. Tutto, ma non una pressante richiesta di ricordare».

Solo che Noemi si era stufata di aspettare che le fresie sbocciassero. Secondo lei, una richiestina pressante il giusto poteva benissimo funzionare. Perciò prese sua figlia per le spalle e la guardò dritta negli occhi.

«Camelia. Hai ripensato al nonno? Hai provato a rivivere quei momenti? Ricorda... lui è lì... ti guarda... allunga una mano, ti dà il Quaderno e dice... dice...»

Camelia si liberò con uno strattone.

«Non mi ricordo niente! Niente! Solo che il dottore puzzava di frittata!»

«Okay. Rilassati. Vedrai che un giorno ricorderai. Tu non smettere di provarci, tesoro».

«Io smetto di provarci. Tanto è tutto inutile».

«Non ti preoccupare. Ci arriveremo comunque, vedrai».

«Mamma, perché ti ostini? Il concorso non lo vincerò, e sai perché? Perché non ci proverò neanche».

«Ah no? E cosa dirà Suor Melissa? Ha dedicato i suoi anni migliori a insegnarti i segreti della Pasticceria... tu sei l'orgoglio del Convento, la migliore allieva che abbia mai avuto, i tuoi Ditini di Bimba sono i più deliziosi...»

«Mamma!» Camelia non voleva mai più sentir nominare i Ditini di Bimba in vita sua. «Non è vero! Non sono deliziosi, fanno schifo. Suor Melissa manda in giro i suoi e dice che li ho fatti io, solo perché tu e zia Elena le avete regalato una Ferrari!»

Noemi sbuffò. Era inutile continuare a discutere.

«Camelia, parliamoci chiaro: tu parteciperai al concorso e cercherai di vincere, chiaro?»

«Uffa...» biascicò Camelia. Con un leggero digrignio di denti, girò le spalle alla madre e andò in camera sua.

Corrado Delacroix si preparava a lasciare la Palazzina. Dalla finestra del suo studio vedeva la bella Barchetta azzurra di Vittoria che lo aspettava. Erano a cena dai Bricarello, quella sera, e speriamo che Maria Adelaide non abbia fatto il suo solito, disgustoso, flan di carote. Corrado detestava andare a cena dai Bricarello, perché il cibo era pretenzioso e la conversazione sbadigliante, ma Gilberto Bricarello era un dirigente della San Paolo, e la Pasticceria aveva bisogno di un nuovo fido. Andrea si era tanto raccomandato...

Con una scrollata di spalle, Corrado allontanò il pensiero dalla spiacevole situazione economica della Pasticceria Delacroix. Se la Trisciuoglio vinceva il concorso, ci sarebbe stata una tale ricaduta di immagine internazionale da risolvere, almeno per il momento, ogni problema. E avrebbe vinto, perché lui era ancora capace di fiutare un talento, e quella umbratile creatura mezza pugliese e mezza biellese aveva il tocco. Quel dolce di pere era una piccola perfezione... e con un accenno di sorriso che passava in rassegna alcune delle sue piccole perfezioni preferite, Corrado si chiuse la porta dello studio alle spalle.

Ma aveva fatto appena un paio di passi in corridoio che gli arrivò davanti Elena, con aria spiacevolmente esaltata.

«Corrado, ti devo parlare. Subito».

«Sto andando a casa... c'è sotto Vittoria che mi aspetta. Cosa ci sarebbe di tanto urgente?»

«Se non ti spiace, preferirei entrare».

Immaginando qualche bega tra i pasticcieri, Delacroix scostò la porta con aria da martire, e fece entrare Elena, che si piazzò sulla poltrona davanti alla sua scrivania, e senza farsi pregare entrò in argomento.

«Si tratta di tua figlia Camelia».

Corrado la guardò con garbato interesse. Era forse pazza, quella donna? Chi era questa figlia Camelia che veniva scaraventata così senza preavviso nella sua vita? A lui non risultavano figlie Camelie. Con un guizzo di divertimento negli occhi, perché a Corrado Delacroix piaceva quando la gente impazziva, le chiese: «Che cosa stai dicendo?»

«Tua figlia, Corrado. Camelia. Ventitré anni, bionda. Hai presente mia sorella Noemi?»

«Eh? Ma certo. Che domande mi fai? Sono stato al suo vivaio lunedì. Ho preso un alberello di lantana. È dozzinale ma gradevole, e sta bene sul...»

«Lascia perdere le piante. Noemi ha una figlia».

«Ah. Non lo sapevo. Era sposata col coso... come si chiamava... Picchi. Il figlio di Ermanno Picchi. Se non mi sbaglio, è scappato a Tahiti, o qualcosa del genere».

«Botswana».

«Botswana? È in Africa, giusto? Come mai è andato nel Botswana?»

Elena si stava spazientendo. Avrebbe voluto vedere quell'uomo sconvolto dalla notizia di avere una figlia, non interessato agli Stati dell'Africa centrale.

«Chennesò... cerca di coltivare fagiolini e pomodori nel deserto. A ogni modo, Noemi ha tenuto la bambina fino a quando ha avuto sei anni, poi l'ha messa in Collegio dalle Spinose Madri del Cuore Trafitto, nel Chianti».

«Ah, ecco. Per questo non l'ho mai vista. È carina?»

«Sì, Corrado. Ti assomiglia abbastanza. È tua figlia».

«Sei matta? Io non ho mai avuto niente a che fare con tua sorella».

«E infatti Camelia non è figlia di Noemi. È figlia mia. Mia e tua».

BUDINO NERO, BUDINO DI LIMONE

«Ma secondo te» chiese Emma a Bianca, mentre apparecchiava la tavola, «esiste un nesso? Voglio dire, prova a pensarci. Una sera Andrea mi lascia. Pochi giorni dopo suo padre mi offre la più bella possibilità che posso avere in questo lavoro. Che senso ha?»

«È il senso della vita in generale, che non conosciamo. Tu ricordati sempre questo. Perciò è normale che anche i piccoli singoli sensi delle cose ogni tanto ci sfuggano».

«Piccoli singoli sensi?»

«Tipo». Bianca girò gli hamburger sull'altro lato. Continuava a girarli e rigirarli, ma loro insistevano a buttar fuori un sughino rosa. Cucinare portava via un mucchio di tempo alla lettura, però mangiare era utile e piacevole, e quindi ogni tanto bisognava preparare del cibo. A un certo punto, però, spense il fuoco e tirò fuori di tasca un libretto.

«Senti qua» e lesse: «'Interessante, davvero interessante. Ci troviamo in un mondo dove ogni cosa, perfino un lampione, può nascere e crescere'. Visto? Non possiamo capire tutto». Soddisfatta, si rimise in tasca *Le cronache di Narnia* e portò in tavola la cena.

Mentre mangiavano, Bianca interrogò Emma sul concorso.

«Com'è che funziona? Andate in una specie di ritiro?»

«Sì. Entriamo fra un mese. E ci stiamo per una settimana. Al lunedì ci diranno gli ingredienti obbligatori. Gli stessi per tutti. Questo lo fanno per evitare fregature. Perché se fossimo proprio liberi, ognuno di noi si preparerebbe prima il suo dolce, magari facendosi aiutare da gente brava, e ciao. Invece, così non possiamo barare. Abbiamo una settimana per decidere cosa fare, provare eccetera. Al sabato dobbiamo consegnare il nostro dolce pronto. La giuria li assaggia, si riunisce, assaggia ancora un po', e la sera c'è la premiazione, la festa eccetera. Fanno la diretta su Sky.

«E dove vi chiudono?»

«Ogni volta è diverso. Quest'anno purtroppo è qui a Torino. Peccato. Due anni fa erano a Londra... Ci mettono al Meridien, l'albergo che c'è al Lingotto».

«Be'... è strafigo però. Superlusso».

Dopo cena Emma e Bianca restarono in cucina. Quella sera non uscivano. Bianca aveva sistemato il computer sul tavolo, e lavorava alle sue foto sui colori. Emma, seduta di fronte a lei, sfogliava una copia dell'Artusi, un'edizione sciatta che aveva comprato due anni prima su una bancarella al mare. Conteneva settecentonovanta ricette. Emma lo aprì a caso, e si trovò di fronte una pagina di baccalà. Niente. Riprovò, e al terzo tentativo capitò in una pagina di budini. Budino di ricotta, budino alla napoletana, budino nero, budino di limone... tutti interessanti... ma l'incipit di 'Budino nero' attirò la sua attenzione. 'Questo budino si fa talvolta per consumare le chiare d'uovo, e non è da disprezzarsi'. Se c'era una cosa in cui Emma eccelleva era montare le chiare d'uovo. Se le sbatteva lei, la neve era davvero ferma, immobile come quelle eterne del Kilimangiaro.

«Potrei puntare su una cosa qualsiasi a base di meringa...» rifletté ad alta voce. Bianca considerò l'ipotesi.

«Non so perché, ma non penso che una cosa a base di meringa potrebbe vincere. Tutti sono stufi di meringata, no? Adesso c'è quella ai frutti di bosco, ma non se ne può più neanche di quella...»

«Secondo te, Andrea sarà felice davvero, con lei?»

Senza stupirsi per questa brusca new entry nella conversazione, Bianca considerò anche questa ipotesi.

«Per un po' di sicuro. Poi forse lei si fidanzerà con qualche attore con cui gira un film, e per lui cominceranno i guai. Però, comunque, avrà avuto quello che voleva».

«Ma la amerà davvero? Che ne sa lui di lei? Conosce solo il suo aspetto».

«Neanche, secondo me. Non conosce il suo vero aspetto, quello che avrebbe se non fosse mai passata dal chirurgo».

«È passata dal chirurgo, secondo te?»

«Ah-ah. In *Rose in boccio* aveva gli zigomi diversi. Comunque, che ti frega se con lei sarà felice o no?»

«Non lo so... oggi in laboratorio mi è sembrato già un po' meno a suo agio... lui di solito è così contento quando lavora. Lo vedi, che è proprio felice. Invece oggi, non so... e se lei gli facesse passare la passione? Magari se lo tira dietro nel mondo del cinema...»

Emma chiuse gli occhi. Vide Andrea infelicemente occupato a preparare il catering per un set. Con un sospiro, tornò all'Artusi. Budino di limone. Ingredienti: un grosso limone di giardino... che belli che sono, gli ingredienti dell'Artusi.

«Sai, mia sorella aveva fatto di tutto per avere un figlio, senza riuscirci, e così non le è parso vero. Camelia aveva una settimana quando gliel'ho data. Picchi l'ha denunciata come figlia sua. Fine della storia».

« Come sarebbe, fine della storia? E tu? Ti sei sbarazzata così di tua figlia?»

«Sbarazzata... non esageriamo. Il sangue di mia sorella non è mica acqua neanche quello. Siamo sempre in famiglia. Alla gher com alla gher, caro mio. Se io ti avessi detto che aspettavo un figlio da te, sai come scappavi. Ventitré anni fa, hai presente? Eri ancora sposato con Susanna...»

«Però hai deciso di tenerlo».

«Volevo vedere se veniva un maschio».

Corrado Delacroix era troppo egocentrico per sconcertarsi davvero per cose che non lo riguardavano, ma per una volta si ritrovò a fissare questa donna davanti a lui con autentico smarrimento. Elena... Elena che ventitré anni prima si era presa tre mesi di ferie per assistere la sorella che aveva una gravidanza difficile... e invece la gravidanza era sua, e facilissima, anche. Ma... e se fossero tutte storie? Se fosse l'ennesima invenzione di una che non aveva voluto rinunciare mai?

Quando Elena Belmonte e Corrado Delacroix si erano conosciuti, lei aveva ventiquattro anni, ceppo artigiano, unica commessa dell'allora piccola, ma già chic, Pasticceria Delacroix. L'aveva scelta Corrado in persona, trentacinquenne di straripante fascino, attirato dall'idea di avere una commessa bella ed elegante come Lucia Bosé. Naturalmente aveva avuto una piccola storia con lei, così, en passant, essendo allora sposato con Susanna Stratta, e fresco padre del bambino Andrea. Certo non immaginava che la soave biondina si sarebbe dimostrata non solo avvinta come l'edera, ma anche rampicante come la vite. Non lo aveva mollato più, insinuandosi come acqua in tutte le fessure della sua vita, tra moglie e amante, tra fidanzata e moglie, tra amante e amante, tra flirt e storia... per quante donne Corrado Delacroix avesse, e ne aveva tante, Elena era sempre lì, consolazione di una sera, risorsa per un weekend, momento di abbandono in un pomeriggio afoso. Anno dopo anno, si ritagliava i suoi spazi, sapendo ritrarsi e farsi avanti secondo un istinto che non la tradiva mai. Ma altrettanto mai era riuscita a piazzare il colpo definitivo, a diventare quella vera, a minacciare seriamente le altre sue storie. Tranne una volta, quando Corrado aveva divorziato da Susanna. A convincerlo a compiere un passo tanto alieno dalle sue intenzioni era stata una perfida pittrice milanese, che quando lo aveva avuto ben bene in pugno lo aveva brutalmente scaricato a favore di un architetto altrettanto milanese. Era la prima volta che Corrado aveva la peggio, e lo choc fu senza pari. Per mesi e mesi dalla Delacroix non uscirono dolci capaci di affascinare il pubblico. Si andava avanti con la produzione classica, senza quelle stuzzicanti novità a cui erano abituati i fedeli consumatori internazionali. Era stato allora che Andrea era sceso in laboratorio e aveva preso il comando, sostituendo di fatto il padre, ed era stato allora che aveva inventato i Peccatilly.

In quel momento di nera depressione stantia, Elena era arrivata a un passo dal trionfo: quella bella donna discreta che lo aveva sempre amato, che per amor suo non si era mai sposata, che era parte integrante della Pasticceria, e che mai mai mai lo avrebbe piantato poteva forse tirarlo fuori dalla lenta consunzione in cui lo aveva gettato la perfida. Così aveva cominciato a frequentarla con un minimo di costrutto, e a buttare lì qualche frase che poteva suonare discretamente progettuale. A Elena era quasi uscito fuori il cervello dalla felicità: se lo sentiva tamburellare contro le tempie come pasta sfoglia che gonfia nel forno, e si era già girata in testa infinite versioni della sua futura vita al fianco di Corrado.

Ma una brusca e imprevista svolta del fato vagabondo aveva fatto incontrare Corrado Delacroix e Vittoria Baraldi, una mite trentenne che si occupava dell'ufficio stampa per una casa editrice, e che, senza altra forza che quella della giovinezza e di una sventatezza molto riposante, aveva convinto quel quasi sessantenne da troppo tempo irresistibile, non più irresistibile tra poco. Così il sogno di Elena aveva fatto una pessima fine, rischiando di essere imitato da Elena stessa, che aveva manifestato in lungo e in largo l'intenzione di suicidarsi entrando nell'enorme frigorifero del laboratorio e restandoci fino ad avvenuto assideramento.

«Voglio morire lì! Tra le bignole!»

Poi non se ne era fatto di niente, e la resistente Direttrice di Sala aveva ripreso a lavorare a un suo antico progetto, quello che potremmo chiamare il Piano A, e che stava procedendo nella più assoluta segretezza da ventitré anni. Adesso, era venuto il momento di metterlo in pratica. Così, senza scomporsi, Elena spiegò la sua posizione riguardo al sesso dei figli.

«Onestamente, non ho mai desiderato particolarmente di avere dei figli. I figli ti invecchiano. Quando loro hanno trent'anni, è evidente che tu non puoi averne quaranta. Però, un maschio quasi quasi mi tentava. Loro adorano la mamma, e poi sono galanti, portano i regali, tengono aperta la portiera della macchina.

Un bel maschio che ti assomigliasse. Non come Andrea che, sia detto senza offesa in verbis, è identico a sua madre. Se fosse nato un maschio, magari me lo tenevo. Ma una bambina! Per carità. Poi un giorno tu hai cinquant'anni e lei venti, venti, ti rendi conto?»

«Mi lasci senza parole. E tua sorella? Perché l'ha messa in Collegio?»

Elena alzò le spalle.

«Sai com'è. Crescono. Da piccola, era tanto carina. Non brillante, intendiamoci. Strano, essendo figlia nostra. Un po' lenta. Grassottella. Poi, quando ha avuto cinque anni, Picchi se n'è andato in Botswana, Noemi è rimasta sola, e ha aperto il vivaio. 'Sta bambina era un po' un peso».

Alle Madri Spinose invece la piccola Camelia era piaciuta molto, e l'avevano allevata coccolandola a tutto spiano, come un'allegra Marcellina Pane e Vina, che rincorreva le papere e ricamava greche sugli asciugamani.

«Veniva a casa per le vacanze, però. Le facevamo un mucchio di regali, di coccole. Mi è sempre sembrata abbastanza felice. Ma a un certo punto, bisognava pensare al suo futuro. E allora ci siamo ricordate del Quaderno di Picchi».

A queste parole, l'attenzione di Corrado si risvegliò come un fiore sotto la pioggia.

«Il Quaderno di Picchi? Ma allora esiste?»

«Non solo esiste, Corrado. Ce l'ha Camelia».

A Camelia i dolci non interessavano. Trovava stucchevole il loro sapore, estenuante quella sensazione sciropposa alla base della gola, e non capiva perché tante persone si svitassero l'anima per il dispiacere di non potersi ingozzare quanto volevano di pasticcini e torte. Lei era golosa di acciughe, crauti, salame, gorgonzola, patate fritte e noci. Di conseguenza, l'idea di partecipare a un concorso per creare un pasticcino le pareva insensata, ma purtroppo non era ancora in grado di opporsi ai desideri di sua madre. Bene o male, crescere in Convento rende inclini all'obbedienza, e Camelia quella sera confermò la resa al suo amato diario, un Holly Hobbie con lucchetto.

'Caro d., mamma non mi dà pace, e zia nemmeno, e quindi dovrò fare questo concorso, e rinunciare ai miei sogni. Quante volte ti ho confidato le mie dolci speranze! Diventare modella! Diventare ballerina! Diventare protagonista di uno spot dei telefonini! Ricordi? Avevo immaginato tutto, il padrone della TIM che veniva al Convento per comprare i biscotti di Suor Melissa, mi vedeva e decideva di ambientare la prossima pubblicità lì... nel chiostro... io ero una novizia che telefonava a Madre Teresa in Paradiso... Tariffa Celeste, 5 centesimi al minuto... e per voi invece la fantastica Tariffa Terra a Terra, solo 1 centesimo al minuto... era dolcissimo, vero? E invece niente, dovrò diventare una bottegaia con le mani unte di crema pasticciera. Chi mi salverà, caro diario?'

Con questa impegnativa domanda, Camelia chiuse le comunicazioni, e passò a esaminare il proprio guardaroba, un'occupazione in cui si mischiavano dolcemente, come avrebbe scritto lei, gioia e rimpianti. Scartò con un sospiro il gilet patchwork all'uncinetto, dono di Suor Janis, che aveva preso i voti subito dopo aver assistito al festival di Woodstock, e si infilò un maglioncino blu, un colore favoritissimo dalle suore. Andò alla finestra, e osservò il paesaggio ancora brullo di viale Catone. Per una specie di ironia urbanistica che comunque a lei sfuggiva completamente, i viali della collina torinese, abitati da ricchi, straricchi e superstraricchi, portano i nomi dei sobri filosofi latini che cenavano a pane e cipolle e censuravano gli sprechi: Catone, Seneca. Ma Camelia se ne sarebbe fregata di Catone, anche se avesse saputo chi era: guardando quel bel paesaggio momentaneamente imploso, si chiedeva se non avrebbe fatto meglio a scappare di casa, e cercare di raggiungere suo padre nel Botswana. Per un attimo sognò di essere laggiù, fra zebre e zucche, poi prese in mano la sua dannazione, il Quaderno. Quel prezioso e incomprensibile dono che suo nonno, Ermanno Picchi di Monsummano, le aveva consegnato in punto di morte, farfugliando qualcosa di incomprensibile. Un quaderno con la copertina di tela azzurra a fiori gialli e rossi, molto anni '70. Le pagine erano numerate, e la grafia precisa di suo nonno le aveva riempite fitte fitte. Con un sospiro, Camelia lo aprì a caso. Pagina 35. Lesse le prime tre righe: 'Vacdpidmombzdia:qmoomnmdraqqpiip300cslvacdpidnpggdeepdonanvmndomiddr1taggmnzpiasdtpttdp'.

Inutile. Nessuna illuminazione. Le ricette del suo celebre nonno sarebbero rimaste murate vive nel loro misterioso linguaggio. Camelia richiuse il Quaderno e frugò nello zaino. Chissà se aveva ancora quella canna, regalo di Suor Soledad, giunta da Kingston nel 1993 con una bella scorta.

«Hai capito? Questa è la sua idea».

Corrado guardò nel piatto del figlio e prelevò una fetta di salame. «Buono. È quello di Monte Zebio?»

«No, l'ho preso alla Coop. Papà, non esiste al mondo».

Andrea era stanco. In realtà, credeva di essere stanco ma era soprattutto un uomo profondamente a disagio. Da quando Jasmine era entrata nella sua vita, tutto il resto tendeva a uscirne. Le uniche ore vive erano quelle che passava con lei all'Hotel Villa Sassi, da cui la sua amata rifiutava di allontanarsi perché, diceva, Torino le metteva il magone. Così stava tutto il giorno in camera a guardare la tele, telefonare, pesarsi e aspettare le visite di Andrea. A lui, questo stato di cose metteva ansia. Si trattava, in effetti, del primo amaro morso alla mela della dipendenza, non la sua da Jasmine, ma quella di Jasmine da lui. Per i primi trentaquattro anni della sua vita, Andrea Delacroix aveva vissuto seguendo il suo estro e disciplinandolo. Adesso doveva tener conto ventiquattro ore al giorno dei desideri e dei bisogni di un altro essere adulto. Ma lui non sapeva di aver imboccato la strada dell'eterno compromesso, sapeva solo che erano le due del mattino, che suo padre lo aveva convocato strappandolo al letto di Jasmine, che quella sera non aveva cenato, e che se Corrado voleva una fetta di salame poteva tagliarsela invece di fregarla dal suo piatto.

Erano a casa sua, nell'attico della Palazzina, dove Corrado lo aveva raggiunto dopo la cena dai Bricarello.

«Non puoi fare una cosa del genere a Emma. Oggi la informi che sarà la nostra rappresentante a 'Una Stella per Natale', e domani la chiami e le dici che ti eri sbagliato, non ci va più. E non per mandarci Zlatan o Zhang, no, per una tizia sconosciuta che probabilmente non sa neanche fare una charlotte decente».

«Pare che sia bravissima. Ha imparato con Suor Melissa delle Spinose Madri, sai, quella dei Ditini di Bimba, le Lacrimucce di Maria, i Sospiri di Gesù Stanco...»

«Sì, li conosco, i dolci del Convento. Sono eccellenti. Ma questo non...»

«E poi ha fatto anche un corso di Alta Pasticceria con Paul Sabatier. È preparata».

«Ma non basta essere preparati... noi abbiamo bisogno che vinca, papà. Se no siamo, per dirla in modo melodrammatico ma corretto, rovinati».

«Noi abbiamo bisogno che vinca questa ragazza, e che subito dopo la sua vittoria si annunci che è mia figlia. Una figlia segreta nata da un antico amore. E siamo a posto... il ritorno sarà clamoroso... giornali, televisione, tutto l'ambaradan».

Corrado ridacchiava contento. La vita gli aveva fatto l'ennesima sorpresa, e lui aveva tutte le intenzioni di godersela.

«E chi ti dice che vincerà?»

«È semplice. Me lo dice il fatto che come assistente si porterà la Trisciuoglio».

Andrea guardò suo padre senza parole. Poi ne ritrovò qualcuna.

«E perché mai Emma dovrebbe andare a far vincere un'altra quando avrebbe dovuto partecipare lei?»

«Perché glielo chiederai tu». Corrado Delacroix si staccò un pezzetto di parmigiano. «Buono... quella cretina della Bricarello ha fatto il flan di carote... hai mica due grissini?»

«Te lo scordi. Io non chiederò mai a Emma una cosa del genere».

«Bene. Come vuoi. Però sappi che Bricarello mi ha confermato quello che ci ha detto il ragionier Dosio. La cosa... la San Paolo... si chiama fuori. Non ci prestano più un euro. Perciò, se non vinciamo il concorso, dovrò vendere alla DolciGraziosi».

Il colosso della schifezza da anni stava dietro alla Pasticceria Delacroix, che voleva trasformare nel marchio di facciata di un'azienda votata alla mancanza di qualità, ma finora i Delacroix si erano sempre rifiutati di prendere in considerazioni le sontuose offerte di Ugo Graziosi.

Andrea tentò un'ultima carta.

«E poi, scusa, come fai a essere sicuro che la storia di Elena sia vera? Lo sai, quella donna è ossessionata. Direbbe qualsiasi cosa pur di averti in pugno».

Corrado tirò fuori di tasca una fotografia di Camelia a tredici anni, che gli aveva lasciato Elena, e senza una parola la mostrò ad Andrea.

Lui la guardò per un attimo, poi sospirò.

«E Vittoria?»

Suo padre alzò le spalle. «Se ne farà una ragione. È soltanto una cosa formale. La ragazza continuerà la sua vita, noi la nostra».

Andrea era meno ottimista. Aveva sempre pensato che in Elena ci fosse qualcosa di psicopatico, e non era certo questo il momento di ricredersi.

«Comunque io non sono d'accordo, e a Emma non dirò proprio niente. Se vuoi fare questa cosa, dovrai fartela da solo».

Corrado Delacroix era un uomo che sapeva sempre come e quando rilanciare. Rintracciò dei grissini sul banco della cucina, e prima di infilarsene uno in bocca buttò lì: «E comunque la ragazza ha il Quaderno di Ermanno Picchi».

Andrea restò con la fetta di salame a mezz'aria.

«Il Quaderno di Picchi? Quello della leggenda? Con le sue ricette scritte in un linguaggio cifrato?»

«Quello. Ma non è una leggenda. Ermanno Picchi è il nonno di Camelia. O almeno, è quello che credeva di essere suo nonno. E in punto di morte l'ha consegnato alla nipote, che era una bambinetta, cinque o sei anni. Nessuno ancora è riuscito a decifrarlo, ma...»

Non c'era bisogno di aggiungere altro.

La Torta di Noci Variegata Cubana

Uno stormo di grassi fringuelli cominciò a cinguettare alle sette in punto in camera di Camelia. Si trattava della sveglia New Age che le aveva regalato Suor Verbena, che tra tutte le Spinose Madri era la più attenta alle nuove mode del benessere. Brancicolando nel buio, la giovane vittima cercò di spegnere la sveglia, ma una mano ferma come l'acciaio intercettò la sua.

«Alzati. Alle otto in punto devi essere in Pasticceria».

«Gnn...» rispose Camelia. Del Convento rimpiangeva quasi tutto. L'unica cosa della vita a casa di sua madre che le sembrasse un miglioramento era che non doveva più alzarsi all'alba. E si ricominciava?

«Forza. Fai la doccia, che ti metto su il caffè».

Non c'era modo di opporsi a quella donna che sapeva disciplinare anche l'intrattabile hemantus e altre piante scorbutiche. Camelia scese dal letto e iniziò la routine che circa un'ora e mezzo dopo la vide seduta in macchina accanto a sua madre, che scendeva guidando molto male lungo i viali della collina.

«Ma perché devo andare lì...»

«Oh, insomma... Corrado Delacroix ti manda come rappresentante della sua Pasticceria al concorso e tu non vuoi neanche andare a ringraziarlo?»

«E perché mi manda? Che c'entro io con la sua Pasticceria? Perché vuole che faccia il concorso? Cos'è, avete comprato una Ferrari anche a lui?»

Noemi batté un piede per terra, togliendolo dal freno, con conseguenze destabilizzanti.

«Camelia! Non è che si ottiene tutto regalando Ferrari, nella vita! Ha scelto te perché sei la nipote di zia Elena, e perché ha saputo che sei molto brava. Vuole darti una possibilità. E da oggi fino a quando inizierà il concorso ogni giorno andrai nel suo laboratorio a esercitarti. Avrai i migliori maestri».

«Non li voglio».

«Ma smettila. Andrea Delacroix è...»

Ma Camelia la interruppe con uno strilletto.

«Andrea Delacroix! Quello? Quello che fa la trasmissione su Sky... *Dolce di giorno*... c'entra?»

«È suo figlio».

«Ma... è bellissimo, mamma! Al Convento la guardavamo sempre! Suor Melissa dice che è un genio, che è un pasticciere supremo! Sarà lui a insegnarmi?»

«Non so. Forse» rispose seccamente Noemi. Adesso ci mancava altro che Camelia si innamorasse del fratello.

Noemi era sempre stata contraria al piano di Elena, che prevedeva di informare Camelia della sua reale condizione anagrafica solo se avesse vinto il concorso.

«Se perde, è inutile sconvolgerle la vita, povera ragazza».

«E Corrado cosa ne dice? È anche figlia sua».

«Non smania dal desiderio di accollarsela. Mi ha detto che posso contare su di lui per un sostegno economico, ma se non è indispensabile per il bene della Pasticceria gradirebbe che questa paternità restasse segreta. E io sono perfettamente d'accordo».

«Conti di non dirglielo mai? Non vuoi che un giorno ti chiami 'mamma'?»

«Zia va benissimo. E in ogni caso non glielo direi certo adesso. Non voglio agitarla prima del concorso. Voglio che sia tranquilla, così magari le affiorerà qualche ricordo...»

«Stai fresca. Guarda, è una cara ragazza, e io le voglio davvero bene, cioè, in pratica la sento veramente come mia figlia, anzi, a tutti gli effetti lo è, se a te non spiace...»

«Accomodati».

«Però resta il fatto che... insomma, non si può cavare sangue da una rapa».

Le sorelle Belmonte avevano sospirato all'unisono. Che delusione era stata, per loro, quella bambina. Che fatica, sospingerla verso il suo destino di Regina della Delacroix. Non voleva assolutamente diventare pasticciera, e solo la infinita e amorevole pazienza di Suor Melissa era riuscita a farle imparare qualcosa, e a instillare in lei un minimo di gusto. Per il resto, bisognava sperare nel Quaderno. Avevano ancora un mese di tempo per decifrarlo.

Così, poco prima delle nove, Camelia Picchi fece il suo ingresso nel laboratorio della Pasticceria Delacroix. Corrado in persona l'aveva accompagnata, insieme a zia Elena.

«Andrea...» con tono strascicato, il Gran Capo richiamò il figlio, che stava finendo di decorare i Colombini, dolcetti di marzapane piccante glassati. «Vieni... ti presento Camelia Picchi, la nipote di Elena...»

Andrea, sfolgorante di fascino, sorrise all'ignara sorellastra. «Benvenuta, Camelia. Che splendido nome».

«Grazie... anche il tuo è fantastico!»

Elena represse l'impulso di mollarle uno scappellottino sulla testa. Corrado ignorò il commento.

«Camelia, come sai, sarà la nostra rappresentante a 'Una Stella per Natale'. È una giovane pasticciera di talento e...» Corrado si interruppe bruscamente. Aveva visto Emma Trisciuoglio che entrava, con l'aria allegra della ragazza baciata dalla fortuna.

«Ah. Trisciuoglio. Può venire un momento di là, che devo parlarle?»

Emma lo guardò stupita. Perché adesso le dava quel gelido lei, invece dell'affettuoso e scorbutico tu del giorno prima? E chi era quella biondina intronata che guardava Andrea con occhi luccicanti?

Esattamente un quarto d'ora dopo, Emma rientrò in laboratorio. Andrea la guardò di sghembo. Si aspettava occhi rossi e broncio. Vide un faccino tranquillo, impenetrabile come uno specchio. Emma si avvicinò a Camelia, che stava cercando di smontare un coperchio, e le disse sorridendo: «Ciao Camelia. Io sono Emma. Sarò la tua assistente al concorso. Se vuoi, possiamo cominciare ad allenarci insieme».

Camelia la guardò e quello che vide le sembrò simpatico. Certo, avrebbe preferito allenarsi col meraviglioso Andrea, ma non volle comunque perdere l'occasione per pronunciare una formula di assenso che in Convento le era severamente preclusa.

«Figo» affermò convinta.

Bianca invece si era presa un giorno di ferie, e se ne stava tranquillamente seduta sul 61. Era salita al capolinea di largo Marconi, non lontano da casa, e aveva in tasca la sua macchina digitale. Aveva intenzione di proseguire il suo lavoro sui colori, sull'essenza platonica delle sfumature, e a questo scopo voleva raggiungere il Lungo Po, e fotografare i colori dell'acqua. Il fiume era limpido, in quel periodo, e magari poteva aggiungere al catalogo anche un po' di bianco papera, quel bianco fluffido delle piume gonfie.

Ma quel giorno non era destino che la tavolozza cromatica nella sua memory card aumentasse. Infatti due atletici ragazzi rumeni iniziarono un'accesa discussione accanto a lei, una signora si intromise suggerendo ai furiosi di andarsene a litigare a casa loro, i due la mandarono giustamente affanculo, la signora si risentì e berciò, uno dei due si aprì i pantaloni e le mostrò il pisello, e insomma in un attimo il 61 era fermo e stava arrivando la polizia, perciò Bianca scese, attraversò distratta e seccata via Carlo Alberto, e fu messa sotto da una bici. Sembra niente, ma mezz'ora dopo era all'ospedale, e fissava negli occhi quel tipo con la coda che l'aveva indotta a versare Coca Cola su un'innocente.

Il tipo con la coda che le aveva fatto versare Coca Cola su un'innocente stava esaminando lo sbrego di sette centimetri sulla sua gamba, e commentava sereno: «È fortunata. Poteva recidersi la femorale».

«Grazie. È la notizia che ci voleva per farmi ripigliare».

Il dottor Alessandro Carella alzò lo sguardo a osservare quella scorbutica ferita, e vide una ragazza con i capelli rossi e le lentiggini che purtroppo ricordava molto bene. Lasciò perdere il cordiale sorriso da Pronto Soccorso e le lanciò una più che occhiataccia.

«Ah. Giusto te. Uno di questi giorni volevo proprio passare in Pasticceria a ringraziarti per aver detto alla mia fidanzata con chi ero. Se volevo farle sapere che frequento un'altra persona, mi bastava aspettarla lì, giusto?»

«Non sono stata io... è stata Cleopatra Farina, la cassiera».

«Cleopatra Farina, certo. Almeno potevi inventarti un nome plausibile. Risparmia il fiato, che adesso ti pulisco la ferita. Tutto pronto, Lorena?»

Bianca si sentiva pronta a svenire, ma fece in tempo a notare che l'infermiera, giacca a fiori a parte, era la stessa ragazza che aveva divorato sei Meringhette Perfetto Amore.

Adesso questi due mi ammazzano, pensò, prima di vomitare addosso al dottore.

«E qui ci sono i diversi tipi di cacao: Ghana, Ghana Strong, Costa d'Avorio, Benin Special, Guinea Brown, Guinea Black, Mexico, Nicaragua, Costarica, Malaysia Basic, Extra Malaysia e Super Java».

Emma ci aveva messo molto impegno a illustrare a Camelia ogni attrezzo e ogni fornitura del laboratorio, ottenendo in cambio una mancanza di interesse lapidaria. Alla fine del tour dei cacai erano rimaste sole, Andrea e suo padre erano saliti in ufficio, e Zlatan e Zhang lavoravano per conto loro a due banconi isolati. Camelia la guardò bene in faccia e sussurrò: «È inutile. Io odio il cioccolato. E anche tutto il resto».

Con un gesto che comprendeva ogni cosa zuccherata in cielo e in terra, Camelia indicò quello che la circondava.

«Me ne sono accorta» sussurrò a sua volta Emma, «ma allora perché vuoi partecipare al concorso?»

«Non sono io. È mia mamma. Io odio il concorso».

«E allora? Come la mettiamo?»
«Che lo devo fare lo stesso».
«Quindi cerca di trovarci qualcosa di bello, se no è un martirio. Prova a pensare a un tipo di dolce che ti piace almeno un po'. Così lavoriamo su quello».
«A me piacciono i salatini. Secondo te si può partecipare con una pizzetta?»
Emma sentì una punta di scoraggiamento che le trafiggeva un timpano. Ma era paziente di natura, perciò insistette.
«C'è qualcosa che non sia del tutto salato che ti piace?»
Camelia annuì.
«Le noci».
«Le noci! Perfetto! Allora inventerai un dolce a base di noci. È facile!»
«Tipo le noci moscate?»
«Le noci moscate non sono dolci e non sono noci. Tipo la torta di noci».
«È asciutta».
«Giusto. Ma una Torta di Noci Variegata Cubana?»
«E cioè?»
Emma non fece in tempo a spiegare a Camelia la variegatura cubana perché in quel momento la signora Elena si materializzò accanto a lei e con una soavità illusoria le disse: «Appena hai finito, avrei bisogno di parlarti un attimo».

Il colloquio con la signora Elena si rivelò molto misterioso. Infatti la Direttrice guardò Emma dritta negli occhi con uno sguardo a punteruolo e le disse: «È tutto chiaro, Trisciuoglio?»
«Tutto cosa, signora?»
«Ti ha parlato del concorso, il signor Delacroix?»
«Be', sì, mi ha detto che non vado più, che va sua nipote».
«Esatto. E ti ha detto anche il resto?»
«A cosa si riferisce?»
«Sai benissimo a cosa mi riferisco. Al fatto che dovrai dare una mano a Camelia. Anzi, molto più che una mano. Dovrai

aiutarla a vincere. Altrimenti la Delacroix è rovinata, chiaro?»

«Credevo che gli affari andassero bene».

«E cosa ne vuoi sapere, tu, degli affari della Pasticceria? Lavori qui da otto mesi, e credimi, otto mesi sono la punta dell'iceberg».

«Cioè? Che iceberg?»

«Non ti deve interessare, che iceberg. Ricordati solo che Camelia deve vincere quel concorso, e tu la aiuterai».

«Ricordarmelo, me lo ricorderò».

Elena la guardò con sospetto. Quella risposta non le piaceva affatto.

«Non fare tanto la furba. Sai benissimo che qui, tu, dipendi da me. Se io decido di licenziarti, domattina sei fuori. Sindacati? Non farmi ridere».

Sembrerebbe una giornata già abbastanza pesante, per la povera Emma, eppure il peggio deve ancora venire. Infatti quella sera alle sette Andrea lasciava la Pasticceria e saltava in macchina per andare a prendere Jasmine Jay, che dopo una decina di giorni passati a Torino (anzi, all'Hotel Villa Sassi) a godersi il suo nuovo amore, era fortemente richiesta sul set del film che stava girando in Marocco: *La Voce della Colonna*, un mystery biblico in cui lei impersonava una seducente principessa forse posseduta da un demone assiro. Sarebbe passato del tempo prima che lei e Andrea si rivedessero, e per non correre rischi lui aveva deciso che, lungo il tragitto fra l'hotel e l'aeroporto, le avrebbe chiesto di sposarlo. Come mai tanta precipitazione? Perché certe occasioni bisogna afferrarle mentre ancora sguizzano, come pesciolini saltati fuori dalla vasca, e chi vuole cambiare la vita di un'attrice è meglio se la sposa in fretta e comincia subito a rimboccarsi le maniche, perché lavoro da fare ce n'è tanto. Così pensava Andrea, e senza neanche stare a chiedersi cosa avrebbe comportato per lui questo matrimonio, teneva a bada le parole che gli sfarfallavano sulle labbra, pronte a scappar fuori non appena avesse imboccato la tangenziale in direzione Ciriè-Lanzo.

Ignara di tutto questo ma molto scossa comunque, Emma se ne tornò a casa cercando invano di scovare qualcosa di positivo nella sua giornata. Quando Corrado le aveva detto, come se la informasse di un qualsiasi cambiamento di orario, che 'per motivi personali' aveva purtroppo dovuto cambiare idea, e quindi non sarebbe più stata lei la rappresentante della Delacroix a 'Una stella per Natale' bensì Camelia Picchi, Emma aveva provato un oscuro senso di pacificazione. Così andava meglio. Così aveva più senso. Se i suoi Pianeti erano messi di traverso, e le Case crollavano sulle Effemeridi, se aveva Ascendenti in opposizione e i Trigoni ballavano, be', allora non era possibile che una cosa andasse bene e un'altra male, che l'amore andasse a rotoli e la professione spiccasse il volo. Meglio una tabula rasa. Tutto a puttane e alé. E domattina, pensò strascicandosi attraverso il Valentino, mi sveglierò con i primi sintomi di una malattia mortale. Lentamente ma inesorabilmente mortale. Dopo il discorsetto del suo datore di lavoro era rimasta inerte, e non aveva reagito neanche quando Delacroix l'aveva informata che, per il bene supremo della Pasticceria, era indispensabile che lei impegnasse tutte le sue risorse per aiutare la giovane Camelia a vincere.

«Tra l'altro, se le cose andassero male, Andrea passerebbe dei grossi guai giudiziari. Sai, no, che è lui l'Amministratore Delegato della Società».

Emma non lo sapeva, né, al momento, era interessata a saperlo.

Soddisfatto di questo colpo basso, Corrado l'aveva congedata. Se l'intuito non lo ingannava, la silenziosa Trisciuoglio era poco interessata ai riconoscimenti mondani, e molto di più a un'esecuzione perfetta fine a se stessa.

Adesso, riflettendo mentre tornava a casa, Emma riuscì a trovare un unico motivo di conforto nel disegno complessivo di quella giornata: era venerdì, quel sabato lei non lavorava, quindi aveva davanti a sé due giorni senza i Delacroix e parenti varie.

«Vai a casssa...» le sussurrò in un orecchio la Voce della Noia, che aveva ripreso servizio dopo un breve periodo di eclissi.

«È un sssacco di tempo che non ci vaiii... chisssà come si sente sssola la tua mamma... e il tuo povero papà... vai... vai a trovarliii... presssto...»

Per mettere a tacere la Voce della Noia c'era un unico sistema, a cui Emma ricorreva sempre con successo: immaginava una grossa balena che arrivava scodinzolando e inghiottiva la Voce in un boccone. Amm. Stava per chiamare la balena, ma nel frattempo era entrata in casa, e la Voce della Noia si dileguò spontaneamente sentendo una sequela di imprecazioni moleste provenire dalla cucina.

E in cucina trovò infatti Bianca che frugava come una ruspa nel suo zainetto rosso, lanciando anatemi. «La mia macchina!» urlava, tirando fuori un metro dell'Ikea, i racconti di Valeria Parrella, due stilo Pilot, una scatola di liquirizia, *La guida galattica per autostoppisti*, tre alamari di corno bianco, una piantina di Tivoli, il Mito della poesia dedicato a Esenin e molte altre cose interessanti ma niente piccola Nikon digitale.

«L'ho persa! Emma! Ho perso la macchina con tutte le foto nella scheda! Il lavoro di una settimana!»

Emma si fiondò a partecipare.

«Ma come? Quando?»

«Oggi! Mi ha investito una bici! Vedi? Mi hanno dato dodici punti a una gamba! È successo lì, sono sicura...»

Quando la bici l'aveva messa sotto, lo zainetto era caduto, e siccome la lampo non era chiusa il contenuto si era scompigliato in zona. Mentre un gruppo A di passanti si occupava di lei e chiamava l'ambulanza, un gruppo B aveva raccolto quel minibazar portatile e aveva rimesso tutto nella borsa. Ma era ormai tristemente evidente che il Gruppo B non aveva operato con la stessa efficienza del Gruppo A. E solo adesso, tornata a casa dopo la lunga giornata passata al Pronto Soccorso, Bianca si era resa conto del disastro.

«Qualche bastardo se ne è approfittato per rubarmela. Io stavo troppo male per accorgermene. Ero abbastanza svenuta».

«Non le avevi scaricate, le foto?»

Mentre Emma continuava a rimestare inutilmente tra i piccoli oggetti emersi dalla borsa, come se la macchina avesse le dimensioni di un cicles, Bianca scosse la testa, desolata.

«Le ultime no... sai com'è, dicevo sempre: 'Adesso le scarico, adesso le scarico...' Non ci posso credere che un ladro bastardo mi ha fottuta così».

Ma non era stato un ladro bastardo a fotterla così. In quel momento la Nikon era nelle mani di una persona insospettabile, che la accese con notevole curiosità. Chissà di chi era, e cosa ci avrebbe trovato dentro.

Un sabato alla panna

Emma aveva una Panda, ma di quelle vecchie, brutte, e per di più beige. Ogni volta che la vedeva da lontano, parcheggiata tra colleghe tanto più fortunate, Emma si chiedeva quale tra gli ex progettisti Fiat avesse proposto con successo l'introduzione del beige nella gamma cromatica della Panda. Ma, per quanto brutta, era una macchina affidabile, che sabato nel primo pomeriggio la portò senza il minimo sforzo davanti alla casa dei suoi genitori, a Valle San Nicolao, in provincia di Biella, Piemonte. La casa era poco fuori dal paese, sul far di un semincrocio, tra la strada che saliva al paese da Borgata Polto e quella che saliva al paese da Quaregna. C'era una Madonnina votiva e un paio di casette contadine, tra cui quella dei Trisciuoglio, gialla, quadrata, semplice: davanti aveva un giardinetto, dietro l'orto, una fontana e l'ex pollaio, ora trasformato in capanno degli attrezzi. Emma parcheggiò, scese, e raggiunse il cancello. Suo padre era seduto davanti a casa, su una panca sotto il piccolo porticato, e impugnava con fermezza l'*Eco di Biella*. Se la temperatura non era inferiore ai dieci gradi, Vito Trisciuoglio stava sempre fuori, per il valido motivo che sua moglie non lo voleva dentro.

«Sporchi».

«Ma se non faccio niente! Leggo il giornale...»

«Sporchi lo stesso. Lasci il giornale in giro, mangi i crek e fai le briciole. Stai fuori, va'».

Così Vito prendeva l'*Eco di Biella*, un pacchetto di crackers e andava a leggere fuori. Oppure andava nell'ex pollaio e lavorava a un castello di tappi di sughero che lo impegnava da parecchi mesi. Per anni aveva messo da parte i tappi del vino, e adesso che ne aveva centinaia poteva finalmente realizzare un castello medievale di tappi, quello che aveva sempre sognato.

«Ehi! Papà!»

Vito faceva i salti di gioia quando arrivava Emma, perché le voleva tanto bene, e in più quando c'era lei Rita allentava un minimo la disciplina. L'abbracciò forte e la mise subito al corrente delle novità locali.

«Il notaio Mongilardi ha pubblicato un libro sulle Sante del Biellese!»

«Ah. Ce ne sono tante?»

«Altroché! Santa Ortensia, Santa Graziella, Santa Ermenegilda, Santa Ernesta...»

«Vabbè. Ci credo. L'hai letto?»

«Ancora no. Mi ha dato la copia con l'autografo. Stasera fanno la presentazione a Biella. Ci vieni?»

Il notaio Mongilardi era la massima autorità locale: discendente da antica e nobile famiglia, maritato a una contessa, abitava in una bella villona già quasi castello, circondata da omonimo parco. Nonostante la disparità sociale, e nonostante Vito fosse un terrone, anzi, un napuli, tra lui e il notaio c'era una solida amicizia, cementata dalla comune passione per il calcio e per la Juve. Il notaio aveva la parabola, e in occasione di campionato e Champions League invitava gli amici a vedere la partita da lui, ignorando lo scarso entusiasmo della Contessa Luisa.

«Magari. Mamma?»

«Non viene. Stasera c'è *L'Ispettore Rosaria*...»

Rita aveva intravisto la figlia dalla finestra della cucina, e uscì ad abbracciarla.

«Come sei magra! Si vede che è un pezzo che non vieni a casa... Hai mangiato?»

Emma negò. Aveva dormito fino all'una e poi era partita.

«Allora entra, che ti faccio un panino. Leva le scarpe, e aspetta lì, che vado a prenderti le ciabatte».

Approfittando del momento favorevole, anche Vito entrò in

casa. Con un po' di fortuna, avrebbe potuto restarci fino all'ora di cena.

A dimostrazione del fatto che l'amore materno è un sentimento formidabile, Rita scompigliò senza troppo rammarico il candore estremo della sua cucina appena riordinata per preparare qualcosa da mangiare alla figlia.

«Allora? Novità?» chiese, mettendole davanti un piatto di salumi, formaggio e sottaceti. Va detto che Rita Ceschino in Trisciuoglio aveva mancato la carriera per cui il Signore o chi per Lui l'aveva messa al mondo: ispettore di polizia. Non a caso, il programma televisivo che più la appassionava era la serie dell'*Ispettore Rosaria*, avventure professionali e umane di una poliziotta di Lucera. Rita aveva una predisposizione al terzo grado che purtroppo non aveva mai potuto sviluppare a livello professionale.

«Una novità c'è. La mia Pasticceria manda una concorrente a 'Una Stella per Natale' e io dovrò farle da assistente. Avrei dovuto essere io, la concorrente, ma poi, sai com'è».

«E cos'è 'sta stella per Natale?»

Una volta ottenuta la spiegazione, Rita trovò molto da ridire. Se le avevano detto che partecipava lei, punto e basta, non è che poi cambiavano idea così.

«Sì, ma... a ogni modo mi serve come esperienza».

Sai che esperienza, pensò Rita. Lei avrebbe voluto una figlia professoressa. Pasticciera era un po' come panettiera, e panettiere in famiglia ce n'erano già, tanto per dire sua sorella Mariuccia, che gestiva l'avviata 'Butiq del Pane' a Cossato.

«Ben, comunque. Ti pagano extra, per il concorso?»

«Non gliel'ho mica chiesto».

«E tu chiedicelo».

Considerando così chiuso l'argomento 'Aspirazioni e sogni professionali di mia figlia', Rita passò al sodo.

«E, senti un po', vedi qualcuno?»

«Zero».

«Oh signur. E quel Giacomo? Quello che lavorava nei telefonini?»

«Non ci esco più. Sarà un mese che non lo sento».

«Peccato. Aveva la Citroën grande, no? E una casa a Bordighera. Era lui, quello della casa a Bordighera?»

«Sì. Ma non ci esco più».

«E con chi esci, adesso?»

«Nessuno. C'è un po' di insalata, ma'?»

«Senti, l'insalata bisogna pulirla, e non voglio far scorrere acqua nel lavello che ci ho appena passato il Brillo. Te la faccio poi stasera».

«Frutta? Qualcosa che non si lavi».

«'Spetta. Ti do l'arancia. Mi raccomando, le bucce mettile qui, e anche i semi, così butto tutto insieme».

Allargò uno scottex davanti alla figlia e riprese l'interrogatorio.

«Allora? Con chi esci? E non venirmi a dire nessuno, perché c'hai quasi ventotto anni, Emma, e tra un po' è ora che ti sistemi, anzi, meglio subito».

Più tardi, mentre Emma andava a farsi un giro in paese, Rita esaminò la situazione col marito. L'interrogatorio non aveva dato risultati soddisfacenti.

«Se non ci diamo un po' daffare noi, Vito, quella ragazza ci resta sul gobbo, te lo dico io».

«Ma Rita, dai... Emma è bella, simpatica, è intelligente... se non è fidanzata è perché non si accontenta... di spasimanti ne ha finché ne vuole».

«Eh. Per adesso. Ma il tempo passa. E io voglio diventare nonna».

«Sei veramente sicura? Pensa a quanto sporcano i nipotini».

Con Rita, il sarcasmo era un'arma spuntata. Si fermò un attimo, colpita, mentre passava lo sgrassante sul tavolo.

«Be', basta abituarli fin da piccoli. In casa con le scarpe, se lo scordano, e niente cani. Comunque, dicevo, bisogna darle una spintarella, a questa ragazza. Di', c'è anche il Mario, stasera?»

Mario Mongilardi, figlio unigenito del notaio, era lo scapolo d'oro della zona. Si distingueva dagli altri abitanti di Valle San Nicolao per alcune interessanti prerogative: anche se continuava ad abitare con i genitori nella villa, lavorava a Milano nel prestigioso ramo dell'avvocatura, e a Milano possedeva un appartamentino lussuoso e segreto in cui, così immaginavano le madame del paese, conduceva vips e tops models. Tutte le mamme del biellese sognavano di diventare suocere del Mario, e Rita non era da meno. Suo marito annuì.

«Bon. Speriamo che Emma si sia portata un vestito decente. Vorrà mica venirci coi ginz, alla premiazione».

«Presentazione, Rita. È una presentazione».

«Eh. Basta che non ci vada coi ginz».

«... e non dimentichiamo Santa Ermenegilda, che nascose tredici ebrei in un mucchio di lana, sottraendoli così alla furia fascista, e morì pochi giorni dopo trafitta da un rinoceronte fuggito da un circo di stanza a Ivrea. Ermenegilda, splendida santa del XX secolo, fulgido esempio di impiegata comunale di Bioglio Santamaria, che...»

Emma non ascoltava più, persa nella contemplazione di un angelo taglie forti affrescato sul soffitto. In mano aveva qualcosa che a quella distanza non riusciva a distinguere bene e che poteva essere un fulmine, oppure un cannolo. Nessuno dei due si adattava all'iconografia angelica standard. Mentre rifletteva su quest'anomalia, una gradevole voce baritonale le sussurrò all'orecchio: «Stanca di sante biellesi?»

Girandosi, incontrò lo sguardo senza misteri di Mario Mongilardi, che le sorrise a mezza voce.

«Ciao...»

«Come va? Ti fai un weekend dalla mamma?»

«Shh... non disturbiamo».

«Giusto». La prese per un braccio e la pilotò rapido tra la notevole folla radunata in una saletta del Lyons di Biella. Emersero in un salottino che si divideva equamente fra specchi e velluti.

«Ah... che sollievo. Non ne posso più di quel libro. È la quarta presentazione a cui mi trascina mio padre. Allora, che mi dici?»

Emma e Mario si conoscevano fin da bambini, ma non si erano mai frequentati molto. Guardando la sinuosa Emma, infilata in un vestitino nero a ricami bianchi (Oviesse, euro 49) Mario decise che era arrivato il momento di invertire la tendenza.

Che ci fa, di sabato sera alle nove e mezzo, tutto solo nel suo piccolo appartamento in piazza Santa Giulia, il dottor Carella? Semplice, aspetta di capire come butta la serata, se dovrà uscire con la bella Carla, la sua fidanzata, o se invece riuscirà a vedere Lorena, la meravigliosa infermiera per la quale nutre al momento un'esorbitante passione. Tutto dipende da Carla: se le dolorose mestruazioni che la affliggono si dimostreranno all'altezza delle loro colleghe del mese scorso e la inchioderanno a letto con la borsa dell'acqua calda e un Moment Rosa, lui potrà correre alla Jumpin' e beccare Lorena, altrimenti passerà a prendere Carla e andranno a sentire un concerto di amici al Café Procope. La sua posizione è abbastanza difficile, e non c'è da meravigliarsi se ha sempre lo sguardo febbrile e un velo di barba: dopo l'incidente della Pasticceria, ha giurato a Carla che con Lorena è tutto finito, anche se non può negare di averla molto amata, e di essere ancora preda di dolorosi spasmi di rimpianto. Ma è consapevole che solo Carla può renderlo veramente felice, e solo con lei vuole costruire il suo futuro, purché Carla abbia un attimo di pazienza e lo lasci macerare nel suo dolore. I momenti in cui Carla lo crede chiuso in casa a macerare li dedica a Lorena, a cui ha confessato di amarla perdutamente, e di voler avere solo da lei i suoi futuri figli, purché gli dia il tempo di chiudere con Carla in modo lento e il più possibile indolore, perché la ragazza sta facendo un corso di aggiornamento per ottenere una promozione sul lavoro, e in questo momento un disastro sentimentale avrebbe tremende conseguenze sul piano professionale. Questo barcamenamento esige un prezzo emotivo altissimo, e se teniamo conto del fatto che Alessandro è medico e alterna il Pronto Soccorso a delicatissime ricerche sul genoma, è evidente che siamo sull'orlo del baratro.

Intanto, però, il dottor Carella approfittava di quell'attimo di stasi per esaminare la macchina digitale che la sera prima aveva trovato sotto un lettino dell'ambulatorio.

Era una piccola Nikon argentea, che si accese senza difficoltà, e non oppose resistenza quando lui cominciò a far scorrere nel monitor le foto scattate. Erano superfici colorate di natura incerta. Un rosa intenso che sembrava... petalo di fiore? Uno più chiaro... gelato. Un azzurro noioso: peluche di orsetto. Un celeste gessoso: particolare di angelo del presepe?... Strane e belle fotografie, ma scattate da chi? Chi aveva perso la macchina in ambulatorio? Il bambino che aveva inghiottito la sorpresa dell'uovo Kinder? (Salvo) Il ragazzino rom investito da una moto? (Salvo). La signora con la colica renale? (Ricoverata). L'uomo accoltellato dal cugino? (Prognosi riservata). O l'avvelenata, il paranoico, la depressa, la fratturata, il contuso, il colpito da parabola sradicata dal vento? Nessuno di loro lo convinceva, e più ci pensava, più il suo pensiero tornava alla ragazza con i capelli rossi che aveva rovesciato la Coca Cola addosso a Carla, e a cui aveva ricucito sette centimetri su una gamba. Bella, tra l'altro. Nei suoi occhi di vetro turchese c'era qualcosa di molto altrove. Chissà se... Alex continuò a far scorrere colori finché la fortuna gli venne in aiuto: l'ultima fotografia ritraeva due ragazze che ridevano sedute sul banco di una pasticceria: una era bruna, bellina, e rideva con aria leggermente malinconica. L'altra aveva i capelli rossi e ricci, e non un solo pensiero al mondo. Era lei.

Be', allora, se era sua...

La suoneria Jingle Bells interruppe i suoi pensieri, e gli portò la voce di Carla, che stava molto meglio e voleva uscire.

Mentre Elena Belmonte, anche lei tutta sola in casa, guardava *L'Ispettore Rosaria*, mentre Lucia, la seconda cameriera della Pasticceria Delacroix, stava al telefono col marito, cuoco su una petroliera attualmente all'ancora in Groenlandia, mentre Emma si rendeva conto che Mario Mongilardi la stava baccagliando, e mentre Bianca si chiedeva quale nuova carriera iniziare adesso che non aveva più la Nikon, mentre Lorena lentamente capiva che Ale non sarebbe arrivato alla Jumpin', mentre Tinco e Vale, meno male, almeno loro, facevano l'amore nella soffitta di un amico, e mentre Camelia si chiedeva quale fosse il suo posto nel mondo, e se lo chiedeva in terza fila al teatro Carignano, seduta accanto a sua madre, durante il secondo tempo di uno spettacolo in lituano ma imperdibile, mentre così andava il sabato per loro, Andrea e Jasmine erano al telefono, lui a Torino, lei a Rabat.

«Ehi» diceva Andrea, «allora, ci hai pensato?»

«È passato solo un giorno...»

«Hai idea di quante cose si possono pensare in un giorno?»

«Ma questo è un pensiero grande. Sposarsi o non sposarsi».

«Come lo vedi grande?»

«Cioè?»

«Grande come cosa? Un grosso pacco? Un tram? L'emisfero occidentale?»

Risatina.

«Non so. Grande come tutto il mio cervello».

«Allora è l'unico pensiero che hai».

«No. Non è l'unico. Tu vorresti che fosse l'unico, ma io ne ho altri. C'è il lavoro, *mon amour*. Sai, oggi ho avuto la prova dei costumi. Sono un poco ingrassata».

«Bene».

«No. Sono tutti quei dolci che mi hai fatto mangiare».

«Vieni, vola qui. So cosa vorresti adesso».

«Ah sì? E cosa?»

«Una torronata, una torronata coperta di panna da dividere con me».

«Ah no. Non mi piace la panna, sai».

«Allora non voglio più sposarti».

Risatina.

«Scemo. Dai, dimmi che mi ami».

«Pensavo di non dirtelo più fino a quando tu non mi dirai che mi sposi».

«Ah, ma questo è ricatto... adesso ciao, devo andare, c'è Jules».

«E Jim?»

«Chi?»

«Niente. Chi è Jules?»

«Massaggiatore. È molto cieco, non essere geloso».

«Se è per quello, stasera mi sento abbastanza cieco anch'io, perché non posso vedere te».

«Se tu compri il videofonino, mi vedi».

«Sì. Be'. Buonanotte, Jasmine. Domani mi dirai di sì?»

«Domani giro tre scene. Solo questo so. Buonanotte, amore mio».

La Crema Ottobre

Le pasticcerie il lunedì sono chiuse, ma i Delacroix facevano eccezione perché, per motivi loro, preferivano star chiusi la domenica. I motivi loro erano che Corrado fin dal primo giorno aveva voluto distinguersi dai pasticcieri che prosperavano sulle pasterelle delle feste. Lui, la domenica, andava al Melo Fiorito, la sua tenuta nelle Langhe, e passeggiava con piacere ammirando le invenzioni botaniche del suo giardiniere. Va detto che i Delacroix erano ricchi di famiglia, da molte generazioni, fin da quando il loro avo René, fratello del grande pittore Eugène, aveva lasciato Parigi e aveva seguito a Torino una principessa andata in sposa ai Savoia. Corrado era pasticciere per passione, e la sua gestione del mestiere si basava su un mix di intuito e capriccio affascinante nei risultati ma destabilizzante per i collaboratori. E così, la Pasticceria Delacroix era l'unica della città a essere aperta il lunedì e chiusa la domenica. Alessandro Carella lo sapeva, come lo sapevano tutti i torinesi, e in quel bel lunedì di primavera, uscendo per andare in ospedale, gettò nella borsa la macchina fotografica.

Ma quando entrò nell'ampia sala bianca non vide traccia della minuta cameriera con i capelli rossi. C'era un ragazzo coi piercing, c'era Elena, famosa quasi quanto la Pasticceria stessa, c'era il vecchio Manlio, un altro paio di cameriere, e la cassiera, una signora che stava seduta con la grazia disciplinata di una bella ceramica. Alessandro puntò su di lei.

«La signora... Farina?»

Si aspettava uno sguardo disgustato, ottenne un sorridente assenso.

«Sono io, buongiorno, desidera?»

«Cleopatra Farina?»

«Sì, infatti. Mi dica».

«Buongiorno a lei. Sono il dottor Carella. Cerco una ragazza che lavora qui... piccola, capelli un po' sul rosso rame, ricci. Occhi verdi. Più che verdi, anzi».

La Farina ebbe un guizzo compiaciuto.

«Ah, ma certo! Lei è quello delle meringhette! Che poi è venuta quella ragazza a cercarla, ed è svenuta! Sì... lei vuole Bianca, allora».

«Cerco Bianca. E dove posso trovarla?»

«Lì». Cleopatra Farina indicò un punto alle spalle di Alessandro, che si girò e la vide. Era pallida e con l'aria incazzosa, e stava servendo un cappuccino con tartine ai lamponi a un uomo enorme, molto grande, con una torre di capelli scuri ammonticchiati sulla testa e un abito di foggia giapponese.

«Il tuo malumore evidente mi affloscia il cappuccino» le stava dicendo.

Bianca annuì. «Mi scusi, signor Madaski».

Allontanandosi dal tavolo, vide Alessandro, piantato davanti alla cassa. Aveva tirato fuori dalla borsa la macchina e la teneva davanti a sé, senza dire una parola. Bianca si sentì svenire, ma sapeva di non poterlo fare, perché Elena, in verde chartreuse, aveva già monitorato la situazione anomala e la fissava. Perciò Bianca sussurrò «Esco un attimo a fumare» e schizzò fuori prima che Elena ricordasse che lei non fumava.

Alessandro uscì con lei, e appena furono sull'angolo Bianca afferrò la Nikon.

«Non posso crederci! È un miracolo! La mia macchina!» se la stringeva al cuore strillando, e Alessandro pensò che poche volte in vita sua aveva reso tanto felice qualcuno. Sapeva anche che questa felicità sarebbe durata pochissimo, ma non per questo era meno gratificante.

«L'ho trovata venerdì sera sotto il lettino. Ci tieni, a quanto pare».

«Non puoi immaginare quanto. Ma come hai fatto a capire che era mia?»

«Ho trovato una foto dentro. Tu e un'altra ragazza...»

«Ah, sì. Meno male!» Bianca stava già accendendo la macchina per controllare che fosse tutto a posto, ma Alessandro le fermò la mano.

«Aspetta. Io devo andare, sono in ritardo in ospedale. Ciao».

Bianca lo guardò con imprevedibile dolcezza.

«Ehi. Grazie. Davvero. Anche di avermela portata eccetera. E... mi spiace se hai avuto dei casini con la tua ragazza, ma ti giuro che...»

«Lo so. Cleopatra Farina. L'ho conosciuta».

«Visto?» Bianca esitò un attimo, poi aggiunse: «Dato che sei stato tanto gentile, vorrei ridarti i tuoi cinquanta euro. Abbiamo rovinato tutto con la tua ragazza, e non mi sembra giusto prenderli».

Alessandro indicò la macchina. «Se vuoi diventare fotografa, devi restare attaccata a tutti i soldi su cui riesci a mettere le mani, e reinvestirli in strumenti. Te le devo insegnare io queste cose?»

«No, comunque non so se voglio diventare fotografa. Mi piace fotografare, ma...»

Alessandro fece uno sbuffetto.

«Ah, ho capito, sei ancora nella fase delle incertezze giovanili. Anni?».

«Ventisei».

«Mmm... un po' troppi. Comunque, adesso non ho tempo».

«Be'» disse Bianca, «devo rientrare. L'hai aggiustata, con la fidanzata?»

«Abbastanza».

«E con l'altra?»

«Abbastanza anche con lei».

«Okay. Allora ciao».

«Ciao».

Bianca restò ancora ferma per un istante. Le sembrava, ma non era sicura, di aspettarsi qualcosa. Il dottor Carella, invece, se ne andò veloce, e senza girarsi più. Sapeva che il prossimo incontro con quella ragazza sarebbe stato molto meno amichevole.

Quel giorno Camelia non si era presentata al laboratorio, grazie al semplice espediente di non uscire mai da camera sua. Aveva il bagno interno, e una scorta di frutta secca e patatine in un armadio, perciò era stato facile. Sua madre l'aveva stanata solo alle cinque, insospettita da un gargarismo che proveniva da quella parte, e che risultò poi essere un disco dei Cream suonato pianissimo.

«Cosa ci fai qui? Vai subito in Pasticceria!»

«Mamma, lascia perdere. Ho deciso cosa voglio fare. La PR. Guarda qui...»

Indicò a sua madre una rivista su cui si vedeva una signorina con stivali rosa e occhiali neri.

«Vedi? 'Alebranda Stucchi Morselli, ventiquattro anni, PR di Jet Lag, il locale più amato dai vip che frequentano l'isola di Moustique. Gli eventi organizzati da Alebranda richiamano una tale folla che le mura del Jet Lag'...»

Noemi la interruppe bruscamente. «Non sei adatta a fare la PR. E poi quello non è un mestiere. Vai subito in Pasticceria, e vedi di combinare qualcosa».

Così, alle sei, Camelia era riottosamente comparsa in laboratorio, dove Emma stava aiutando Andrea, alle prese con una concezione nuova della Torta Margherita. Jasmine non gli aveva ancora dato una risposta, e lui per non liquefarsi di ansia si concentrava sul lavoro. Una bambina compiva otto anni, e sua madre invece di farle una torta, l'aveva ordinata a Delacroix.

«Ma dev'essere speciale. Nessuna sua compagna di classe l'avrà mai uguale».

«Che ne dici di una Torta Margherita alle carote?» stava chiedendo Andrea a Emma.

«Povera bambina. Già ha una madre idiota, almeno la torta fagliela buona».

«Una buona torta per una bambina di otto anni è una normalissima torta al cioccolato con sopra la panna montata. Ma sua madre la vuole unica...»

«E allora tu falle una normalissima torta di panna montata con sopra il cioccolato».

Andrea la guardò per un istante, muto. Si chiedeva se fosse il caso di dirglielo. In fondo, non era necessario. Dal momento in cui lasci una ragazza, non è che poi devi continuare a tenerla informata di tutte le tue attività amorose. La gente non invia agli ex le foto dei figli appena nati, ad esempio. Però gli sembrava che a Emma doveva dire sempre tutto, e il più in fretta possibile, per riuscire a tenere l'equilibrio della vita.

«Ho chiesto a Jasmine di sposarmi».

Senza alzare la testa dalla teglia di Poufs che stava per infornare, Emma disse: «È normale... se la ami... e poi le attrici devono sempre partire... meglio non perdere tempo».

«Infatti. È partita e... ma questo non ti interessa, credo. Solo, non volevo che lo sapessi da altri...»

Altri chi, si chiese Emma. Già se la immaginava, Jasmine Jay che le telefonava: «Salve, ex di Andrea. Lo sai che mi ha chiesto di sposarlo? Crepa di invidia, brutta ragazza qualunque!»

«Sai, sinceramente non credo che saperlo da te o da altri faccia tutta questa differenza» rispose. «Comunque la metti, non è che sia proprio una notizia entusiasmante. In ogni caso, grazie per la considerazione che mi dimostri».

Andrea era un po' interdetto. «Mi prendi in giro?»

Emma fece segno di no con la testa. «Cerco solo di essere educata».

«Ah. Perché sembrava abbastanza che mi prendessi in giro».

«No, figurati. E com'è andata? Ha accettato?»

«Non mi ha ancora risposto».

«Ti risponderà. Oh, guarda chi c'è».

Emma aveva visto Camelia, che entrava in quel momento, senza entusiasmo. Le andò incontro.

«Ciao! Che è successo, che non sei venuta?»

«Stavo per farcela, ma mia madre mi ha stanata».

«Non volevi venire?»

«No. E adesso posso pure andarmene. Tanto ormai è tardi».

«Senti... che ne dici di venire a cena da me? Così parliamo un po' con calma di questo dolce».

La cucina di Emma e Bianca invitava all'abbandono ma non era predisposta per cucinare pasti sontuosi o anche solo decenti. Lavorando in una pasticceria, le ragazze spizzicavano a casaccio dolcini e salatini, e quando erano a casa tendevano a ricostituirsi con passati, purè, tisane, caffelatte. Non si era mai cotto un arrosto, in quella bella stanza quadrata, e i polli che ci erano entrati erano già stati trasformati in cibo dal Girarrosto Santarita. Quella sera, all'ora in cui nelle famiglie si scola la pasta o si manteca il riso, Bianca stava fissando incerta il contenuto del frigo, mentre Emma e Camelia erano sedute al tavolo di cucina, circondate da noci spaccate.

Dopo avere vanamente pasticciato con arance e carote, Bianca ebbe un'idea.

«Che ne dite, faccio la stracciatella?»

Camelia si illuminò di contentezza.

«La stracciatella! Che buona... me la facevano sempre le suore!»

«A me la fa sempre mia mamma» disse Bianca.

«È una ex suora?»

«Altro che ex. Passa più tempo in chiesa che a casa».

«Dove abita?»

«A Leinì».

Camelia non conosceva questo posto. Emma le mise in mano un pezzetto di noce.

«Mangia. Chiudi gli occhi, e cerca di farti venire in mente un sapore che si unirebbe bene a questo... Mastica... annusa...»

Camelia chiuse gli occhi e sussurrò: «Gorgonzola...»

Emma scoppiò a ridere: «Così non arriviamo da nessuna parte. Devi pensare dolce. E se inventassimo una pasta di mandorle fatta con le noci? Ehi, questa è un'idea... in fondo le noci...»

Camelia non la stava ascoltando. Si era piazzata davanti alla vaschetta di Audio e Video, e faceva dei gorgoglii per richiamare la loro attenzione.

«Gla gla gla pescetti... pescetti! Qua... qua... cuccia... biri biri pesce! Su, vieni...»

Emma e Bianca si guardarono. Come prenderla?

«Camelia... dai... dammi retta cinque minuti. Dicevo che in fondo le noci non hanno una loro vera specialità famosa nel mondo. Le mandorle hanno la pasta di mandorle. Le nocciole hanno la nutella. E le noci? Cos'hanno proprio di speciale tutto loro?»

Bianca puntò dritta verso la pila di libri che stazionava sulla credenza da almeno venti giorni.

«Aspetta! Mi pare che ci sia qualcosa sulle noci...»

Prese un libro dal mucchio, lo sfogliò rapidamente, e lesse: «...'E il convento, in vece di scapitare, ci guadagnò; perché dopo un così gran fatto, la cerca delle noci rendeva tanto, tanto... bla bla bla... e si faceva tant'olio, che ogni povero veniva a prenderne, secondo il suo bisogno'». Bianca chiuse il libro.

«Olio di noci» disse, decisa.

«Non è di questo che abbiamo bisogno». Emma prese fra le dita una mezza noce e la fissò. «Sto pensando a qualcosa tipo... caramello? Vaniglia? Vaniglia e caramello e noci...»

«Bleah!» disse Camelia.

«Aspetta a dire bleah. Lasciami riflettere».

«Come si chiamano?» chiese Camelia, indicando i pesci.

«Audio e Video» disse Bianca. Poi li guardò con attenzione. Da qualche giorno, il loro colore era leggermente diverso. Qualcuno le aveva detto che quando i pesci cambiano colore stanno per morire. Li guardò meglio. Poi capì. Non stavano cambiando colore, ma la loro acqua era così sporca che non li vedeva più bene.

«Emma! Bisogna cambiare l'acqua ai pesci! Questa volta tocca a te!»

«Ah-ah...» Emma, assente, stava rotolandosi sulla lingua un pezzetto di noce, immersa in un'estasi papillare.

«La cambio io, se vuoi» si offrì Camelia, sempre contenta di trafficare con cose vive.

Pochi minuti dopo, la cucina era immersa in uno stato di perfetta pace. Emma continuava a schioccarsi noci in bocca, Camelia guardava i pesci, adesso perfettamente puliti e brillanti, e Bianca finiva di sbattere le uova e il parmigiano per la minestra.

«Aspetta. Voglio fotografare le pinne di Video. Hanno un rosso iridescente».

Prese la macchina, che aveva sempre in tasca, e la accese. Scattò tre o quattro foto ai pesci, poi le riguardò sul monitor, e un attimo dopo un urlo terribile risuonò nella cucina di via Lombroso 22.

Elena Belmonte abitava in corso Fiume 17, a pochi metri dalla Pasticceria. Aveva comprato casa lì una quindicina di anni prima, un piccolo alloggio luminoso che aveva decorato e arredato in modo che risultasse gradito a Corrado. Per riuscirci, aveva dovuto tarpare a uno a uno tutti i suoi gusti. Addio quadri ottocenteschi raffiguranti cancelli e ortensie, niente comode poltrone a fiori, cornici piene di fotografie, abat-jour di seta rosa, ciotole di smalto piene di cioccolatini. Non era questo lo stile che piaceva al suo amato. Con lui, la parola chiave era 'meno'. Che nervi. Pareti bianche, poca roba appesa e possibilmente indistinguibile dalle pareti stesse, mobili moderni, costosi, comodi ma sobri. Qualche tocco di colore poco convenzionale. Un unico mobile antico, ma spaventosamente autentico. Corrado trovava incantevole la casa di Elena, anche perché sapeva perfettamente che a lei non piaceva affatto e che l'aveva creata così per lui. Ogni tanto, si divertiva a prenderla in giro. Le regalava libri fotografici sui cottage della campagna inglese, e indicando certi salottini in cui dominavano il cretonne a fiori e le sedie a dondolo, ridacchiando diceva: «Guarda qui, la tua casa ideale». Lei negava con forza, poi, quando restava sola, si sdilinquiva su quelle foto. Povera Elena... tutto questo, e ormai da dieci anni lui lì dentro non ci metteva più piede. E allora perché non cambiava l'arredamento? Ma perché aspettava ancora che lui tornasse, è ovvio.

Quella sera però, mentre qualcuno lanciava quell'urlo assordante in via Lombroso, Elena non era chiusa fra le sue antipatiche pareti domestiche. Era in Palestra, al Club per madame ricche La Pantera, e stava seguendo la sua lezione privata di Pilates. Tutto quel tirare e tendere di muscoli avrebbe rallentato, o forse addirittura rimandato sine die il naturale allentarsi dei tessuti? La prossima estate, ormai imminente, Elena avrebbe ancora potuto indossare abiti senza maniche e gonne corte, o sarebbe entrata a vele spiegate nel triste e definitivo periodo delle maniche lunghe e delle gonne alla caviglia?

«Aaaaahhh...» esalò, a quel pensiero.

La sua insegnante di Pilates, un fascio di muscoli sotto un volto di donna, la fulminò con un'occhiataccia.

«Già stanca?»

«No... è che pensavo a quest'estate... secondo lei reggerò la prova canottiera?»

«Mmm...» La signorina non dispensava facili illusioni. «Deve impegnarsi molto. Muova il braccio».

Elena fece sventolare a bandiera il braccio sinistro, e con adunche dita la signorina afferrò la carne ondeggiante.

«Vede? Qui tremoliamo. Su, si concentri, mi tiri il muscolo e respiri senza pensare. Ricordi che il pensiero è nemico della densità corporea. Chi più pensa, meno si rassoda. Forza, compattiamo, compattiamo!»

Lei allungò le fibre del suo essere senza risparmio, ma intanto pensava a Corrado, e si chiedeva se questa figlia riottosa che gli aveva scodellato con ventitré anni di ritardo avrebbe finalmente fatto il miracolo di riunirli. Una famiglia... io e lui... e Camelia... anche se Camelia... quasi quasi sarebbe meglio lasciarla a Noemi... in fondo, l'importante è che lo sappiano i giornali che è figlia sua. Poi, la vita quotidiana, è un altro discorso. A una certa età... e concluse il pensiero ad alta voce: «Si vive meglio in due che in tre, no?»

L'insegnante di Pilates la guardò con freddezza.

«Se non ci dà dentro, Elena, fra qualche anno sarà in due anche da sola: ci vuol niente, a raddoppiare la circonferenza coscia. Si pieeeghiii...»

Mario Mongilardi non era il tipo che telefonava alle ragazze il giorno dopo averle viste. Di solito lasciava passare il tempo necessario a smontare la loro sicurezza, e poi le toglieva dall'ansia componendo il numerino concesso con prontezza. Nel caso della giovane Trisciuoglio, però, fece un'eccezione. Aveva l'impressione che fosse una ragazza che poteva dimenticarlo, e non voleva correre questo rischio, perché la trovava molto interessante. Così la chiamò, notando con sorpresa anche un accenno di batticuore mentre faceva il numero. Lei ci mise un sacco a rispondere.

«Emma? Ciao, sono Mario...»

«Ehi, ciao... scusa, ma qui abbiamo un'emergenza. C'è Bianca che dà di matto».

«Chi è Bianca?» chiese Mario, a cui piaceva, nella vita, un certo ordine.

«La ragazza che vive con me. Le hanno rubato delle foto dalla macchina. Un dottore».

«Emma?»

«Un dottore le ha rubato delle foto dalla macchina. Dalla scheda. Sai, no. Be', lei aveva la scheda quasi piena, tutte foto di colori, e insomma non le aveva ancora scaricate. E adesso non ci sono più. Le ha prese quel tipo che le ha fatto rovesciare una Coca sulla sua fidanzata».

«Dici cose che non capisco».

«Ah, non importa. Come stai?»

«Confuso. E tu? Oggi ti ho pensata un po', e così...»

«A me? Hai pensato a me?» Emma trovava molto strana questa cosa, perché Mario la conosceva da quando aveva smesso di gattonare, e a quanto le risultava non aveva mai pensato a lei, né lei a lui. Mario era Mario, un bambino (poi cresciuto) del paese. Quindi? Cos'era questa storia di pensare?

A conferma dell'anomalia, lui le chiese: «E tu? A che hai pensato, oggi?»

«Eh...»

Non poteva dirgli: 'Più che altro alle noci'. Prese tempo.

«Senti... Mario... se tu dovessi fare un dolce a base di noci, cosa ci metteresti insieme?»

«Aspetta. Stiamo parlando di noci?»

«Noci, sì. Per un dolce. Noci e?»

«Cioccolato?»

«Troppo facile».

«A differenza di questa telefonata. Torni a casa, sabato?»

«Non so. Senti, devo andare, ho paura che Bianca faccia qualcosa di assurdo, tipo dar fuoco alle Molinette».

A casa Scippa raramente, per non dire mai, il telefono suonava alle dieci di sera. Tinco riceveva le sue chiamate sul cellulare, e il resto della famiglia alle nove, nove e mezzo al massimo aveva chiuso col mondo esterno. Alle dieci di questo particolare lunedì sera, mentre Tinco in bagno si preparava a uscire ingomminandosi i capelli, la signora Scippa guardava la televisione, il signor Scippa protestava perché gli toccava sorbirsi una stucchevole vicenda in costume, e intanto si rileggeva gli ultimi centimetri di 'Tuttosport', i nonni erano già a letto e dormivano, Giovanna e Paola, le gemelline di dieci anni, così chiamate in onore del pontefice, chiuse in camera loro, provavano i passi di un balletto grazie al quale contavano di vincere la selezione per diventare vallette di Topo Gigio al prossimo Zecchino d'Oro. Erano troppo stonate per partecipare come cantanti, ma come ballerine erano assai forti.

«E uno e due e tre, gira!» strillò Giovanna.

«Io giro! Ma tu! Ti fermi troppo presto!» strillò Paola, che non aveva il pieno controllo sulla respirazione.

Tinco mise dentro la testa.

«E allora, la finite di rompere? Devo chiamare papà? E tenete bassa quella roba che svegliate nonna!» Di svegliare nonno non se ne parlava, era sordo, ma nonna aveva il sonno leggero, e le gemelle ci davano con lo stereo.

«Giovanna Paola! Adesso vengo lì e vi arronchio!» gridò il babbo dal tinello. E in quel momento di vita così normale e uguale a tanti altri, il telefono di casa Scippa emise uno squillo lancinante. La signora Scippa saltò su, abbandonando Lara di Rupenera al suo destino.

«Oddio! E chi può mai essere a quest'ora!»

«Qualche rompiballe» ringhiò il signor Scippa.

«Saranno i tuoi... l'ho detto ieri che tuo padre era strano...»

Con queste confortanti previsioni, la signora Scippa si lanciò sul telefono, rispose e poi, tenendolo fra due dita come se fosse un oggetto immondo, berciò: «Giuseppe!!! È per te!!! E di' che non chiamino a quest'ora!!!»

«Tinco. Sono Bianca».

Tinco trasecolò. Bianca che lo chiamava a casa alle dieci di sera?

«Te lo ricordi quel tipo che è venuto stamattina a riportarmi la macchina foto?»

«Eh. Quello che ha combinato quel casino con le ragazze...»

«Sì. Ti ricordi come si chiama? L'hai sentito che lo diceva a Cleopatra?»

«Aspetta... miii, ero lì vicino... ha detto dottore... dottor qualcosa».

«Grazie, molto utile. Uffa. Mi sa che devo tornare all'ospedale e cercare di rintracciarlo lì. Se tu ti ricordavi il nome, era più facile».

«Perché lo vuoi rintracciare? Che è successo?»

«Mi ha cancellato un sacco di foto. Lo voglio ammazzare tutto, un pezzo dopo l'altro. Ciao».

Bianca riattaccò, e Tinco si preparò con rinnovato entusiasmo all'imminente appuntamento con Vale in piazza Europa. Aveva una bella storia da raccontarle.

È vero, Alessandro Carella aveva cancellato quindici foto dalla memory card della macchina di Bianca, dopo averle però trasferite nella memoria del suo computer. Questo era successo perché nel suo cervello si accendevano e spegnevano continuamente mille insegne al neon, e da qualche giorno l'insegna 'BIANCA', color magenta, si accendeva e spegneva vistosamente, disturbando altre insegne come 'CARLA', 'LORENA' e anche un po' 'STAMINALI', 'JUVENTUS' e 'I RACCONTI DI DÜRRENMATT'. Alessandro non aveva però intenzione di mettersi a corteggiare la ragazza, ben sapendo che l'equilibrio della sua vita era molto più sottile del filo di un acrobata, e quindi non poteva permettersi di aggiungere altre complicazioni. Però, aveva pensato, se le tolgo un po' di foto verrà di certo a chiedermele, e così sarà lei a cercare me, e non io a cercare lei, e la cosa non avrà niente di romantico, di sensuale, di rapinoso. La rivedrò, ma non sarà colpa mia.

Ignara di tutto questo, Bianca pensava più semplicemente che Alessandro fosse uno psicopatico.

«Neanche Tinco si ricorda il nome. Mi tocca andare in ospedale».

A Cleopatra Farina aveva già telefonato, ma Cleopatra ricordava vagamente un nome tipo...

«Trefoloni, Crespi, non saprei... aspetta... Viberti... una cosa così, tipo Viberti. Rabuffo? Non so, prova un po' a chiedere a Tinco, era lì vicino...»

«Vacci domani». Emma stava caramellando dello zucchero. «Non è detto che stasera sia di turno. Domani con calma lo rintracci. Le Molinette è enorme».

Bianca annuì. In effetti, l'Ospedale Le Molinette di Torino non è un posto dove sia facile trovare un dottore nel pagliaio.

«Non mi capacito. Non riesco a capire. Ma come gli è venuto in mente?»

Emma alzò lo stecco per vedere se lo zucchero filava: «Magari non l'ha fatto apposta. Stava guardando le foto, e gli è scivolata la mano, e le ha cancellate».

Bianca lavava i piatti e fece uno schizzo di schiuma fino al soffitto.

«Allora, primo non è possibile, perché la macchina ti sfinisce prima di cancellare una foto. Te lo chiede venti volte. Vuoi cancellare, yes o no? Yes? Sicura? Vuoi veramente cancellare yes yes queste belle fotine? Non lo rimpiangerai? Eccetera eccetera. E poi, soprattutto anzi, chi gli ha detto di andare a guardare le mie foto? E la privacy?»

«Be', dai, se tu trovi in giro una macchina digitale, non guardi le foto?»

«Io no» disse Camelia, che aveva divorato due piatti di stracciatella e poi si era rimessa a guardare i pesci, ignorando sia la lavatura dei piatti che la caramellatura dello zucchero. «Avrei paura. E se poi sono, tipo, foto di un cadavere? Suor Samuela mi ha raccontato che una volta qualcuno ha lanciato la foto di una mano staccata dentro il giardino del Convento».

«Ma va'? E di chi era?» chiese Emma.

«Boh. Sembrava di marmo. Una statua, credo».

Le tre ragazze tacquero, affascinate da quel mistero. Poi Emma fece un estremo tentativo di interessare Camelia alla produzione di un dolce.

«Ehi, tu. Vieni un po' qui ad assaggiare il caramello. Ci mettiamo un profumo di vaniglia?»

Camelia sbuffò. «Uffa... dai... fai tu».

«Senti qua, hai fatto un corso di Alta Pasticceria, giusto? Qualcosa avrai ben imparato. Cerca di entrare nello spirito della cosa. Non ti piace l'idea di avere una torta che si chiama come te?»

«Veramente neanche io vorrei chiamarmi come me».

«Okay, ma un dolce lo dovrai fare, perciò tanto vale se lavori un po', no?»

Camelia sospirò: «Uffa però. E pensare che se solo riuscissi a leggere quel Quaderno della malora, potrei vincere qualsiasi concorso. Basterebbe copiare uno dei dolci di mio nonno. Magari la Crema Ottobre».

«Cosa sarebbe, questa Crema Ottobre?»

«Il dolce che ha fatto piangere Stalin. Non la sapete la storia?»

Due teste fecero segno di no. Perfino Bianca aveva smesso di pensare alle foto scomparse.

«Be', è così. Io avevo questo nonno che era un cuoco famosissimo, Ermanno Picchi. Era toscano, ed era un comunista bestiale. Tipo Che Guevara».

Le sue ascoltatrici annuirono. Che Guevara e il suo indomito comunismo argentino erano ben noti a tutti.

«Il preferito di mio nonno era Stalin, così un giorno, non so come, è riuscito ad andare a Mosca, e a presentarsi all'ufficio di Stalin. Era prima che scoppiasse la guerra e tutto il resto. Il nonno aveva fatto un dolce per lui, un dolce speciale, inventato apposta, la Crema Ottobre. In qualche modo è riuscito a farsi ricevere dal segretario di Stalin, e gli ha detto che era venuto a piedi dalla Toscana o qualcosa del genere, e che quel dolce era per il generale. Non so se Stalin era generale...»

Emma e Bianca si guardarono fuggevolmente. Nessuna sapeva se Stalin avesse ottenuto tale qualifica.

«Comunque... il tipo si è convinto, e ha portato il dolce a Stalin, che da principio non lo voleva neanche assaggiare. Infatti lui era politicamente contrario ai dolci, diceva che erano roba da borghesi, specialmente i dolci al cucchiaio. Ce l'aveva a morte coi dolci al cucchiaio. Li considerava molto di destra.

«Però alla fine si decise ad assaggiare la Crema Ottobre, e sembra che sia rimasto secco, proprio. L'ha mangiata tutta, e poi si è messo a piangere, e ha abbracciato il nonno, e gli ha chiesto di restare per sempre con lui. Il nonno però nel frattempo che era a Mosca si era un po' guardato in giro, e ha preferito tornare a Monsummano».

Era una bella storia. Tutte e tre immaginarono il feroce dittatore in lacrime su una scodella di crema, ed Emma in particolare cercò di immaginare anche gli ingredienti della crema.

«Com'era fatta, questa Crema Ottobre?»

«Nessuno lo sa con precisione. Il nonno non l'ha fatta mai

più. Era solo per il compagno Giuseppe, diceva. Si sa che c'era lo zabaglione. Nient'altro. Però nel Quaderno la ricetta c'è. Ci sono tutte le ricette del nonno».

Camelia si chinò e tirò fuori dalla borsa il Quaderno coperto di stoffa a fiori.

«Me lo porto sempre dietro, perché mia madre ha la psicosi che me lo rubino, e poi dice che forse, a tenerlo sempre con me, prima o poi mi ricorderò cosa mi ha detto il nonno... guardate...»

Emma lo prese e lo aprì. Le pagine erano coperte di lettere insensate, divise in blocchi. Ricette. Provò a leggere ad alta voce: «'Vndooprmcidgomttcldrd...'»

«Visto?»

«È tutto attaccato. Non c'è nemmeno la divisione delle parole ad aiutarci...»

«E tu sei l'unica che conosce il trucco per decifrarlo?» chiese Bianca.

«Lo conosco, ma non lo so. Mio nonno mi ha dato il Quaderno prima di morire, in ospedale, e mi ha detto anche cosa dovevo fare per riuscire a leggerlo, solo che non mi ricordo. Era qualcosa che riguardava i viaggi, mi pare... e anche i preti».

Mentre pronunciava quelle parole, Camelia si rese conto che non le aveva mai dette prima. La stracciatella, o forse i pesci, le avevano fatto ricordare qualcosa.

Jasmine durante la Spuma di Torrone

Nei thriller quando l'eroe o l'eroina della storia cerca qualcuno di cui non conosce il nome incontra sempre grandi difficoltà, e prima di trovare questa persona deve dare prova di astuzia, abilità e perseveranza. Nel caso di Bianca, niente di tutto questo fu necessario. Si presentò al Pronto Soccorso delle Molinette, individuò un'infermiera che era presente quando era stata ricoverata lei e le disse: «Buongiorno, sto cercando il dottore che mi ha ricucita qualche giorno fa, ma non ricordo il suo nome. Un dottore giovane, biondo, con la co...»

Senza neanche darle il tempo di finire, l'infermiera alzò gli occhi al cielo e disse: «Il dottor Carella...» Pausa significativa, a indicare che molte giovani donne curate dal dottor Carella tornavano a chiedere di lui. «Oggi non è di turno da noi, lo trova in reparto».

«Che reparto?»

«Medicina generale B, secondo piano, in fondo al corridoio, poi gira a destra, va giù dritta fino alla scala, e poi lì chiede».

Così facendo, Bianca arrivò al reparto Medicina generale B, e qui le dissero che il dottor Carella stava facendo il giro delle visite.

«Lo aspetto».

«Lei è parente di qualche ricoverato?»

Bianca fece segno di no con la testa. Non aveva proprio nessuna intenzione di fare conversazione.

E dopo un po', eccolo laggiù, insieme a un paio di altri dottori, alle calcagna di una dottoressa piccolina ma piena di energia, chiaramente il capo della banda. Quando vide Bianca, Alessandro si scusò coi colleghi: «È la figlia del letto 14, vado un attimo a sentire cosa vuole».

L'uomo che ruba foto deve essere pronto a tenere a bada le conseguenze. Volendo evitare una scenata davanti al suo primario, che per di più era una femmina e quindi avrebbe probabilmente solidarizzato con la derubata, Ale prese Bianca per un braccio senza darle il tempo di aprire bocca, e le sussurrò: «Andiamo al bar. Se dici una parola qui ti spezzo le ossa».

Bianca vide così confermata alla grande la sua teoria che quell'uomo fosse uno psicopatico. Si rese conto che non avrebbe mai dovuto, per nessun motivo, andare a casa sua, né incontrarlo da solo in luoghi appartati. Per fortuna, il bar interno delle Molinette non è un luogo appartato, bensì un salone vociferante pieno di dottori, infermieri e parenti di ricoverati che mangiano e bevono.

«Cosa prendi?»

«Le mie foto, grazie. Dove sono?»

«Calma. Beviamo un caffè. O un tè? Spremuta?»

«Non voglio niente».

«Va bene, aspettami a quel tavolo, io vado a prendermi un caffè».

Seduti l'uno davanti all'altra, si guardarono. Bianca aprì la bocca, pronta a lasciar partire accuse e insulti, ma lui la fermò con un gesto molto imperioso.

«Zitta. Non perdere tempo a blaterare. Sì, le ho io, le tue foto. Le ho scaricate nel mio computer».

«Bugiardo».

«Perché no?»

«Non hai il software».

«Ho comprato una Nikon uguale alla tua».

«Allora sei pazzo».

«Mi serviva comunque».

«Si può sapere perché me le hai prese?»

«Se lo sapessi, te lo direi. In parte credo sia stato un pretesto per rivederti. Ma soprattutto, volevo studiarmele un po'. Voglio dire... cosa... com'è che ti chiami?»

«Bianca».

«Voglio dire, Bianca... sei brava, ma dove vuoi arrivare? Vuoi fare un pantone?»

«Un che?»

«Un pantone. Di colori».

«Be', non so cos'è ma forse sì, voglio farlo. In ogni caso non capisco cosa ti interessa. Quella macchina tu non dovevi neanche aprirla».

«Ah, brava furba. E se non la aprivo, come facevo a capire di chi era?»

Momentaneamente sconfitta, Bianca lanciò un mezzo urlo.

«Ti morderei, guarda!»

«Fallo».

«Restituiscimele».

«Ma sì, ma sì... dammi la tua mail, che te le mando».

«No, non ti do la mia mail perché tu sei pazzo, e potrebbe essere pericoloso».

«Ormai... Funziona diversamente. Prima i due si parlano via Internet, e lui sembra simpatico e affascinante, poi si incontrano e lei scopre che è pazzo. Noi ci siamo già incontrati, quindi...»

«Non mi fido».

Ale sospirò. Doveva tornare in reparto.

«Devo tornare in reparto. Sei fidanzata?»

«No».

«Quasi?»

«Neanche. Mi piace uno, ma è un amore impossibile».

«Uff... l'uomo sposato».

«No... è il protagonista di un libro che vorrei scrivere».

«Ma esiste?»

«Finché non scrivo il libro no».

«Ma scusa... non sei una cameriera che vuole diventare fotografa?»

Bianca scosse la testa.

«Non lo so, cosa voglio diventare. Vorrei fotografare, e anche scrivere un libro, e ho una buona idea per il merchandising nei musei e...»

«Tipo? Che idea?»

«I chewing-gum con le opere d'arte».

Alessandro guardò l'ora. Doveva proprio andare. Ma voleva assolutamente saperne di più sui chewing-gum, e sull'uomo del libro.

«Senti. Ti passo a prendere...»

Le parole gli morirono in bocca. Quella sera aveva architettato una complicatissima bugia per poter stare con Lorena, ci mancava altro di prendersi un altro appuntamento. Niente da fare, non aveva spiragli. Con uno sguardo a cui era impossibile negare un po' di compassione, allungò un tovagliolino di carta e una matita a Bianca.

«Scrivimi qui la tua mail, ti prego».

Mario Mongilardi leggeva romanzi d'amore. Questa sua segreta attività era iniziata quando aveva nove anni, e passava le vacanze con sua cugina Ada, tre anni più grande, accanita lettrice dei Romanzi della Rosa Salani, che aveva trovato a mucchi nella soffitta di casa. Sull'onda della cugina, da bambino docile e aperto a nuove esperienze qual era, anche Mario aveva cominciato a spararsi *Prima o Poi*, *Oltre gli Scogli*, *Sei giorni* e altri significativi titoli. Poi, ormai assuefatto, era passato a più nobili autrici, e aveva letto tutta Jane Austen, le più significative fra le Brönte, Elizabeth Gaskell e via via, fino a Margaret Mitchell e Rosamund Pilcher. Naturalmente erano letture segrete, portate avanti con somma discrezione, come farebbe un parroco con l'*Histoire d'O*. Sul suo comodino sbandierava Clive Cussler, Stephen King e, quando voleva darsi un tono più intellettuale, Niccolò Ammaniti, ma nel cassetto chiuso a chiave c'era sempre un romantico romanzo femminile. Quindi lui sapeva. Sapeva da sempre, si può dire, quale fosse il proprio destino.

Sì, poteva passare con allegra noncuranza da modella a contessina, e da cubista a bibliotecaria, poteva inanellare signore sposate e figlie svagate, ma tanto il suo momento sarebbe arrivato. Inevitabile, inaspettata, un giorno avrebbe incontrato LEI, quella che lo avrebbe avvinto come l'Attak in una passione perenne, la donna del destino, la magica fanciulla che avrebbe spazzato via tutte le altre, trasformandolo in un marito fedele e appassionato, proprio come i vari Conte Hubert e ingegner John e Darcy e Rochester dei suoi libri preferiti. E adesso, da vari indizi, aveva identificato questa nemesi dei sentimenti in Emma. Proprio come in una storia dei Delly, era una ragazza del paese, di bell'aspetto, colta, gentile, elevata, figlia di semplici ma oneste persone. Si erano conosciuti da bambini, si rincontravano da grandi, e l'amore nasceva. I suoi non sarebbero stati felici, in quanto lo avrebbero preferito fidanzato con qualche contessina Colongo, ad esempio, ma il fascino di Emma li avrebbe convinti. Più ci pensava, e più si convinceva che l'ora X era arrivata. Di conseguenza, telefonò a Emma, e le chiese se la sua amica aveva ritrovato le foto.

«Una specie. Le ha ritrovate, ma non le ha riavute, per adesso».

«E perché?»

«Perché il tipo che gliele ha prese forse è uno psicopatico pericoloso, forse un killer. Sono in trattative».

«Bene. Attendiamo ulteriori sviluppi. E tu? Vieni a Valle, questo sabato?»

«Non credo. Devo allenare la tipa. Sai, quella che partecipa al concorso».

Così Mario Mongilardi rinunciò al weekend di relax a casa, e annunciò che sarebbe venuto lui a Torino, per portare Emma a cena fuori. Una sola cosa lo disturbava. Doveva esserci, da qualche parte, un ostacolo. C'era sempre, nei romanzi. Da dove sarebbe saltata fuori, l'avversità che avrebbe rischiato di distruggere per sempre il loro giovane amore?

'Caro diario, scusa se ultimamente ti ho un po' trascurato, ma sono sempre occupata con quel detestabile concorso, e passo le giornate chiusa nella Pasticceria a glassare cose. Pensa che oggi Emma ha cercato di insegnarmi a candire. Candire, ti rendi conto? Coprire di zucchero cristallizzato pezzetti di fiore. Ma che senso ha, quando potrei partecipare a 'Milano Alta Moda' e vedere da vicino le top? Sono troppo, troppo infelice. Per fortuna, Emma è molto simpatica, e poi... e poi, caro diario, a te lo posso dire: credo di aver trovato l'amore. Sì... appena l'ho visto, ho sentito un tuffo al cuore, come quando ti cade un uovo sodo nel bicchiere, e l'acqua fa splash. Si chiama Andrea. È bellissimo. Fai conto, bruno con gli occhi grigi, ho detto tutto... divino!!!! Purtroppo, è già fidanzato, con Jasmine Jay, figurati. Lei è passata di qui, e l'ha circuito. Ma io non ho perso le speranze, perché si sa com'è con le attrici, le storie non durano. Tra l'altro, se proprio proprio dovesse andare male, ho notato anche un altro dei pasticcieri, un ragazzo serbo che si chiama Zlatan ed è TROPPO figo. Adesso ti devo lasciare, devo tornare in laboratorio. Speriamo che ci sia Andrea... o almeno Zlatan.

P.S. Non ti ho detto una cosa importante. Forse comincio a ricordare quello che mi ha detto il nonno quando mi ha dato il Quaderno. Era una cosa che c'entrava con i santi, mi pare. O con l'acqua?'

«E così questa settimana viene lui». Emma raccontò a Bianca gli sviluppi del caso Mongilardi, dopo che Bianca l'ebbe ragguagliata sulle ultime novità del caso Carella. Nessuna delle due sembrava entusiasta della piega presa dagli avvenimenti.

«Ma tu? Come ti poni?»

«Non so. Mi piace abbastanza. Ma non abbastanza».

Bianca ed Emma erano sul balcone di casa, un balcone medio, non proprio piccolo ma non ancora in grado di essere definito terrazzino. In una cassetta della frutta dipinta di giallo c'erano i cosiddetti 'Libri da balcone', che Bianca teneva lì in caso le fosse venuta voglia di leggere all'improvviso. Allungò una mano, ne prese uno, scartabellò e poi lesse a Emma: «'Il signor Knightley, uomo posato sui trentasette o trentotto anni, non era soltanto un vecchissimo e intimo amico di famiglia...' Che te ne pare come descrizione del tuo Mario?»

«Che roba è?»

«La tua omonima Emma, quella di Jane Austen. Si innamora di un altro, ma poi capisce che quello che ama veramente è questo Knightley, e se lo sposa».

«Mmm... io però ancora mi sento svenire quando guardo Andrea».

Bianca alzò le spalle.

«Poi passa. Specialmente adesso che i Delacroix ti hanno fregata in quel modo. Ma non li odi?»

Emma scosse la testa.

«No, in realtà no. Alla fine, per me va bene anche così. Vedi, Camelia è completamente incapace di preparare un dolce. Di fatto, al concorso partecipo io. A vincere o perdere sarò io. È uguale».

«Già, ma se vinci tutto il merito e la fama andranno a lei».

«E se perdo, la sconfitta sarà sua. Mi sembra che siamo pari. Anzi, va meglio a me, perché in ogni caso mi faccio un'esperienza fantastica senza responsabilità. Questo dovrebbe piacerti, no?»

«Sì... be'... puoi prenderla più alla leggera, però non hai niente da guadagnare».

«E chi lo dice che bisogna sempre guadagnarci qualcosa? A me piace così. Mi sento bene».

«E da quando? L'altro giorno eri incazzata nera».

«Ho subito un'evoluzione».

Di fronte a questo, Bianca non poteva ribattere niente. Guardò Emma con interesse. La sua amica aveva un modo tutto suo di elaborare i dispiaceri trasformandoli in sensazioni positive, una cosa che a lei risultava impossibile. Quando Bianca si arrabbiava, si arrabbiava del tutto. E questo le riportò alla mente Alessandro Carella.

«Be', ormai dovrebbe avermele rimandate. Vado a controllare».

da: biancastella@libero.it
a: alecare@fastwebnet.it
Okay, allora grazie per le foto, ho controllato: ci sono tutte. Comunque io in cambio non ti devo niente, visto che le foto erano già mie. Però, visto che ci tieni tanto, ecco qua:
Per quanto riguarda i chewing-gum, ho pensato questo, che agli Uffizi, tanto per dire un tipico museo, dovrebbero mettere in vendita dei cicles nei pacchetti da cinque o dieci, come i Brooklyn, quelli lunghi. E ogni cicles è avvolto in una cartina che riproduce un quadro del museo, non so, Botticelli o Paolo Uccello eccetera. Secondo me andrebbero fortissimo e la gente farebbe raccolta. Con un'idea così potrei pure diventare miliardaria, peccato che non conosco nessuno all'Ufficio Brevetti degli Uffizi. Tu?

Il mio libro sarebbe un giallo, ambientato nel passato, e cioè nell'Ottocento, a Moncalieri. Ho scritto sessanta pagine, poi mi sono stufata. Ti mando l'inizio. Quello di cui sono innamorata è lui, padre Denza.

'A trent'anni, Padre Francesco Denza era un uomo bellissimo, audace, e pazzo per la meteorologia. Anzi, diciamo che l'aveva inventata lui. Era il 1864, e da pochi mesi aveva ottenuto la costruzione di un Osservatorio Astronomico al Real Collegio di Moncalieri, dove insegnava matematica. Era un barnabita napoletano, e il suo cuore era come una fragrante pizza bollente e saporita. In quel mattino di aprile, fermo accanto al davanzale della finestra, aspettava che Peggy Fleming, la famosa pattinatrice americana, lo raggiungesse per qualche ora di ardente passione. Ma padre Francesco non sapeva che un orribile omicidio avrebbe tra pochi minuti sconvolto la vita del Collegio e la sua'.

Che te ne pare? Ciao, e occhio alle ragazze.
Bianca.

da: alecare@fastwebnet.it
a: biancastella@libero.it
Come sarebbe Peggy Fleming? Non è una tizia che ha vinto le Olimpiadi di pattinaggio negli anni '60? Almeno, la Garzantina dice questo.
Per i chewing-gum non so, potrebbe funzionare. L'importante è che tu decida una cosa e poi faccia quella, invece di continuare a cazzeggiare. Alla tua età io ero laureato e a metà della specializzazione, e tu sei ancora lì che fai la cameriera e giochi con le foto e i romanzi. Datti da fare, se no a quarant'anni sarai una ex simpatica schiodata, ormai patetica, e soprattutto povera.
Con le ragazze va alla grande. Le tengo a bada come arance che volteggiano.
Ah, volevo chiederti una cosa: ma ti chiami davvero Bianca Stella?

da: biancastella@libero.it
a: alecare@fastwebnet.it
Sì, mia madre è bacata.
E non farmi la predica che tu sarai anche laureato eccetera ma rubi le foto e inganni le donne, perciò non hai niente da insegnarmi, anzi, meno di niente.
Peggy Fleming ho dovuto metterla perché io detesto i gialli in cui il protagonista non fa sesso con nessuno. Mi danno i nervi, veramente. Però un prete barnabita non ce la poteva avere, la ragazza, nel 1864. E comunque mi sembrava squallido fargli la fidanzata segreta coi sensi di colpa. Perciò ho pensato di uscire dal piatto realismo. Prima volevo fargli avere una storia con Madonna. Pensavo una cosa come che lo scambio avveniva nei due sensi, e che certe volte lei, durante i suoi concerti, annunciava: 'And now folks it's with real pleasure that I introduce to you the one and only Padre Denza! Yeah!'
Però Madonna mi sembrava troppo per lui. Non sapevo se poteva reggerla. Era meglio una più giovane, meno aggressi-

va. Avevo trovato questa Peggy in un libro sul pattinaggio artistico, e ho pensato che era perfetta. Quando fa un certo esercizio sul ghiaccio entra in una crepa fra spazio e tempo, e finisce al Reale Collegio di Moncalieri nel 1864.
Il romanzo si chiama *Omicidio all'Osservatorio*. A me lui piace troppo. Me lo immagino con una faccia ottenebrata. Ciao!

da: alecare@fastwebnet.it
a: biancastella@libero.it
Forse volevi dire 'tenebrosa'. A ogni modo, secondo me con un tizio che esiste solo in un romanzo che comunque non finirai mai di scrivere, non hai un grande futuro.

da: biancastella@libero.it
a: alecare@fastwebnet.it
Be', e chi ce l'ha. Guarda te: le tue fidanzate sono normali e non vengono da anni strani, eppure che futuro avete? Prima o poi ti scopriranno e succederà un bel casino. Adesso basta scriverci perché mi è venuta voglia di riprendere l'album degli acquerelli. Ciao!

da: alecare@fastwebnet.it
a: biancastella@libero.it
Che acquerelli?

Jasmine Jay aveva un'espressione assorta e incantata, e sulla sua bellissima faccia si era steso come un leggero velo di maturità e consapevolezza.

«Ehi, cos'è quella faccia da funerale?» sintetizzò la sua amica e parrucchiera personale Olyve.

«Stavo pensando ad Andrea. È arrivato il momento di rispondere alla sua domanda di matrimonio».

«E gli dirai?»

«Sì».

Dal letto si levò un boato. Jasmine, Olyve, il bravo attore Giles MacDonald e l'ottimo direttore della fotografia Marcello Pirrello avevano appena avuto un'interessante esperienza erotica di gruppo, e si stavano rilassando con lemonsoda, pasticche e gelato al cioccolato.

«Ma dai! Lo sposi? Veramente? Metti su casa e famiglia? E vai!!!»

«Calma». Jasmine alzò una manina e schiacciò il naso di Marcello. «Lo sposo. Casa e famiglia possono aspettare. Vedete, il fatto è che...» la voce le morì in un sussurro, e gli occhioni si dilatarono ulteriormente, «... sono innamorata davvero. Andrea è fantastico. Voglio stare con lui... per sempre».

«Ah bon» disse Giles, «e noi?»

«Voi che c'entra. Mica siete l'amore, voi».

«Siamo solo un passatempo, eh?» piccò Olyve.

«Ma meglio dell'uncinetto...» Jasmine scoppiò a ridere, e afferrò un pezzo di corpo altrui a caso.

Tante volte è meglio che un uomo non sappia che cosa sta facendo la sua fidanzata in quel momento, e infatti Andrea non lo sapeva, e con animo tranquillo stava spiegando a Emma e Camelia un difficile passaggio nel processo di cottura dei babà.

«Vedi? Per capire se è cotto devi infilarci dentro un fuscello di scopa... così».

I Delacroix tenevano in laboratorio una serie di scope di saggina mai usate, da cui staccavano i fili a uno a uno per saggiare certe cotture insofferenti di automatismi.

«Non lo stecchino?» chiese Camelia, occhieggiandolo invitante.

«Per favore» disse Andrea. Non poteva pensare che quell'idiota avesse il cinquanta per cento del sangue in comune con lui.

«Bene, io mi sono stufata di questo babà» ribatté Camelia, che giorno dopo giorno si sentiva sempre meno innamorata di Andrea, in quanto scorbutico e insopportabile, e sempre più innamorata di Zlatan, che le aveva insegnato una canzone in serbo e le aveva fatto vedere la foto del suo gatto Desan trasformato in berretto invernale. E poi, anche il ragazzo cinese, non era mica male...

«Dai, Camelia... mancano due settimane al concorso... cerca di impegnarti un po'» le chiese Emma, infilando la saggina nel babà.

«Se ti concentri, puoi andare avanti moltissimo. Calcola che un giorno ha ventiquattro ore, una settimana centosessantotto, due settimane trecentotrentasei» insistette Andrea.

«E secondo te io voglio passare trecentotrentasei ore a infilare pezzi di scopa in una brioche? Ho un sacco di altre cose da fare, cosa credi? Ho promesso a Suor Lilù di mandarle uno scubidù a otto tinte e non ho mai un attimo per lavorarci!»

Andrea la guardò senza dire una parola, poi prese Emma e la portò un po' più in là.

«Ma come fai? Come fai a sopportarla?»

«Non è antipatica» sussurrò Emma, vicina vicina, «basterebbe non costringerla a fare una cosa che detesta. Si può sapere perché vi siete fissati che deve partecipare al concorso? È una storia strana, Andrea. C'è qualcosa che non so, vero?»

Andrea pensò di baciarla. Non perché gli interessasse farlo, ormai fra loro non c'era più niente, ma così, per una specie di imperio molecolare. Poi lasciò perdere, si scostò leggermente e mentì.

«Non c'è niente che non sai. Mio padre lo fa per Elena. Sai com'è, lo ama da anni, no, e lui si sente in colpa... visto che ci tiene tanto a 'sta nipote...»

«Non è da lui».

«E tu che ne sai? È un uomo molto buono, in fondo».

«Ah-ah».

Si guardarono, poi smisero di guardarsi, ed Emma tornò vicino a Camelia.

«Che dici? Proviamo a fare un cioccolatino?»

Camelia si stava guardando nel fondo di una tortiera particolarmente lucida.

«Ma secondo te io avrei il look giusto tipo per regnare?»

Come se le lezioni nel laboratorio non fossero state abbastanza stressanti, Camelia aveva preso l'abitudine di seguire Emma dappertutto, come il famoso albatro della poesia. Il fatto è che di sera a casa sua non c'era molta vita sociale: terminata una faticosa giornata in vivaio, Noemi si preparava un risotto in busta o un piatto di gnocchi, mangiava davanti al TG, guardava un po' di qualcosa, leggeva una pagina dell'*Agenda del Giardiniere*, e crollava addormentata. «Dovresti farti un po' di amici della tua età...» aveva detto vagamente alla figlia, e con questo le sembrava di aver ottemperato ai doveri di una buona madre.

Perciò Camelia preferiva andare a casa di Emma, sedersi in cucina con lei e Bianca, e chiacchierare fin quando la mettevano su un taxi e la rispedivano in viale Seneca.

«Perché non prendi la patente?» le chiese Emma, mentre si depilava la gamba sinistra con l'epiledi. «AAAAGGHHH!»

«Non lo so, pensavo che tanto prima o poi avrei avuto l'autista. Fa molto male?»

«No, per niente ma... AAAAAUCH!... tira».

«Perché non usi il vet?»

«Perché è come concimarli. Stasera viene Mario».

«Uau! Chi è?»

«Un tipo del mio paese».

«C'è storia?»

«Mah. Forse. Non so».

Erano in bagno. Emma sarebbe anche rimasta volentieri da sola, ma le riusciva difficile cacciare Camelia, che le sembrava stranamente orfana, per avere una madre e una zia che si preoccupavano tanto di lei.

Bianca fece capolino: «Ehi. Io stasera non cucino niente. Devo finire l'acquerello».

«Posso vedere?»

«Vieni».

Camelia seguì Bianca, ed Emma, veloce come una saetta, chiuse a chiave la porta del bagno prima di attaccare l'altra gamba.

L'acquerello rappresentava una fila di casette sulla riva di un fiume.

«Figo» disse convinta Camelia. «Non ci metti qualche persona?»

«Forse dopo. Preferisco dipingere le case, però».

«Be', sono fighe».

Bianca sospirò: «A parte le analisi artistiche, che ne diresti di preparare tu qualcosa per cena? Così io finisco qui ed Emma si fa bella per il suo tipo».

Camelia annuì. Era contenta che le ragazze le affidassero questa responsabilità. Andò in cucina e aprì il frigo. Aveva visto che la gente faceva così, quando voleva preparare la cena.

Cinque minuti dopo, era ancora lì, che esaminava incuriosita un oggetto. Quando sentì suonare alla porta, andò ad aprire stringendolo forte fra le mani. Fu per questo che Mario, arrivato largamente in anticipo, invece della sua ipotetica donna del destino si vide aprire da una ragazza bionda con in mano un grosso vegetale verde che gli disse: «Salve».

«Ehilà».

Pausa.

«Io sono Mario Mongilardi, ciao».

Camelia sorrise: «Sei il tipo di Emma?»

«Eh... sono un amico di Emma, sì».

«Io sono Camelia Picchi». Gli porse la mano, ancora interamente occupata dall'oggetto verde. Mario lo guardò.

«Ah, sì... scusa... stavo preparando la cena. Pensavo di fare gli zucchini, ma in frigo ne hanno uno solo» disse Camelia, sventolandolo.

«Questo è un cetriolo. Se vuoi ti do una mano. Emma dov'è?»

«Si sta depilando» disse Camelia, togliendo senza saperlo un po' di charme alla serata. L'uomo che legge romanzi d'amore preferisce pensare che la donna sia naturalmente priva di peli.

Due ore dopo, Mario ed Emma passeggiavano lungo i viottoli del giardino delle rose al Valentino. Bianca era ancora preda della furia acquerellistica, e Camelia era tornata a casa sua.

«Dovremmo presentarle qualcuno» stava dicendo Emma, «altrimenti si fidanzerà con Zlatan, e lui se la porterà in Serbia e la farà vivere in un carrozzone con altre tre mogli».

«E non pensi che potrebbe piacerle?»

«Non so. La nostra cultura ci porta a preferire di essere l'unica».

Questo era un buon input. Darcy, l'aviatore John o il Conte Hubert, di fronte a una frase così avrebbero inchiodato la Donna Del Destino al più vicino faggio, sussurrandole incoerenti parole d'amore. Mario si sentiva un po' pigro, quella sera, ma comunque baciò Emma.

«E a te piace essere l'unica?»

«Credo di sì. Sono appena uscita da una storia in cui non lo ero per niente...»

Ecco lì, pensò Mario. Ci siamo. L'ostacolo. Adesso mi dirà che lo ama ancora, e possiamo essere soltanto amici.

«E...» proseguì Emma, «quando lo vedo mi sento ancora svenire perciò...»

«Non una parola di più...» Mario respirò sollevato. Tutto andava per il meglio.

Quella sera Andrea era a cena a casa di suo padre. Tina, la domestica veneta che si occupava di lui da quarant'anni, aveva preparato le polpettine di pollo, uno sformato di spinaci con la fonduta e la sua Spuma di Torrone, che Ferran Adrià se la sogna, tanto buona che Corrado Delacroix non aveva mai voluto metterla in produzione, e la considerava un piacere assolutamente privato.

«Allora... come va la nipote della Belmonte?» chiese Corrado, mentre Vittoria, placida e ignara, divorava instancabilmente polpette e sformato.

«È una perfetta idiota, direi. Strano, tenendo conto...»

Corrado rivolse al figlio un'unica, breve occhiata. Non era ancora il momento di mettere al corrente Vittoria degli ultimi ampliamenti famigliari.

«Insomma... l'importante è che la Trisciuoglio sappia quello che fa».

«Possiamo accendere la tele?» chiese Vittoria, che non ascoltava mai i discorsi di pasticceria. «C'è la Titti da Baleno».

La Titti era la sua amica attrice, Teresa Topazi, quella sera ospite del talk show più seguito delle Reti, quello condotto da Aldo Baleno, ex presentatore di quiz elevato a demiurgo del palinsesto.

«Accendi pure, ma non alzare tanto il volume».

Sullo schermo, Aldo Baleno si agitava indicando gli ospiti, e nessuno badò più che tanto né a lui né alla Titti finché sul grande schermo alle spalle del conduttore comparve un gruppetto di persone sullo sfondo del deserto, e Andrea quasi si conficcò in gola il cucchiaino con cui stava inalandosi la Spuma.

«È Jasmine! Quella è Jasmine! Alza, Vitti!»

Vittoria alzò il volume proprio mentre Aldo Baleno vociferava: «... e siamo collegati con alcuni personaggi da favola, uno scoop esclusivo che ci invidiano anche da Giove... alzate le orecchie e sbarrate gli occhioni, placidi tapiri stesi sui vostri divani comprati a rate, perché dalle profondità del Sahara emerge come un fiore sbocciato tra gli aculei di una pianta grassa l'olezzante Jasmine, la più bella rosa del deserto, l'oasi in cui tutti vorremmo dissetarci, che sul far della notte tropicale sorge dal suo guscio di madreperla per offrirsi alle stelle e svelarsi più stella di loro. Jasmine Jay, grande protagonista di *La Voce della Colonna*, il film più atteso e bramato dagli assatanati fans... e non è sola, perché accanto a lei vediamo il pluripremiato attore inglese Giles MacDonald, e tanti altri allegri passerotti... buona sera Jasmine, e buonasera a tutti voi, artisti e tecnici del set...»

Jasmine pareva decisamente di buon umore, e il suo incantevole sorriso provocò una scossa elettrica nel cuore di Andrea. Corrado la guardava con maggiore scetticismo, trovandola assai carina ma un po' troppo simile a una telefonista che aveva cercato di ricattarlo nel '73.

«Devo farvi un annuncio» trillò Jasmine, «e non potevo che

farlo dai microfoni dell'*Aldo Baleno Show*, uno spettacolo che positivamente adoro...»

«E noi adoriamo te, Jasmine... qui c'è anche la tua amica Teresa Topazi che ti saluta...»

«Ciao Titti! C'è anche Poppi?»

«No, c'è solo Titti!»

«Ciao Jazzy!»

«Ciao Titti! Salutami Poppi! Ma adesso tutti zitti che devo dirvi una cosa speciale speciale...»

E mentre Andrea, meccanicamente, affondava il cucchiaino nella inimitabile densità della Spuma, Jasmine guardò dritta in camera e disse: «Mi sposo! Sì, ho trovato l'amore della mia vita e voglio dirlo prima di tutto a voi, che siete il mio pubblico italiano che adoro! Perché adoro l'Italia! E infatti sposo un italiano... un uomo meraviglioso, che sarà il padre dei miei figli... ciao Andrea, ti amo! Se mi stai vedendo, sappi che ti sposo! E se non mi stai vedendo, ti telefono più tardi!»

Ada odia i biscotti glassati

«E allora tu vacci. Vacci pure, ma chi ti tiene, sappi solo che su me ci metti la croce da qui a qui!»

Vale e Tinco si fronteggiavano come due mezzogiorni di fuoco, sotto lo sguardo attento di Giovanna Paola, che si erano immobilizzate sperando che il fratello e la sua ragazza si fossero dimenticati di loro, e del cagnolino rauco, Rospo, che era preoccupato in merito alla prevista passeggiata. Non vedeva nessuno avviarsi a prendere il guinzaglio. Il litigio era scoppiato imprevisto nel tinello di via Mezzaluna, dove Tinco, Vale e le gemelle stavano trascorrendo un tranquillo dopopranzo domenicale a base di televisione. I genitori e i nonni si erano ritirati nelle rispettive camere per smaltire la lasagna, e niente lasciava presagire quella rissa, scoppiata nel minuto preciso in cui Tinco aveva comunicato a Valentina che Emma e Camelia lo avevano scelto come secondo assistente per il concorso.

«Lo vedi che non ragioni? Cosa c'hai nel cervello, i bigodini, minchia? È lavoro, Vale, lo vuoi capire? Lavoro!»

«E tu lo vuoi capire che in quei giorni lì io ho il concorso mio? E tu mi vorresti mollare per andartene a fare l'imbecille con quelle lì?»

«Guarda che non vado a fare l'imbecille. Vado a lavorare. Mi pagano pure gli straordinari».

«E chissenefrega degli straordinari, tu per gli straordinari mi lasci sola proprio nel momento in cui ho più bisogno di te?»

«Ma minchia, Vale, devi fare degli shampoo, non è che ci vuole una scienza, non fai altro tutto il giorno da due anni!»

«È una competizione! E c'è pure una ragazza che è nata a Roma!»

«E capirai! Il nostro concorso è una roba internazionale, per me potrebbe pure rappresentare un passo avanti, che ne so, magari dopo mi aumentano la paga!»

«Ma fammi ridere! Sarai l'ultima ruota dell'ultimo carro!»

«E certo, perché per te io cosa sono, eh? Una merda? Una merda secca pestata da un cane?»

E qui Giovanna, la più estroversa delle gemelle, non riuscì a trattenere una risatina, tanto le pareva calzante quella autodefinizione del fratello.

«Fuori dai coglioni voi due se no vi faccio a fette!»

Paola lanciò un'occhiata piena di rimprovero alla gemella, e la trascinò via.

«Sei proprio una deficiente, se non ridevi...»

«Be', oh, mica potevo... comunque c'ha ragione lei, per me».

«Pure per me. Proviamo il balletto?»

Valentina era un mito, per Giovanna Paola, e condividevano in pieno la sua convinzione che tutta quella storia del concorso non fosse altro che una gigantesca manfrina messa in piedi da Tinco per poterla tradire con una schiera di pasticciere internazionali.

In realtà, la scelta era stata di Emma, che aveva notato in Tinco dei guizzi di inconsapevole genialità, come quella volta che aveva fatto le tortine ai frutti di bosco solo con more, lamponi e ribes, sostenendo che i mirtilli: 'Fanno scena ma non piacciono a nessuno'.

Camelia aveva opposto una debole resistenza.

«Perché non portiamo Zlatan?»

«Zlatan ha una moglie a Belgrado, Cam».

«Be'?»

«Be'. Portiamo Tinco».

Camelia cedette subito, perché da qualche giorno covava in cuore un colpevole segreto che aveva confidato soltanto al suo diario.

'Caro d., tu non ci crederai ma sono di nuovo innamorata! E sento che questa volta è un amore vero, anche se purtroppo è un amore impossibile! Lui è già legato a un'altra! Ma non una qualsiasi che me ne potrei anche fregare perché se una non la conosci non sei nemmeno tenuta a non fregarle il fidanzato, lo diceva anche Suor Justine. Il guaio è che si tratta di Mario, il ragazzo di Emma! Emma, la mia migliore amica!!! Capisci, caro diario, sono innamorata del ragazzo della mia migliore amica! È terribile, ma anche meraviglioso, perché sono certa che lui mi ricambia. Infatti devo confidarti un segreto grande grande: mi ha mandato un sms con scritto "STUPIDINA BELLA". Lo vedi? Però dovremo rinunciare a questo meraviglioso amore, per non spezzare il cuore di Emma. Ce la farò, caro diario?'

Il diario ne dubitava parecchio, ma a parte questo c'era anche il fatto che al momento Emma aveva un nuovo problema da affrontare. Da qualche giorno Andrea si era trasformato in un blocco di tufo incapace di reazioni umane. Arrivava in laboratorio, eseguiva cioccolatini, mousse, charlotte, pan di Spagna e ogni altra specialità Delacroix, ma non era più lui. Sguardo appannato, bocca tiepida, spalle senza slancio, Emma lo osservava e si sentiva commuovere come se ancora ci avesse tenuto a lui. Va bene che l'avesse lasciata, okay anche che si fosse messo con Jasmine Jay, poteva perfino accettare l'idea di iniziare, prima o poi, una storia con Mario Mongilardi, che aveva un bel modo di guardarla di sghembo, certo, la vita continuava e non era lei quella che alla vita si sarebbe messa di traverso, però vederlo così e non sapere perché era un tormento. Jasmine aveva accettato di sposarlo, ne parlavano tutti i giornali perché lei aveva fatto l'annuncio in tivù, ma allora dov'era la felicità?

Dopo tre giorni di quella solfa, Emma rinunciò al suo fermo proposito di non fare mai domande ad Andrea sulla sua nuova vita sentimentale, e mentre insegnavano a Camelia come si tostano le nocciole in forno (obiezione: «Ma non possiamo usare quelle dei pacchetti?»), gli chiese: «Allora ti sposi eh? Ho sentito la notizia».

«Ah-ah».

Come risposta era perlomeno piatta. Emma lo guardò negli occhi, e gli sorrise.

«Ehi. Che c'è?»

Camelia aveva approfittato di quell'attimo di distrazione per rifugiarsi in un angolo col cellulare e abbandonarsi a una valanga di messaggini. Andrea chiuse lo sportello del forno, regolò la temperatura e disse: «Niente. È inutile che mi sorridi».

«Scusa eh. Che devo fare, guardarti male? Ti vedo nero come la pece mentre dovresti essere ai sette cieli dell'estasi...»

«Sono forse fatti tuoi?»

Emma si risentì moltissimo.

«Hai ragione. Fai conto che non abbia detto niente. Ciao».

Si voltò e cominciò a pestare nervosamente del cioccolato nel mortaio.

«Scusa, dai. Lo so, sono insopportabile. È che... ti va se facciamo due passi in giardino?»

Il giardino della Palazzina Delacroix in aprile era notevole, tra camelie, tulipani, narcisi, fresie e cascatelle di fiori bianchi di cui Emma non sapeva il nome ma erano, in verità, gelsomini.

«Tu come ti sentiresti se l'uomo che ami scegliesse l'Aldo Baleno Show per dirti che vuole sposarti?»

«Eh... non so. Non mi sembra probabile. Quello che vedo adesso fa l'avvocato a Milano».

«Ah. Ti vedi con uno?»

«Insomma... mi vedicchio».

«E vuole già sposarti?»

«No! Dicevo per dire, che comunque difficilmente andrebbe da Baleno. A ogni modo, ci resterei secca. Voglio dire, mi incazzerei parecchio».

«Vedi? Lo capisci da sola, perché sono nero come la pece».

Emma strappò un tulipano, e Andrea le mollò una sberla su una mano.

«Ehi... se ti vede mio padre, ti licenzia».

«Ah, scusa. Ero distratta. Sì, però, insomma, Jasmine Jay è un'attrice. Per loro è logico fare così. Fa parte del mestiere. Lo dovevi già sapere, no?»

«Sì, vabbè, non dico che non potesse annunciarlo da Baleno, anche se personalmente è una cosa che mi fa schifo, però almeno dirmelo prima, non so, una telefonata, alla peggio un sms, tipo: 'Sì, va bene, ti sposo, e tra l'altro stasera lo dico in televisione'. Una cosa così».

Emma rifletté.

«Secondo me fai prima a non arrabbiarti più per cose del genere. Ne succederanno tante, e se ogni volta le metti il muso, lei si stuferà e si prenderà uno che non le rompa le scatole. Sorridi, Andrea. Devi fare come Hugh Grant con Julia Roberts in *Notting Hill*.

«Come finisce, *Notting Hill*?»

«Con loro due che leggono al parco».

«Dici che Jasmine verrà a fare una torta con me in laboratorio?»

Emma sospirò.

«Se lo fa, avvertimi che quel giorno non vengo».

La prima volta che Alessandro Carella mise piede in via Lombroso 22 non aveva intenzione di rubare niente. Era una visita rilassata, declassata, anzi, perché nelle intenzioni non era nemmeno una vera visita, era un 'Passavo di qua', e sincero, perché Ale era a cena da Carla, e quando aveva scoperto, consultando l'elenco del telefono, che Bianca Longhi abitava a due passi da lei, non aveva potuto resistere.

Bianca non aveva mai risposto alla sua domanda sugli acquerelli, non gli aveva scritto proprio più, e neanche lui a lei, perché per una settimana aveva mollato le fidanzate e si era concentrato sul suo lavoro a Candiolo, Istituto di ricerca sul cancro, dove aveva in piedi una storia di staminali. Adesso però era arrivato il momento di chiarire quella faccenda, e di mettere un po' in riga la ragazza. Si sentiva bene, salendo le scale: riflettendo sugli avvenimenti degli ultimi tempi, e sull'altissima probabilità di consumarsi tutto come una pila scadente nel tentativo di avere due fidanzate a pieno titolo, aveva deciso di lasciare Lorena, e concentrarsi su Carla, che era disposta ad accompagnarlo in una lunga vacanza in Lapponia, un suo antico sogno. Quando aveva proposto la Lapponia a Lorena, lei lo aveva guardato con aperto fastidio: «E che sono, una foca?» aveva commentato, facendo però seguire alla frase un'invenzione erotica talmente interessante da togliere ogni malignità alla risposta.

«Ma il sesso non può rappresentare il fulcro di una felice vita di coppia» gli aveva detto a Candiolo il professor Ludovico Vogliotti, supremo capo della sua squadra di lavoro, e Alessandro aveva deciso di credergli.

«Perciò sono venuto a dirti che mi sono deciso. Lascio Lorena, e sto seriamente con Carla» annunciò a Bianca, che gli aveva aperto con uno sbuffo di azzurro lago sul naso.

«Bene, mi sembra una buona idea. Cioè, io le ho intraviste appena, però Carla aveva un soprabito di pelle nera che era una figata, mentre quella giacca a fiori di Lorena non è che...» Bianca se l'era trascinato in camera sua, un luogo di cui Ale sperava di non vedere mai più l'uguale. Il caos era deposto a strati antichi e moderni, e gli oggetti si nascondevano l'un l'altro fino a perdere ogni possibilità di essere utilizzati. Serena, Bianca si era liberata un angolino di scrivania e lì aveva posato l'album, la tavolozza e l'acqua.

«Eh? Che te ne pare?»

Alessandro trovò immediatamente bellissimi quegli acquerelli. Paesaggi appena definiti, casette liquide, corsi d'acqua leggeri, alberi visti da un miope...

«Sono belli. Fantastici. E le foto?»

Bianca alzò le spalle. «Mi è un po' passata. Dopo che me le hai rubate, ho avuto una specie di distacco. È finito l'impulso. Ho messo via tutto, per adesso. Magari fra un po' di anni riparto. Boh».

Alessandro rifiutò di sentirsi in colpa. Se tranciando il flusso della fotografia aveva avviato la produzione di quei bellissimi acquerelli, bene, il destino aveva ancora una volta fatto un lavoretto pulito.

«Erano belle, le foto, ma guarda che questi sono molto meglio. Sono strepitosi. Dovresti...»

Bianca gli mise una mano sulla bocca.

«Eh no, eh, non cominciare pure tu. C'è già mia mamma, che me la mena a sfinimento che a fare la cameriera in Pasticceria sono sprecata. Non è vero per niente. Ci sto benissimo, e ho il tempo di fare tutte le altre cose. Adesso mi va di dipingere e c'è anche una buona notizia, perché quasi quasi mi sta tornando la voglia di scrivere il romanzo».

Alessandro la guardò disgustato: «Sei penosa».

«Be'?»

Prima che la discussione potesse prendere corpo, Emma mise la testa dentro.

«Oh. Scusa. Ciao».

«Emma, Alessandro, Alessandro, Emma».

«Ciao. Sei quello che le ha rubato le foto?»

«Sì, anche se non mi dispiacerebbe essere ricordato per qualcos'altro».

«Okay, ero venuta a chiederti se mangi a casa, Bianca».

«C'è pure Camelia?»

«Figurati se non c'è».

«A questo punto, se vuoi, fermati anche tu. O devi andare da Carla?»

Alessandro doveva andare da Carla, ed erano le otto meno un quarto, ma nella mente gli si stava formando una Missione, e per portarla a termine doveva restare lì. Perciò sorrise alle ragazze, accettò e si ritirò in bagno a fare una lunga e menzognera telefonata a Carla. Non si sentiva in colpa, però, perché in fondo aveva scelto lei. Adesso, bastava dirlo a Lorena.

Dopo una cena consistente in purè di patate, semolino, zucchine cotte e carote crude, Camelia tirò fuori il Quaderno del nonno, perché lei ed Emma avevano deciso che quella sera avrebbero provato a venire a capo di quella storia del santo. In fondo, Emma era laureata in Stele di Rosetta. Un po' di dimestichezza con le decifrazioni doveva pur avercela.

«Magari tu puoi aiutarci» disse Bianca ad Alessandro, speranzosa. «Sai fare l'ipnotismo?»

«Inutile» disse Camelia, «mi hanno già fatta ipnotizzare un casino di volte. Non serve, mi ricordo solo la lanugine sotto il letto del nonno».

«E comunque» ci tenne a precisare Ale, «io sono un medico, non un ipnotizzatore».

Bianca alzò le spalle: «È uguale, no? Anche i medici certe volte ipnotizzano».

Emma scacciò quelle futilità con un gesto deciso. «Concentriamoci. Allora, tuo nonno ti ha dato il Quaderno e ti ha detto che per decifrarlo avevi bisogno di un santo?»

«Mi pare... però era anche una cosa che non so perché mi fa venire in mente l'acqua. Mi ha detto: 'Se vorrai leggere queste ricette, devi prendere il...' Camelia si svuotò il cervello, con poca fatica, e lasciò che l'immagine di nonno Ermanno nel suo letto di ospedale la invadesse tutta... il dottore che puzzava di frittata... la lanugine sotto il letto... un carrello che passava in corridoio con un tintinnio di contenitori di metallo...

«Devi prendere il pellegrino» disse poi, senza sapere perché.

«Il pellegrino?»

«Sì! Adesso me lo ricordo! Me lo sono ricordato! Mi ha detto: 'Devi prendere il pellegrino!'» Camelia era entusiasta. Ecco, si era ricordata, e adesso avrebbero smesso di tormentarla con il Quaderno.

Bianca, Ale ed Emma la guardarono, e tre cervelli cominciarono a vorticare seguendo ognuno la sua strada. Alessandro disse che gli pareva esistesse un uccello che si chiamava falco pellegrino, mentre Bianca prese un libro dal mucchio della cucina *La Vita dei Santi*, andò a cercare chi era il protettore dei pellegrini e lesse: «'Giacomo, figlio di Zebedeo e fratello di Giovanni. Gesù l'aveva soprannominato "figlio del tuono" perché aveva un carattere molto impetuoso. Secondo la *Leggenda Aurea* evangelizzò la Spagna, che raggiunse dopo aver predicato in Giudea e Samaria. Fu ucciso a Gerusalemme da Erode Antipa e i discepoli caricarono il suo corpo su una barca che giunse in Galizia, dove fu sepolto in un bosco. Intorno alla sua tomba nacque Santiago de Compostela, meta preferita di tutti i pellegrini d'Europa'».

Guardò gli altri tutta contenta. «Quindi il santo pellegrino è lui. Per decifrare il libro ti serve qualcosa che riguarda San Giacomo. Fammi pensare...»

Ma Emma scoppiò a ridere e batté le mani sul tavolo: «No! È un quaderno di ricette! Il Pellegrino che ci serve è Pellegrino Artusi!» E prese la sua copia dell'Artusi, che viveva perennemente in bilico sull'uno o l'altro mobile della cucina.

Elena si controllò ancora una volta allo specchio, e si morse un labbro, disperata. Non avrebbe dovuto farlo. Non avrebbe dovuto, proprio quella sera, tradire il 'peach sable' della linea Poudre Impalpable Mais Très Attaccatique in favore del 'doré plein air'. Mai mai fare esperimenti col trucco nei momenti cruciali, lo sapeva, lo sapeva benissimo, eppure ci era cascata ancora una volta! Col 'peach sable' si era vista pallida, si era vista addirittura violacea, e le era parso che il lieve cedimento della mascella col 'peach sable' balzasse agli occhi come un pitbull inferocito. Proviamo il 'doré plein air', si era detta, quella nuance appena più decisa darà più evidenza ai tratti. Ed eccola qui, una maschera del circo, una prostituta kabuki, una vera e autentica cinquantenne! E non c'era tempo, non c'era tempo di rifare il trucco, lui sarebbe stato lì entro un'ora e doveva ancora scegliere le calze... Con un gemito di angoscia aprì il cassetto in cui giacevano perfettamente ordinate decine di paia di collant e autoreggenti. Se mi sbrigo, pensò mentre l'affanno le tarpava il respiro, se riesco a scegliere le calze senza farla tanto lunga, forse faccio in tempo a rifarmi il trucco. Alla peggio, rinuncio all'eye liner, il tratto a matita potrebbe bastare.

Elena guardò l'abito che indossava, l'ennesima versione del preferito di Corrado, un tubino di seta turchese, scollato, completato da un morbido *cache coeur* di cachemire, nella stessa tinta ma in una tonalità appena differente. Calze miele? Calze grigio perla? Calze nere ma tanto trasparenti da non entrare in collisione col turchese? Calze totalmente neutre, dell'esatto colore delle sue gambe? Eh, magari, ma c'erano quelle couperosette... quelle venuzze violette... sì, le aveva coperte col Fond de Teint Pour Jambes Rose Cher, ma non se la sentiva di esporle così brutalmente... Allora forse meglio una leggera rete? Sì, una leggera rete, la rete salva, aggiusta, fa sexy. Ma rete collant o rete autoreggente? Fece appena in tempo a infilarsi l'autoreggente, notare il cuscinetto blobboso che si formava sopra il bordo, levarsela e mettere il collant che il citofono suonò: era lui! Ed era in anticipo, come al solito. Elena lo odiava per questo. Chiuse il cassetto, rinunciò a rifarsi il trucco, e si salvò in corner attenuando di un punto le luci regolabili del salotto. Poi andò ad aprire a Corrado.

«Allora» le disse lui come tutto saluto. «Si può sapere cosa c'era di tanto urgente? Guarda che ho poco tempo, perché devo sentirmi con Myakawa alle dieci».

«Myakawa? Vuole ancora la licenza per il Giappone dei Biribissi?»

«Certo che la vuole. E offre molto di più».

«Ma tu hai sempre detto che nessuno avrebbe mai potuto produrre un dolce Delacroix fuori dalla nostra Pasticceria...»

«Infatti non gliela do. Ma voglio dirglielo di persona, se no che divertimento c'è».

Erano passati in salotto, e Corrado si guardò intorno con la sua tipica curiosità.

«Ah... non è cambiato niente. Che brutto quel posacenere».

«Ma se me l'hai regalato tu!»

«Ah sì? Sarà stato un regalo riciclato».

Elena rifiutò di lasciarsi abbattere. In quel momento, andare in balcone e buttarsi giù non sarebbe servito a niente.

«Prendi qualcosa?»

«Hai del mirto?»

«Mirto? E da quando bevi il mirto?»

«Da ieri».

Elena non aveva il mirto, e Corrado accettò di malagrazia del porto.

«Ti ho chiesto di venire qui, Corrado, perché da quando... da quando nostra figlia ha cominciato a venire in laboratorio non ci siamo più parlati. Ormai mancano pochi giorni al concorso, e io vorrei sapere come hai intenzione di regolarti».

«Mi pare che le linee essenziali le abbiamo stabilite, no? Se cosa...»

«Camelia».

«Se Camelia vince, annunceremo che è mia figlia. Se perde, non se ne fa di niente».

«Ma noi?»

«Noi chi?»

«Noi due. Io e te. Io e te siamo genitori, Corrado. Anche se non lo diremo mai a nessuno, noi due lo sapremo, e questo crea fra noi un legame che non puoi trattare come se fosse una zanzara, e schiacciarlo: la nascita di Camelia ha stabilito fra noi un rapporto incolmabile che nulla potrà recidere, come il nodo di Gordio».

Superato un attimo di comprensibile confusione per quel discorsetto, Corrado decise di concentrarsi sull'essenziale.

«Mi stai dicendo che avanzi delle pretese su di me perché ventiquattro anni fa ti ho messa incinta senza saperlo? Ma cara mia, se volevi giocarti questa carta, dovevi farlo subito. Adesso è un po' troppo tardi».

Elena lo guardò a bocca leggermente socchiusa, e purtroppo questo accentuò il famoso cedimento della mascella, rendendola per un attimo molto simile a un cane mastino.

Corrado sorrise appena.

«Be'? Cosa fai quella faccia? Cosa ti aspettavi? Abbiamo fatto un accordo, no? Se la ragazza vince, la riconosco. Se no, no. Mi sembra equo».

«Non sto parlando della ragazza, Corrado. Sto parlando di noi due».

«Ancora?» Corrado era sinceramente stupito. «Ma sei testona, eh?»

E finalmente, di fronte a quella perfetta, amichevole indifferenza, Elena Belmonte capì che non sarebbe mai riuscita a farsi amare da Corrado Delacroix. Si versò un'abbondante dose di porto e lo pregò di andarsene.

Tinco non lasciò niente di intentato per placare Valentina, e indurla a considerare con maggior benevolenza la sua partecipazione al concorso 'Una Stella per Natale'. Si era consultato con i suoi amici Brizio e Burro, e di comune accordo avevano stabilito che la mossa vincente sarebbe stata invitarla a cena fuori, ma invitarla nel vero senso della parola, cioè avrebbe pagato lui, Tinco, per tutti e due. Questo era formidabile. Poi: invitarla non da un kebabbaro, e neanche alla pizza, no, in un vero ristorante. «Magari» aveva aggiunto il fantasioso Burro, «uno di quelli coi fiori sul tavolo». «E le candele» aveva esagerato Brizio. Dopo una veloce indagine in giro, Tinco aveva identificato il locale adatto, ovvero Tigrino e Tuki, un pub con giardino lungo il fiume, che assicurava atmosfera romantica e piatti di una certa raffinatezza a un prezzo accessibile.

E sulla scelta niente da dire, perché Tigrino e Tuki era davvero un bel posto, e se anche non c'erano le candele in tavola, però ti portavano l'aperitivo (analcolico) gratis e pure con le noccioline. Ma ci voleva altro, con la tignosa Valentina.

«Ma scusa, Vale, non ti fa piacere che mi puoi pure vedere in tivù? Figurati le tue amiche come schiattano!»

«Io non ti voglio vedere in tivù» aveva risposto Valentina, «ti voglio vedere lì, davanti a me, mentre faccio lo shampoo. È chiaro? Credi che Dario mi avrebbe lasciata sola? No, ci puoi scommettere che lui ci veniva».

«E lo credo! Quello mai ha lavorato un giorno in vita sua! Il massimo di fatica che fa è rollarsi le canne!»

Da lì in poi la discussione era degenerata, come sempre quando si tirava in ballo l'ex di Valentina, e alla fine della serata Tinco era più povero di cinquanta euro, e non si era avvicinato di un millimetro alla soluzione del suo problema. L'alternativa era sempre la stessa: litigare forse irreparabilmente con Valentina, dando spago alla minacciosa ombra di Dario, o perdere un'occasione per fare carriera. A soli diciannove anni, Tinco era già alle prese con un tipico problema maschile.

«E ti ha detto cosa dovevi farne, dell'Artusi? Come devi sostituire le lettere?» Emma aveva il Quaderno in mano, e lo sfogliava senza capirci niente.

Camelia alzò gli occhi al cielo: «Ehi, non esagerate... già è un miracolo che mi sono ricordata del Pellegrino... avevo sette anni... sapevo a malapena leggere».

«Complimenti» disse Alessandro.

«Vabbè, non importa, Camelia» disse Bianca, guardando malissimo Alessandro. «Cominciamo dalla prima pagina e cerchiamo di ragionare».

La prima pagina iniziava col numero 1, seguito da una serie di lettere maiuscole.

1. CMIAODRASLEPQPSPNDRDTPRVPCIZUUMSDQMROA.

Poi si andava a capo, e partivano le minuscole, una marea di letterine fitte e insensate.

«Le maiuscole sono il titolo della ricetta» disse Emma.

«Cerchiamo le doppie» propose Bianca, «così siamo sicuri che quelle non sono vocali».

«Sì che sono vocali» protestò Camelia, «Guarda: UU. ZUUM, ha scritto».

«Sono vocali nella lingua segreta, non nella nostra, è ovvio». Alessandro aveva voglia di scuotere forte forte Camelia per vedere se si resettava.

«Non è ovvio» Bianca per principio non dava ragione a un ladro di foto. «Guarda che al mondo c'è molta meno roba ovvia di quello che credi tu».

«Comunque». Emma lo disse in tono definitivo. Non vedeva futuro, a lavorare con quei tre. «Cominciamo semplice. Tuo nonno ha sostituito le lettere dell'alfabeto con la lettera iniziale delle prime ventuno ricette».

«La lettera iniziale del titolo o della ricetta?» chiese Ale.

«Boh. Dobbiamo provare in tutti e due i modi. Camelia, scrivi le lettere dell'alfabeto in colonna».

Camelia prese il Quaderno e la penna, e scrisse. Alla fine rimirò soddisfatta l'opera, poi si accigliò e chiese: «Dovevo mettere anche la cappa e cose del genere? Perché se le devo mettere, io dove stanno non lo so».

Alessandro non si poté trattenere.

«Ma va'? Tipo che se ti dico i lunga...»

«Che i lunga? Quella di juve o quella di New York?»

«Ho detto i lunga, non ipsilon».

«E lascia perdere, non fare lo spacchiuso! Bastano le lettere normali, Cam. Tuo nonno era toscano, figurati se faceva le ricette con la doppia vu». Gli occhi di Bianca mandavano saette di odio, e Ale pensò che era meglio portare a termine il piano e andarsene prima che la ragazza lo ammazzasse.

Alessandro infatti in quelle poche ore aveva maturato un piano, e purtroppo era un piano dai contorni leggermente criminali. Perciò, mentre Emma e Bianca lavoravano per scrivere accanto alle lettere dell'alfabeto le corrispondenti lettere secondo il metodo uno, e le corrispondenti lettere secondo il metodo due, lui si allontanò borbottando qualcosa a proposito del bagno, e quando tornò le ragazze avevano provato a tradurre il titolo secondo i due metodi, ma non ci erano riuscite, perché sia col metodo uno che col metodo due risultavano alfabeti composti prevalentemente da M e da Q.

«C'è qualcosa che non va». Emma alzò speranzosa lo sguardo verso Alessandro, che era un medico, e aveva già dimostrato audacia e inventiva anche nella sua vita privata. Ma il dottor Carella non sembrava più tanto interessato al progetto.

«Be', mi spiace, ragazze, ma s'è fatta una bella ora e devo proprio andare, Carla mi aspetta. Ciao ciao, e buona decifrazione».

Tutte e tre lo guardarono profondamente deluse. Le mollava così?

Quella sera Camelia non tornò a casa, e si addormentò sul divano della cucina. Erano rimaste fino alle tre a cercare di decifrare il Quaderno, ma nessuna delle chiavi tentate aveva dato il minimo risultato. L'ultima lettera del titolo, l'ultima lettera della ricetta, la prima lettera per la 'A', la seconda per la 'B' e così via, niente aveva funzionato. Alle tre, Camelia si era sfregata gli occhi, aveva detto che non ne poteva più, e si era buttata sul divano. Bianca ed Emma avevano continuato a bisbigliare appena appena.

«Forse non è l'Artusi...» aveva detto Bianca.

«È l'Artusi, sono sicura. Dobbiamo solo capire come».

«Ma poi, scusa, perché lo vogliamo decifrare, 'sto Quaderno?»

«Come perché? Perché è cifrato. Se una cosa è cifrata, bisogna decifrarla».

«Non per copiarci una ricetta al concorso?»

«Mica voglio vincere barando».

«Mica sarebbe barare. Tutti i pasticcieri che partecipano metteranno a frutto le ricette di famiglia».

Emma a questo non aveva pensato.

«Vabbè, vedremo. 'Notte».

Bianca era così stanca che entrò in camera sua e andò a letto senza accorgersi che l'album degli acquerelli era scomparso dalla scrivania.

A mezzanotte e un quarto Noemi Belmonte dormiva sempre, anche a Capodanno. Quando lo squillo del campanello la svegliò stava sognando di correre fra le dune inseguita da un Highlander immortale, e si alzò barcollando, ancora stanca di tutti quei chilometri nella sabbia. Chi poteva essere? Camelia l'aveva avvertita che restava a dormire fuori, i ladri non suonano, quindi... uno sguardo dallo spioncino confermò i suoi timori. Davanti a lei c'era un ammasso di lineamenti disperati che a fatica ricompose nei familiari connotati di sua sorella.

«Elena!»

«Ti ho svegliata?»

«Guardami, e risponditi da sola».

«Scusa, ma c'ho un'angoscia che se non parlavo con qualcuno infilavo la testa nel forno».

«Non sai neanche accenderlo».

«Non sto scherzando: stasera ho visto inabissarsi tutte le mie speranze! A una a una come candeline che si spengono su una torta di compleanno!»

Noemi restò impressionata, e l'impressione peggiorò quando ebbe ascoltato il resoconto della serata con Corrado.

Ada Longoni stava fissando con odio un piatto pieno di biscotti glassati al cioccolato. Erano coperti di codette colorate, profumavano di pasta frolla e cioccolato e zucchero, erano invitantissimi, e glieli aveva portati sua cognata Matilde, essendo stata invitata a cena. Perché? Perché la gente porta i dolci, quando è invitata a cena? Ada era certa di aver detto a Matilde che stava facendo i tre mesi senza. Lo diceva a tutti. «Sto facendo tre mesi completamente senza dolci. Se no non riesco più a chiudermi le gonne». Ed era vero, perfettamente vero, ma loro se ne fregavano. Loro continuavano a presentarsi a casa sua con gelati, zabaglione, meringate, cioccolatini, torte Novecento. Certo, sarebbe bastato non invitare più nessuno a cena, ma si poteva stroncare di brutto la propria vita sociale solo perché si stavano facendo i tre mesi senza? Possibile che gli invitati a cena dovessero presentarsi tutti con il loro surplus di calorie? Portatemi dei fiori! Dei colibrì impagliati! Delle gomme da matita di forme strane! Riviste di arredamento! Non portatemi niente, fate cosa volete ma «Non portatemi dolci!» urlò Ada esasperata, e chiuse con un gesto nervoso la scatola di latta piena di biscotti.

«Ada?» Suo marito Roberto, che stava guardando Sky Sport Due in santa pace, la chiamò preoccupato. «Strilli per i biscotti?»

«Sì!»

«Non ti conviene mangiarne uno, invece di ridurti in quello stato?»

«No! Uno è inutile! Se comincio, ne mangio venti! Io odio chi porta i dolci!»

Proprio in quel momento, affacciandosi dalla finestra della sua antica casa, vide arrivare qualcuno lungo il sentiero.

«C'è Mario!» disse al marito, e aprì la porta per andargli incontro. Suo cugino Mario ogni tanto la sera, anche tardi, faceva le poche decine di metri di sentiero nel bosco che separavano Casa Mongilardi da Casa Longoni, e passava a fare due chiacchiere.

«Ciao...» Ada lo baciò affettuosa su una guancia, ma Mario si accorse subito che era scocciata.

«Nervi?»

«Mmm...»

«Fatteli passare. Ho bisogno di un consiglio. Mi fai una camomilla?»

Seduti nella cucina di Ada, davanti a una camomilla intensa e vaporosa, Mario si guardò intorno speranzoso.

«Avresti due biscotti?»

«AAAAGHHH!» disse Ada, e tirò fuori la scatola con i dolci di Matilde.

«Fantastici!»

«GGHHRRR».

«Ada?»

«Niente. Allora, di che consiglio hai bisogno?»

«Forse ci siamo, Ada. Ho trovato la mia donna. È una pasticciera, si chiama...»

«No. Escludo che una pasticciera possa entrare in famiglia. Sarebbe la fine, non potremmo frequentarci più».

«Smettila. Tu non sei grassa. Non devi stare a dieta...»

«NON SONO GRASSA PERCHÉ STO A DIETA!» urlò Ada.

«Be', allora diventa pure grassa. È sempre meglio che isterica».

«Okay, ci posso fare un pensiero. E chi sarebbe, questa pasticciera?»

«Emma Trisciuoglio».

«Chi? Emma? La figlia del meridionale?»

«Ah-ah. Carina, eh?»

«Eh. Tua madre farà i salti di gioia».

«È perfetta, Ada. C'è anche l'ostacolo».

«Be', non esageriamo. Non siamo più ai tempi della Delly. Zia Luisa magari avrebbe preferito che tu sposassi una delle Polto, ma comunque è una ragazza del posto. Cioè, pensa a Enrico che ha sposato una dello Sri Lanka!»

Mario pensò a suo cugino Enrico giusto il minimo indispensabile, poi riprese: «No, non è quello l'ostacolo. Non solo, diciamo».

E raccontò a Ada tutta la storia, di Andrea Delacroix e del fatto che Emma ancora si sentiva svenire quando lo vedeva.

«Però mi ha baciato» concluse. «Al Valentino».

«Carino. Fa tanto Giacosa. Allora va bene, Mario. Però stai attento. Ti ricordi di *La ragazza della casa accanto* della Ayres? Giorgio finge di interessarsi alla signorina Drury, e solo allora Gioia capisce che ama lui e non Tom».

«Quindi secondo te dovrei fingere di star dietro a un'altra?»

«Aiuta sempre».

«Bene, perché in effetti a me interessa un'altra. Sarebbe questo, il vero ostacolo».

Ada ci restò talmente secca che senza pensarci prese un biscotto e cominciò a mordicchiarlo.

«Un'altra?»

«Una ragazza molto giovane. Avrà poco più di vent'anni. Molto... non so come dire... periferica rispetto al concetto standard di ragazza. L'hanno allevata le monache e le mancano i fondamentali».

«Di cosa?»

«Della vita, credo. Mi piace molto, ma solo così... epidermicamente».

«Te la vorresti fare».

«Appunto».

«Ma ami Emma».

«Sì, penso di sì».

«Sei confuso. Siete entrambi confusi, tu da questa deficiente, lei dal suo ex. E questa confusione rischia di allontanarvi irreparabilmente. Come in *L'inganno di Odile*, di Rosyta. Lei sposa il Conte d'Oury, lui Madame Rosbertha, e solo molti anni dopo si ritrovano, e capiscono di essersi sempre amati».

«Ecco, io vorrei evitare questo. Non ho nessuna voglia di sposare Camelia. La ragazza si chiama Camelia».

«Figuriamoci. Sembra il nome di un assorbente. Camelia con ali e filtrante ricamato!»

«Però, penso che se è capitata sulla mia strada, sulla strada del vero amore, un motivo ci sarà».

«Certo che c'è. Vedi, Mario, tu non sei capace di fingere. Se tu avessi solo fatto finta che questa Camelia ti piaceva, la tua Emma se ne sarebbe di gran lunga accorta. Invece se ti piace davvero, lei lo capirà, e ci starà male. Quindi per ripicca si metterà con qualcun altro, e allora TU starai male, e vi ritroverete. Succede così anche in *La fuga di Norma* di Norris: Ruggero si lascia distrarre da Daisy, e Norma fugge».

«Quindi lui si lascia distrarre».

«Sì, abbastanza. La bacia e...»

«La bacia... qui bisogna aggiornare, riportare le situazioni al XXI secolo. Diciamo che lui si lascia distrarre, vedremo poi come. Bene, Ada, buonanotte. E non esagerare con quei biscotti».

Mario Mongilardi si allontanò nella notte, leggero come uno scassinatore minorenne.

La crosticina della crème brûlée

Bianca aveva l'impressione di aver trascorso una gran parte della sua vita al terzo piano dell'ala sinistra dell'Ospedale Le Molinette, reparto Medicina generale C, primario dott. Libertucci. Ormai le infermiere le uscivano dagli occhi, e i parenti dei malati le sembravano abbastanza anche parenti suoi. Per fortuna era una ragazza di modeste dimensioni e scarso peso, altrimenti sarebbe risultata pericolosa per chi la incontrava, mossa com'era da una furia assassina. Passava di camera in camera guardando dentro con occhi tali che parecchi pazienti peggiorarono. Ma non cercava Alessandro. Con lui aveva chiuso. Non voleva mai più né vederlo né sentirlo, perché con quel po' di raziocinio che le restava sapeva che un incontro avrebbe generato il carcere per lei. Invece voleva generarlo per lui. Ed ecco infatti la persona che cercava, la dottoressa Libertucci, lo snello primario femmina che stava rientrando nel suo studio con l'aria di chi deve ancora passare a prendere i bambini dalla nonna.

«Scusi, posso parlarle un attimo?»

«Veramente sto uscendo».

«È una cosa urgente. Uno dei dottori di questo reparto è un ladro».

Messa così, era difficile dire di no, e la dottoressa fece accomodare Bianca nel suo ufficio.

«Mi dia dei particolari, signorina...»

«Bianca Longhi».

«Daniela Libertucci. Allora, chi è il dottore e cosa ha fatto?»

«È il dottor Carella. Lui...»

Daniela Libertucci, primario ma prima di tutto donna, si alzò e disse: «Alt. Se è qui per dirmi che il dottor Carella le ha rubato il cuore, mi spiace, ma non posso farci niente. Lo fa, è più forte di lui, e non c'è modo di fermarlo. Per colpa sua ho già perso due dottoresse e innumerevoli infermiere. Faccia un viaggio. Ci sono delle ottime occasioni last minute».

«Mi ha rubato un album di acquerelli. Voglio denunciarlo, e soprattutto voglio fargli perdere il posto».

«Siamo all'asilo? Le ha anche mangiato la merendina?»

«È entrato in casa mia col pretesto di una normale visita, e mi ha sottratto un album pieno di acquerelli che io avevo fatto. E prima mi aveva rubato delle foto dalla macchina!»

La dottoressa si stava già infilando la giacca.

«Signorina, devo ancora passare a recuperare i figli e fare la spesa. Peccato, mi piacerebbe avere il tempo di ascoltare le sue allegre avventure».

«Quindi non mi prende sul serio. Ha intenzione di non fare niente? Di tenersi un medico che probabilmente esce di qui tutte le sere con le tasche piene di bisturi?»

«Parli di me, scommetto».

Bianca si girò col cuore che le batteva a mille, e appena vide Ale di fronte a lei capì che era perdutamente e irrimediabilmente innamorata.

La sua reazione a questa sgradevole scoperta fu ottima. Senza dire una parola, spostò Alessandro di cinquanta centimetri verso sinistra, uscì dallo studio della dottoressa Libertucci e tornò a casa. Non c'era nessuno, erano le sette di sera ed Emma non era ancora arrivata, perciò, arrabbiata come una biscia, andò in cucina a guardare Audio e Video, che rollavano pigramente nella vaschetta. Di solito quello spettacolo la placava. Il lento girovagare senza scopo dei pesci le garantiva che al mondo non tutto è comprensibile razionalmente, e dunque anche per lei, prima o poi, le cose si sarebbero incastrate in un'armonia miliardaria. Passando un dito lungo il bordo della vasca, nel vano tentativo di far scodinzolare i pesci, Bianca si sentiva offesa. Non era giusto. Quell'innamoramento a tradimento era un colpo basso che il destino cercava di rifilarle, un bastone fra le ruote dei suoi progetti. Che poi non è che lei volesse diventare miliardaria per qualcosa di speciale. Non voleva comprarsi un'isola, ad esempio, o vivere all'Hotel de Paris di Montecarlo sei mesi all'anno. Voleva, semplicemente, non avere mai problemi di soldi per tutta la vita. Acqua minerale, pensava, molte interminabili file di bottiglie di acqua minerale, quella che invece lei e la mamma si centellinavano quando era bambina. Se avesse dovuto scegliere un simbolo della sua futura miliardarietà, era quello, forse: una cascata di acqua frizzante che non avesse mai fine. E lei doveva mettere a rischio tutte quelle bollicine solo perché si era insensatamente innamorata di un tipo che non le era neanche simpatico? Escluso. Mentre Audio girava intorno a Video, Bianca tirò fuori un libro che aveva nello zainetto, e lesse forte ai pesci: «'E io sarei innamorato! Io che sono sempre stato la frusta dell'amore, il Cerbero dei sospirosi, il critico, anzi, lo sbirro, anzi, l'aguzzino del dio dell'amore, quel ragazzetto ribelle, mezzo cieco, quel capriccioso pasticcione, lui, Cupido, viceré delle rime d'amore, signore degli abbracci, sacra maestà di gemiti e sospiri! Ah, povero cuore mio, e proprio io dovevo arruolarmi nella sua squadra, e portare i suoi colori come il cerchio di un saltimbanco! Ecco la penitenza che mi ha inflitto Cupido per punirmi di averlo per troppo tempo trascurato. E va bene, forza, amerò e scriverò, e sospirerò e supplicherò, e inseguirò, e gemerò...'»

Bianca posò il libro e guardò i pesci, che erano ammutoliti e fermi.

«Non esageriamo, però. Io non farò niente di tutto questo. Non vi preoccupate, ragazzi».

«L'amore» spiegò a Tinco il mattino dopo, mentre insieme farcivano di gamberetti e zucchine dei sottili rotoli di pasta sfoglia, «è un'invenzione del romanticismo tedesco. Sono stati loro a dargli tutta questa potenza. In realtà, noi siamo esseri umani dotati di volontà, non palline del flipper che si fanno prendere a palettate senza reagire».

Il pubblico attorno a lei restò molto colpito. Per un caso fortuito erano tutti insieme in laboratorio, a sbrigare varie faccende. Emma cercava di insegnare a Camelia come si cuoce a bagnomaria. Andrea, poco lontano, fingeva di essere molto preso dalla sua paletta di cioccolati, ma in realtà le osservava e disperava. Lucia preparava i suoi famosi bastoncini salati, uno dei punti di forza dei Midnight Break e degli Spuntini Mattutini, e accanto a lei Zhang sbatteva una crema di caffè e Zlatan riempiva due grandi teglie di Sbricioli, i suoi burrosi, morbidi, friabilissimi frollini. Jerôme, accanto ad Andrea, dosava una serie di ingredienti per le prove di cioccolatini. Elena sbucciava una mela, ma non era la solita Elena, indomita ed elegante. Dopo la famosa serata con Corrado Delacroix, il suo voltaggio si era abbassato, era come una lampadina malata incapace di tornare incandescente. E, cosa incredibile, fece un commento di natura assolutamente personale alle parole di Bianca.

«Invece sì. Siamo proprio palline che si fanno prendere a palettate, ma noi vortichiamo senza scopo in un destino che non ci permette neanche di fare dei punti!»

Tutti la fissarono stupefatti: tanto disfattismo non era da lei. Nel silenzio che seguì, durante il quale, presumibilmente, ciascuno pensava ai propri amori, e alle proprie palettate, si sentì la vocina energica di Camelia che diceva: «Ma chi era 'sta Maria del bagno?»

«Forse era la figlia del cuoco che ha inventato il procedimento» propose Emma, per non abbandonarla nel silenzio generale. «Lui magari le ha detto: 'Cuocila a bagno, Maria'. E il nome è rimasto».

«Be', per me è un sistema troppo lento».

«È il tempo giusto che ci vuole».

Andrea si voltò e fece un cenno a Zhang e Zlatan.

«Venite un attimo. Volevo chiedervi una cosa. Anche tu» aggiunse, rivolto a Jerôme.

Quando furono tutti e quattro in giardino, Andrea chiese: «Secondo voi quella ragazza ha qualche probabilità di vincere il concorso?»

Zhang agitò freneticamente la testa da destra a sinistra: «Non buona lei no. Quing fiamma alta wo bu xi huan charlotte. Shi bu shin closticina huan ying wo xi huan crème brûlée».

«Lo pensavo» rispose Andrea, poi si voltò verso Zlatan.

«È una ragazza interessante» disse lui, pulendo il coltello a serramanico. «Curiosa delle doti serbe. Se fossi musulmano la sposerei, ma purtroppo nella mia enclave siamo tutti cattolici».

«Volevo un parere professionale, Zlatan».

Lui alzò le spalle e fece un piccolo sbuffo.

«Jerôme?»

Jerôme teneva le braccia incrociate e lo sguardo a terra. Poi disse: «Se il dolce lo fa Emma, può essere».

«Mah. Anche lei. È inesperta. E poi... non credo che si impegnerà al massimo per far vincere Camelia».

Il bello è che Andrea, già mentre diceva quelle parole, sapeva di non pensarle, e di trovarle molto antipatiche. Trovava molto antipatico anche se stesso, ma non poteva farci niente, era più forte di lui. Da qualche giorno aveva cominciato a provare un certo fastidio nei confronti di Emma. Avrebbe voluto che andasse a lavorare in una pasticceria nello Swaziland.

«M» rispose Jerôme, l'unica persona che Andrea conoscesse in grado di esprimersi con una sola consonante.

Rientrando in laboratorio, scoprirono che la discussione sull'amore aveva attecchito. A tenere banco era Tinco, che stava sottoponendo il suo dilemma a quel pubblico partecipe.

«Oh, non ragiona proprio, non ragiona! E minaccia, 'sta stronza! Dice che se vengo al concorso con voi lei ne trova finché ne vuole per sostituirmi e specialmente Dario, quella grandissima testa di cazzo scusi signora Elena».

«Scippa, sta' attento a come parli perché sei ancora in prova».

«Lo so signora mi scusi, ma veramente! Che poi, 'sto concorso per sciampiste che deve fare lei, neanche fosse la gara dei Nobel, mii... uno shampoo deve fare! E se pure vincesse! Una volta che sei Sciampista emergente della Provincia di Torino, sai che sballo!»

Le femmine presenti insorsero unite.

«Ehi, abbassa le arie». Bianca sembrava particolarmente urtata. «È la sua aspirazione, e quindi per lei vale tale quale come per Camelia vincere'Una Stella per Natale'.

«Guarda che a me di vincere 'Una Stella per Natale' importa zero!» trillò Camelia. Andrea tornò in giardino.

«Davvero, Tinco, non hai nessun motivo di fare tanto il superiore. E poi» rincarò Emma, «Valentina ha ragione. Se per lei è un momento importante, dovresti starle vicino».

«Ma e io? E la mia carriera?»

«Ma quale carriera, Scippa... te al Meridien ci vai a far numero, e a correre se le ragazze hanno bisogno di qualcosa». Elena si alzò in piedi, sempre impugnando mela e coltello, e rivolse uno sguardo lugubre tutto intorno: «Basta con le illusioni della vita che è rosa! E rimettetevi a lavorare, che qui non siamo a un incontro degli Alcolisti Anonimi!»

Lucia le tolse la mela di mano.

«Elena, vai a stenderti che hai mal di testa. Non è vero per niente, Tinco. Se Emma ti ha scelto, è perché ha fiducia in te».

Emma ci pensò su.

«Ma tu» chiese a Tinco, «di preciso, cosa preferiresti fare?»

«Sei sicura?» chiese invece a Bianca durante la pausa pranzo. «Perché la variante dobbiamo darla entro oggi al più tardi».

«Ti ho detto di sì. Per me è okay».

«Allora bisogna dirlo al signor Delacroix».

«Dillo ad Andrea».

Emma preferiva di no. «Da qualche giorno è strano. In pratica, diciamo che da quando la sua fidanzata ha accettato di sposarlo in tivù è diventato molto scorbutico».

«L'ha presa male».

«Sì, però io cosa c'entro?»

«Forse si rende conto che tu, ad esempio, una cosa del genere non l'avresti mai fatta».

«Cominci a parlare come la Voce della Noia».

«Cioè?»

«Dice solo cose inutili, barbose, retoriche e melense».

«E tu?»

«La faccio inghiottire da una balena».

Emma finì l'ultimo frammento di gelato, e partì alla ricerca del suo datore di lavoro per comunicargli che come secondo assistente al concorso Camelia aveva scelto Bianca Longhi al posto di Giuseppe Scippa.

Corrado era in giardino con Andrea. Indossava una croccante camicia a righe azzurre che prendevano spunto dai suoi occhi, e i suoi capelli sembravano (e probabilmente erano) appena usciti da un bagno d'argento. Come sempre, quando aveva impresso una certa spinta alla propria vita, in una certa direzione, poi Corrado Delacroix smetteva di preoccuparsene, e inspirava a pieni polmoni la brezza del viaggio, senza pensare all'arrivo. Perciò, una volta stabilito di mandare Camelia al concorso accompagnata dalla Trisciuoglio, tendeva a dimenticare sia l'una che l'altra. Trovava quindi un po' fastidiosa l'insistenza del figlio.

«Papà, io non credo che abbiamo la minima probabilità di vincere quel concorso, a meno che la ragazza non riesca a decifrare le ricette di Picchi. Perciò penso che dovresti andare a parlare con quelli della City Bank».

«Come sei noioso».

«Preferisci vendere a DolciGraziosi?»

Per puro spirito di contraddizione, Corrado disse di sì.

«In fondo... potrei anche. Poi ricomincio daccapo. Apro una piccola pasticceria nelle Langhe».

«Benissimo. E io ne apro una a Parigi».

Corrado gli lanciò uno sguardo obliquo.

«Ma non sposerai mica davvero quella ragazza?»

«Certo che la sposerò».
«Be', insomma. Come primo matrimonio può andare. Speravo in qualcosa di meglio, ma può andare. Quando me la porti a conoscere?»
«Dopo le nozze».
Era solo una battuta, ma Corrado Delacroix l'apprezzò, e con un risolino di scherno rientrò nella Palazzina. Lì, ferma davanti alla porta del suo studio, c'era la Trisciuoglio mezza persa in un grembiule azzurro troppo grande per lei.
«Che fai così insaccata?» le chiese.
«La signorina Picchi per sbaglio mi ha rovesciato addosso una crema all'arancia. Questo grembiule è di Lucia».
«Non ti presenterai mica così in sala».
«Io non vado in sala, dottor Delacroix. Sto sempre in laboratorio con Camelia».
«E?»
«E cosa?»
«E come la trovi?»
«Simpatica».
Si guardarono. Delacroix sospirò.
«Che cosa vuoi?»
«La signorina ha cambiato idea. Come secondo assistente vuole Bianca Longhi, e non Giuseppe Scippa».
«E chi diavolo è Bianca Longhi?»
«La cameriera di sala. Quella con i capelli rossi».
«Ah. Quella che fa le foto». Perché in verità a Corrado Delacroix sfuggiva solo quello che lui stesso lasciava scappare.

Approfittando del fatto che tutti avevano qualcos'altro da fare, durante la pausa pranzo Camelia era andata alle Scalette, in cima a via Sommacampagna, una traversa di corso Fiume, e aveva chiamato col cellulare Suor Gabriella, la sua migliore amica al Convento, nonché grande esperta d'amore in quanto stava vivendo una contrastata passione con un frate di una vicina abbazia.

«Pronto? Suor Gabri?»

«Camelia! Come stai? Mi fa piacere sentirti!»

«Anche a me, suor. Tanto. Mi mancate un casino».

«Anche tu ci manchi, paperetta. Come va con la mamma?»

«Bene, solo che vuole costringermi a fare un concorso...»

«Lo so, Suor Melissa ci ha raccontato tutto. Ma è una cosa bella, perché...»

«Suor Gabri, lasci perdere. Ho una cosa urgente da dirle. Mi sono innamorata».

«Fantastico! Sia lode gloria al Signore!»

«Okay, sia pure, però c'è un problema: che lui è il ragazzo della mia migliore amica, o almeno, è quasi il suo ragazzo. In pratica, può diventarlo da un momento all'altro, e allora sarà troppo tardi!»

«È peccato fregare il ragazzo alle amiche...»

«Ma Suor Justine diceva che...»

«Oh, Camelia... Suor Justine! Lo sai anche tu che tipo è!»

«Però... io lo amo davvero. E forse anche lui, anche se non mi ha detto niente, e ha baciato Emma, la mia amica».

«Solo baciato?»

«Ah-ah».

«Allora forse... non so, piccola. Non vorrei incoraggiarti a fare una brutta azione. La tua amica ci tiene molto?»

«Boh. Credo di sì. Non so».

«Appuralo».

«Eh?»

«Scoprilo. Chiedile se ci tiene molto. Se dice di no, manifesta indirettamente i tuoi sentimenti al giovane in questione».

«Indirettamente come?»

«Mandagli un sms anonimo. Ti devo lasciare, Camelia. Abbiamo il Magnificat».

«A quest'ora?»

Camelia riattaccò. Appurare, aveva detto Suor Gabri, e appurare bisognava.

Quella sera, mentre Emma andava a Cigliano, dove aveva appuntamento con Mario Mongilardi, Bianca riprese con nuova energia *Omicidio all'Osservatorio*. Gli acquerelli aveva deciso di dimenticarli, e dando prova dell'estremismo che tendeva a caratterizzarla quando non stava in guardia, aveva deciso di non toccare mai più un pennello in vita sua. Piuttosto che andare di nuovo a cercare il dottore ladro si sarebbe fatta scuoiare come una vergine cristiana. Così aveva detto a Emma, quando le aveva raccontato l'incontro alle Molinette.

«Senza esagerare» aveva commentato Emma. «Comunque, in effetti, se proprio ti dovevi innamorare era meglio farlo di uno che non avesse già altre due fidanzate».

«A parte quello. E poi mi è troppo antipatico. Ma soprattutto io non voglio innamorarmi in nessun caso, neanche di un perfetto angelo del paradiso».

«Be', sarebbe ancora peggio, in un certo senso».

«Però è strano».

«Cosa?»

«Che non si sia più fatto vivo. Mi aspettavo che cominciasse a farmi la posta. Che stasera piombasse qui, sai, a blaterare».

E invece erano ormai passate più di ventiquattro ore e Ale non aveva fatto proprio niente.

«Meglio» disse Bianca ai pesci.

Si era portata l'iBook in cucina perché preferiva stare in compagnia, ammesso che Audio e Video potessero considerarsi una compagnia. Lo accese e aprì il documento 'Omicidio all'Osservatorio' con autentico zelo. Avrebbe finito e pubblicato quel romanzo entro l'anno. Se voleva diventare miliardaria prima di compiere trent'anni, era meglio stringere i tempi.

Aveva lasciato Padre Denza in una situazione delicata. Cominciava infatti a sospettare che a uccidere la Contessa Tortonese, madre di uno dei convittori del Reale Collegio di Moncalieri, fosse stata la buonissima cuoca del Collegio, e la sola idea lo riempiva di uno sgomento senza nome, come aveva appena confessato a Peggy Fleming.

«E che motivo potrebbe avere?» gli chiese Peggy, bellissima nel suo costumino verde mela.

«Non ne ho idea, amore mio. La signora Pina è una donna di gran cuore. Suo marito fa il bidello».

«Questo non vorrebbe dire. Anche la moglie di un bidello può essere un'assassina. Che elementi hai contro di lei?»

«Sul cannocchiale che si è abbattuto sul cranio della Tortonese mentre osservava la costellazione di Orione ci sono le impronte di Pina. La contessa è stata poi finita a matterellate, e tra le sue dita è stato rinvenuto un pezzetto di sfoglia per lasagne. Inoltre, la contessa prima di morire è riuscita a scrivere 'PI' col proprio sangue».

«Sembra parecchio» disse, con ragione, Peggy.

«Lo so. Ma il punto è: perché?»

Tacquero tutti e tre, perplessi. Né Padre Denza, né Peggy Fleming, né tantomeno Bianca avevano la minima idea del perché la signora Pina avrebbe dovuto ammazzare la contessa.

Di conseguenza, Bianca chiuse il documento e aprì la posta. E c'era.

da: alecare@fastwebnet.it
a: biancastella@libero.it
Hai guardato la posta, eh? Sapevo che prima o poi lo avresti fatto. Quello che non avevo previsto era che saresti andata dalla Libertucci. Pensavo che mi avresti semplicemente aspettato davanti all'ospedale con una sega a motore. E non capisco neanche perché quando mi hai visto te ne sei andata in quel modo, ma forse è meglio così. Ho già troppe innamorate, e poi il mio interesse per te è di altra natura, diciamo paterno. Se un giorno avrò una figlia, magari la chiamo Biancastella, poverina. E di certo la sottoporrò a un minimo di disciplina, proprio come adesso sto facendo con te. L'approssimatezza, la sciatteria, riservali alla vita sentimentale. Guarda me, con le ragazze vivo sempre su un filo sospeso tra due montagne, ma quando si tratta di bambini fratturati o ricerche

sulle staminali presenti nel cordone ombelicale, lì sono di un rigore mortificante. Per questo ti ho preso gli acquerelli. Fidati. Prima o poi ti dirò tutto. Nel frattempo, continua i tuoi pasticci di piccolo roditore, e amami da lontano, perché da vicino è troppo un casino. Ah, come va col codice Artusi?

da: biancastella@libero.it
a: alecare@fastwebnet.it
Ti dico solo questo, e spero che sia sufficiente. Quegli acquerelli inghiottili pure, non mi interessano più. Ma se ti azzardi a farti vedere in un qualunque posto dove ci sono io, anche per caso, ti mordo, e ho denti appuntiti. Stai molto in casa, è un consiglio.

A questa mail alecare non rispose mai.

Cigliano non è una cittadina vivace. Si trova lungo la statale tra Biella e Torino, ed è quindi un buon luogo di appuntamento per torinesi che vogliono incontrare biellesi e viceversa, ma il suo fascino termina lì. Alle otto e mezzo di sera è chiusa, buia e silenziosa. Infatti Emma parcheggiò la Panda davanti al castello locale, scese per fare due passi e guardare le vetrine, e scoprì che di vetrine non ce n'erano.

Mentre rifletteva su questa stranezza, l'Audi metallizzata di Mario Mongilardi si fermò accanto a lei.

«Bel posto, eh?» le disse dal finestrino.

«Scopriamolo insieme!»

«Subito. Parcheggio e arrivo».

Cenarono in un bar trattoria che le luci forti, la tele accesa e una bambina agitata salvavano dallo squallore. La conversazione era quella tipica da attesa, quando due si danno appuntamento per stabilire definitivamente se si quaglia o no, ma devono prima sottostare all'estenuante rituale del cibo.

Poi si spostarono quel tanto da raggiungere il lago di Viverone e passeggiare lungo le rive profumate di rose.

«Ma tu...» iniziò a dire Mario, poi lasciò perdere e la baciò. In quel bacio Emma si lasciò sciogliere deliziosamente, fino a quando il suo cellulare cominciò a squillare. Valeva la pena di rispondere?

«Rispondi» le disse Mario, che non sopportava le chiamate senza risposta.

«Pronto?»

Era Camelia che, con inspiegabile urgenza, voleva sapere se Emma era innamorata.

«Camelia? Che domande sono?»

«Ti prego. Per me è importante saperlo».

«Ma non lo so. Anzi, veramente, proprio adesso io... diciamo che sono sulla buona strada, va bene?»

«Non sei ancora arrivata, però?»

«Oddio, non so. Forse proprio arrivata no, ma...»

«Okay, grazie, mi basta, grazie, ciao, a domani».

Camelia riattaccò tutta allegra, e poi andò in soggiorno, dove sua madre stava guardando un avvincente episodio di *L'Ispettore Rosaria*. La poliziotta aveva infatti scoperto che il sindaco di Lucera era in realtà un uomo di Al Quaeda, un arabo che da anni riusciva con successo a farsi passare per foggiano. E adesso? Cosa avrebbe fatto la bionda Rosaria?

«Mamma! Forse ho trovato l'amore!»

«Dove?» chiese Noemi, approfittando di una pausa pubblicitaria.

«Non te lo posso ancora dire. Non è ufficiale».

Noemi avrebbe preferito che sua figlia non si esprimesse come una didascalia di 'Eva Express', ma vedendosela davanti così luccicosa e contenta provò un impulso di affetto viscerale.

«Spero che vada tutto per il meglio, allora, tesoro mio» disse, carezzandole i capelli nonostante il gel.

«Certo...» Intravedendo un ammorbidimento, Camelia spinse il cuneo. «Se non dovessi proprio adesso andare a rinchiudermi in quel maledetto albergo! Mamma... ma devo proprio farlo il concorso?»

Noemi sospirò. «Sì che devi. Potrebbe cambiare la tua vita».

«Non voglio cambiarla. Mi piace così. Perché devo cambiarla?»

Già, perché?, si chiese Noemi. Per la prima volta, da quando lei ed Elena avevano cominciato a fare i loro piani, si sentì in colpa. Non sarebbe stato mica tanto bello per Camelia scoprire che era figlia di sua zia. In più, una zia che non le era mai stata davvero simpatica. Di impulso, abbracciò Camelia.

«Forse non la cambierà. E non ti preoccupare, se non vinci è uguale».

Per fortuna, Camelia si era già distratta. Posando la testolina sulla spalla di sua madre, aveva notato una pagina del catalogo Sgaravatti abbandonato sul divano.

«Mamma! Guarda!» Si sciolse dall'abbraccio e indicò a Noemi la bellissima rosa Blessing. «Quando mi sposo, vorrei un vestito di quel colore. E anche di quella forma. Secondo te, si può fare un abito da sposa a forma di rosa?»

«Immagino di sì» rispose con prudenza sua madre, tornando a concentrarsi sul dramma lucano che si svolgeva sullo schermo. «E adesso vai a esercitarti un po' col bagnomaria».

«Non posso, mami. Devo mandare un sms da cui dipende forse tutto il mio destino».

L'sms raggiunse Mario mentre lui ed Emma, abbracciati sul sedile posteriore dell'Audi, decidevano se fare l'amore lì, raggiungere rapidamente la casa di uno dei due, o rimandare ad altra occasione. Purtroppo il segnale messaggi del cellulare di Mario consisteva in un fischio lancinante che provocò uno scossone nervoso a Emma. Si staccò da lui con un balzo e in un unico gesto fluido si infilò la T-shirt nei pantaloni.

«Emma... mi spiace... è un po' forte, eh?»

«Ho il cuore in tumulto. Ho visto tutta la mia vita nello specchietto retrovisore. Guardalo, per carità».

Mario aprì con cautela e lesse il seguente sms: 'CIAO, È ARRIVATO IL MOMENTO DI DIRTI CHE TI AMO MA NON SAPRAI MAI CHI SONO'.

Questo abile testo aveva richiesto lunghe riflessioni a Camelia, che voleva incuriosire il suo adorato senza svelarsi. Aveva intenzione di mandarne un altro il giorno dopo, in cui avrebbe inserito qualche misterioso indizio, tipo 'Il mio nome è quello di un fiore e c'è anche la dama'. Disgraziatamente, l'anonimato fu in gran parte vanificato dal 'Camelia' che comparve come mittente.

I BACI DI SANTA ALL'ARMAGNAC

Elena non era il tipo di donna che resta depressa a lungo: il suo inconscio era profondo come una vaschetta per il ghiaccio e più che tanto non poteva fare. Così, un paio di giorni dopo aver toccato il fondo, tornò spontaneamente a galla. La prima a esserne informata fu Lucia, che in quel momento si trovava con lei. Aveva rinunciato a una serata al Bingo con la sua amica Lella per distrarre un poco Elena, e insieme erano andate al cinema.

La visione del film *Adesso metto sotto la cugina di mia moglie* dei fratelli Wachowski le aveva un po' innervosite.

«Perché lei ha fatto esplodere il veterinario?» chiese Lucia, mentre uscivano barcollando.

«Ma no, quello era un flashback. Infatti in quella scena lei ha nove anni, non hai visto?»

«Eh. E perché a nove anni ha fatto esplodere il veterinario?»

«È un flashback immaginario, no? Non l'ha fatto esplodere veramente. Infatti il veterinario dopo lo vediamo legato al Boeing».

«Sì, ma perché...»

Elena la zittì. «Lascia perdere. L'importante è che questo film mi ha dato la scossa, Lucia».

«Sì, pure a me. Ma perché...»

«Shh... La scossa buona, come il fulmine dell'Apocalisse. Guardami: sono una donna nuova».

Lucia la guardò.

«E che cos'hai, di nuovo?»

«Lo stato d'animo. Basta con la sofferenza! È arrivato il momento di spiegare le ali e volare senza paracadute sul jet della speranza!»

«Sì, ma se già tieni le ali...»

«Non mi interrompere e rispondi a una domanda: sei pronta a licenziarti?»

«No» rispose con perfetta sincerità Lucia.

«Sì che sei pronta. Tu non lo sai, ma sei pronta. Perché la vita, cara mia, riserva sorprese che la vita stessa non conosce».

«Io di sorprese non ne voglio, Elena. Mi serve di più lo stipendio».

«E invece noi stasera svoltiamo! Basta! Io grido basta, e dico addio a trent'anni di amore, sofferenza e subordinazione!»

«Brava!» applaudì una vecchietta, che si era fermata ad ascoltarle. Elena e Lucia si trovavano infatti nella Galleria del Cinema Romano, una bella struttura architettonica che congiunge piazza Castello a piazza Carlo Alberto, e che favorisce il rimbombo delle voci.

«Elena, abbassa la voce. Sono contenta se dici basta, ma dillo piano...»

«Ma che piano e piano... questo è un momento importante della mia esistenza, la pietra miliare marcata a fuoco sul percorso del mio io! Sappi che tra pochi giorni lascerò la Pasticceria Delacroix, e mi sbarazzerò del mio passato con un colpo di macelleria».

«Che macelleria?» chiese Lucia, giustamente preoccupata.

«Questo: *zan!* Via! Mi strapperò il cuore dal petto fumante e mi affrancherò dal giogo».

Silenzio, dovuto al fatto che Lucia ignorava il significato preciso di questa frase.

«Aspetterò la fine del concorso, e poi annuncerò che me ne vado, e che apro una PASTICCERIA TUTTA MIA!»

La vecchietta, che le aveva seguite fuori dalla Galleria, applaudì ancora.

«Grazie, signora».

«Ma Elena... E come la apri una pasticceria? Tu non sai fare neanche i budini con le buste».

«Vero. Ma ho fascino, ho stile, ho presenza. Per fare due pasticcini va bene chiunque. Da me si venderà charme, i dolci saranno un optional. E poi, ci sarai tu».

«Mah...» rispose Lucia, con estrema prudenza.

«Se non viene lei, io sono pronta» disse l'anziana ammiratrice di Elena facendosi avanti. Le porse un tremolante biglietto da visita su cui era scritto: 'Wanda e Wilma Lagossi, commercialiste, via Orbetello 176'. «Io sono Wanda» specificò.

«Salve, sono Valeria Volatile e vi parlo dal piazzale antistante all'Hotel Meridien. Qui gli spettatori del Gambero Rosso, il canale satellitare che fa venire l'acquolina in bocca, vedranno in esclusiva l'ingresso dei concorrenti che parteciperanno a 'Una Stella per Natale', un megaevento di portata mondiale. E che evento! Un mega evento davvero! Mega! Un megaevento, cari spettatori, che vedrà la partecipazione di un'ospite eccezionale, anzi potrei dire anche supereccezionale! Sì! Perché ad accogliere i dieci giovani pasticcieri sulla porta dell'hotel ci sarà Sua Maestà la Regina Paola del Belgio, che per l'occasione indosserà un abito interamente Swarovski. E chi meglio di lei, la Regina di uno Stato in cui la pasticceria regna sovrana, e anche lei, la Regina Paola, regna sovrana, chi meglio di lei per inaugurare un evento di portata stellare? Che evento! Un megaevento che solo ed esclusivamente il Gambero Rosso assicura ai suoi spettatori! E chi meglio di lei? Chi?»

L'insistita domanda non poteva avere risposta, perché sul piazzale antistante c'erano soltanto Valeria Volatile e un maxischermo. Perciò l'indomita conduttrice riattaccò subito.

«Come vedete, tutto è pronto per la nostra diretta, che inizia oggi con un giorno di anticipo. Sì, perché come sapete soltanto domani i dieci supereroi del dolce entreranno in clausura, ma noi non potevamo aspettare! E voi non potevate aspettare! Perciò per le prossime ventiquattro ore attenderemo insieme l'evento, con una serie di collegamenti di approfondimento. E cominciamo subito col primo! Ci è sembrato giusto iniziare presentandovi la concorrente italiana, colei a cui affidiamo tutte le nostre speranze di trionfare in questo megaevento stellare trasmesso in esclusiva dal Gambero Rosso! E perciò lascio la parola alla maestra che ha plasmato come tenera argilla Camelia Picchi, la *golden* ragazza della pasticceria italiana: Suor Melissa!»

Con questo grido trionfante Valeria indicò il maxischermo, sul quale comparve istantaneamente una placida suora, ripresa nel chiostro del Convento.

«Eccola qui! Suor Melissa, del Convento delle Spinose Madri del Cuore Trafitto, nel Chianti!»

Suor Melissa era una suora robusta, di mezza età, piazzata davanti a un viburno in fiore. Alle sue spalle, discretamente parcheggiata in un angolo del chiostro, si intravedeva una Ferrari rossa. Sorridendo alla videocamera, disse: «Ricordo come se fosse oggi il giorno in cui Camelia è arrivata da noi... era un bottoncino di rosa... una gioia per il nostro Convento. E subito compresi che il suo destino era diventare una grande pasticciera... sì, perché la cara trottolina girava sempre intorno a noi monachelle, quando eravamo in cucina a preparare i Ditini di Bimba, le Lacrimucce di Maria, i Sospiri di Gesù Stanco... insomma, le nostre specialità, che voi ben conoscete, e che potete acquistare nel nostro sito, www.madrispinose.com, dove troverete anche la nostra ultima creazione, i Baci di Santa all'Armagnac, deliziosi cioccolatini casti ma stuzzicanti. Cosa stavo dicendo? Ah, sì, la cara Camelia... Ricordo come se fosse oggi la prima volta che ha preso in mano un cucchiaio di legno e ha detto: l'uovo lo sbatto io. Ah... che momento... e poi l'ho solle...»

Prima che Suor Melissa riuscisse a dire «vata», Andrea spense il televisore, interrompendo la visione collettiva ambientata nel Laboratorio della Pasticceria.

«Bene, può bastare» disse. «È stata una bella presentazione, Camelia, ma adesso è meglio se riprendiamo a lavorare».

«Comunque non è vero niente di quello che ha detto» commentò Camelia. «Io non sbattevo mai le uova, se proprio non mi obbligavano».

«Ne sono certo». Andrea la guardò. Era l'ultimo giorno prima del concorso. Camelia, Emma e Bianca erano lì, misteriose incomprensibili femmine, così belline e così inaffidabili. Dietro quella varietà di occhi azzurri, scurissimi e verde blu, stava nascosto il destino della Delacroix, e lui non poteva intervenire in nessun modo. Avrebbe preferito saperlo affidato alla marea o a un'estrazione al Lotto, al vento o a una progressione di logaritmi, a qualsiasi incostante della natura piuttosto che a quelle forme di vita estranee e affascinanti. Ma siccome era nato provvisto di determinazione e di coraggio, prese due uova e due ciotole e le porse a Camelia.

«Rompi le uova, e separa il rosso dal bianco».

Questo Camelia sapeva farlo. Glielo aveva insegnato Emma. Si spacca l'uovo con un piccolo colpo secco, e lo si rovescia nella propria mano. Poi bisogna far filtrare le chiare attraverso le dita. È il modo più semplice ed efficace di separare il rosso, che resta adagiato nel palmo, pulito. Senza difficoltà, Camelia fece colare i due bianchi in una ciotola, e lasciò scivolare i due rossi nell'altra. Fatto.

Zhang e Zlatan, presenti in qualità di supervisori alle Ultime Rifiniture, approvarono. Zlatan si spinse fino a una strizzatina d'occhio.

Andrea si limitò a porgerle una frusta e a indicarle la ciotola con le chiare.

«A neve ferma» ingiunse.

Emma accennò un ringhio, e Bianca guardò di malagrazia l'erede Delacroix, chiedendosi perché mai Emma si fosse tanto innamorata di quel giovane uomo cupo. Tutti i presenti sapevano che Camelia non era in grado di montare una chiara d'uovo. Tutti l'avevano vista sbatacchiarle limacciosamente, e ottenere una schiumetta flaccida. Solo Emma sapeva trasformare quella sgradevole sostanza in una montagnola compatta. Camelia cominciò a svirgolare la frusta, esprimendo il concetto in parole.

«Guarda che tanto non sono capace, però Emma lo sa fare bene, perciò...»

«Perciò niente. Emma potrebbe svenire, o slogarsi un polso o essere assunta in cielo in un alone di luce rosa, e tu dovresti comunque vincere il concorso».

Tutti tacquero per un attimo, immaginando Emma che saliva al cielo in una luce rosa, tranne Zhang che non sapeva cosa volesse dire 'assunta'.

«Quindi» riprese Andrea, «hai tre minuti per trasformare quella pozzetta in una nuvola di neve».

Camelia non vedeva l'utilità di quel braccio di ferro. Da ragazza ragionevole, posò ciotola e frusta e incrociò le braccia.

«Anche se ci stessi tre ore, non sono capace».

Andrea si era messo in una situazione scabrosa. L'aveva fatto in nome di un principio astratto in cui credeva, ma che pareva incomprensibile per le tre ragazze schierate di fronte a lui. Eppure fu una di loro a dare un contributo positivo.

Bianca tirò fuori dalla tasca del suo grembiule un libretto bianco e rosso, lo aprì e lesse forte: «'I giudizi a priori immediatamente certi possono venir detti proposizioni fondamentali. Le proposizioni fondamentali sono intuitive o discorsive. Le prime possono venire presentate nell'intuizione e si dicono assiomi; le seconde si lasciano esprimere solo mediante concetti e possono venire chiamate acroami'».

Emma, Andrea, Camelia, Zlatan e Zhang la guardarono e basta. Jerôme la guardò e disse: «In questo caso abbiamo una stessa proposizione fondamentale che però la signorina Picchi considera un assioma e Andrea un acroama».

«E quindi» disse Andrea, sollevato, «se non ci troviamo davanti a un assioma, possiamo contare sul fatto che Camelia abbia ancora tutto oggi per imparare a montare le chiare d'uovo».

A questo punto ritenne opportuno chiudere mentre era in vantaggio, e uscì in fretta dal laboratorio. In fretta, ma non da solo, perché Emma gli andò dietro, e gli afferrò un laccio del grembiule.

«Andrea, sarà anche un acroama, ma questa è una goccia nel mare».

«Che mare?» Andrea le tolse il laccio di mano e si fermò, nonostante avesse una cosa molto urgente e molto interessante da fare subito.

«Il mare delle cose che Camelia non sa fare. Te ne dico delle altre? Non sa cuocere a bagnomaria, non sa caramellare, e neanche glassare, non sa battere il rosso a spuma, non sa decorare con la siringa e non sa mettere la granella, non sa candire, né strizzare la colla di pesce, e neanche...»

«Grazie. Ho capito. Ma non cambia niente. Fosse una sola, ma una cosa la imparerà. A battere a neve ferma le chiare d'uovo».

«No, non lo imparerà. Passerà il pomeriggio a sciacquettare quelle chiare, ma non le monterà. E io non mi farò male a un polso, e non verrò neanche assunta in cielo, ma sinceramente non credo che vinceremo».

Silenzio.

«Te lo volevo dire».

Andrea le sorrise. «Va bene lo stesso se la fai arrivare nelle prime tre».

Emma lo guardò senza amarezza, e disse: «Penso che dopo il concorso mi licenzierò».

Non c'era bisogno di chiederle perché, Andrea lo sapeva e, quel che è peggio, stava andando a prendere Jasmine all'aeroporto.

Le conversazioni telefoniche fra Andrea e Jasmine successive all'*Aldo Baleno Show* erano state complicate e stizzose, ma alla fine alcuni punti fermi erano stati raggiunti: Jasmine e Andrea si sarebbero sposati al più presto, e la prossima volta che lei fosse venuta a Torino lui le avrebbe fatto conoscere suo padre. La mamma, l'austera Susanna, al momento era in India, a beneficare un orfanotrofio locale.

Ed eccola lì, la prima volta che Jasmine era venuta a Torino, proprio quel giorno, il giorno prima del concorso. L'accanita lavorazione di *La voce della Colonna* aveva subito una pausa, e Jasmine aveva dolentemente salutato Olyve, Giles e Marcello e aveva preso un volo per Caselle. Adesso era in macchina con Andrea, che con il settanta per cento del cervello si comportava normalmente, e con il trenta per cento continuava a ripetersi: «HO JASMINE DENTRO LA MACCHINA E SONO FIDANZATO CON LEI E LA SPOSERÒ ENTRO BREVE E TUTTO QUESTO NON È PENSIERO, È REALTÀ. ASSIOMA, NON ACROAMA».

Jasmine, invece, aveva focalizzato la mente su un'informazione ricevuta poco prima di partire.

«Tuo padre è molto *charmant*, forse troppo, può darsi che alla fine sposerò lui, me l'ha detto la scenografa, Paolà».

«E che ne sa, questa Paolà?»

«Ne sa che ha avuto una storia con lui quindici anni fa».

Andrea frenò davanti al cancello della casa di suo padre e guardò con un certo fastidio la sua adorata.

«Saremo molto più felici insieme se tu rinuncerai una volta per tutte ai luoghi comuni. Il suocero seducente è uno dei più abusati».

Jasmine mise un broncio per il quale aveva quindici anni di troppo.

«Il guaio è che per te non sono comuni. Sono comuni a me. A te non c'è nessun luogo che è comune. Sei deracinato».

Mentre lui la guardava cercando di capire, e lei lo guardava pensando a un nuovo tipo di fard di cui le avevano parlato, il cancello si aprì e ne uscì Emma, che alla vista di Andrea e Jasmine si pietrificò come quei tizi che incontravano Medusa.

Jasmine era per fortuna troppo egocentrica per accorgersene e continuò tranquillamente a districarsi dalla macchina del suo fidanzato.

«Emma? Che cosa ci fai qui?»

«Il signor Delacroix voleva farmi le ultime raccomandazioni per domani».

«Puoi riassumermele?»

«Sì. Non esagerare per nessun motivo con la vaniglia, e parti da qualcosa che sai fare alla perfezione».

Andrea la guardò con nostalgia. Stava per uscire dalla sua

vita e dalla Pasticceria Delacroix, portando via con sé un'atmosfera e delle sensazioni, e lui non poteva in alcun modo impedire la cosa. Poteva invece, e doveva, presentarle Jasmine.

«Jasmine, ti presento Emma Trisciuoglio, che lavora per la Delacroix. È una pasticciera fantastica. Infatti...»

«Ciao» tagliò corto Jasmine con un sorriso, e superò il cancello.

«Ciao» disse Emma alla schiena di Jasmine, poi rivolse ad Andrea lo sguardo di un breve e definitivo addio.

Quando arrivò a casa, Emma trovò come al solito la cucina fitta di attività che non avevano nulla di gastronomico. Già lungo la strada la Voce della Noia l'aveva tormentata con questioni legate all'andamento domestico: «Stasssera» le aveva detto, «dovresssti proprio preparare una buona cena. Una buona cena, una buona cena. Nutriente, molto nutriente e sssana, sssoprattutto sssana... e poi devi preparare la valigia... riordinare... riordinare, riordinare... preparare e riordinare... e ricorda, sssui monti di pietra può nassscere un fiore...» Una cosa che per Emma era incomprensibile era questa predilezione della Voce della Noia per Gianni Morandi, a ogni modo la balena arrivò ondeggiando e inghiottì la Voce proprio mentre Emma entrava in cucina e osservava Bianca seduta al tavolo ricoperto di libri, che scriveva qualcosa su un quaderno. Audio e Video erano immobili davanti alla patata americana che grovigliava da un bicchiere proprio di fronte alla loro vaschetta.

«Ehi. Ho avuto un'idea». Così la accolse la sua amica, senza neanche alzare la testa.

«Sì, ma preparare un po' di cena, invece? Una volta ogni tanto, non sarebbe carino?»

Bianca agitò una mano.

«È una perdita di tempo. Possiamo mangiare cose. Ce n'è. Latte, biscotti. Senti qua. Se riesco a decifrare il Quaderno di Picchi, potremmo pubblicare le ricette e io sarei l'editor. La curatrice». Indicò il familiare Quaderno con la copertina a fiori, che ormai si era stabilito a casa loro. Con totale fiducia, Camelia se n'era liberata affidandolo alle amiche, e alla loro riconosciuta superiorità intellettuale. Dopotutto, Emma era laureata in quella cosa di Rosetta, e perciò.

«Sai, no» continuò Bianca. «Scrivo delle introduzioni spiritose eccetera, e prendo i diritti. Se vende, tipo, trecentomila copie non divento proprio miliardaria, però».

«Il Quaderno è di Camelia, non puoi diventarci miliardaria tu. E Padre Denza, scusa? *Omicidio all'Osservatorio*?»

«La signora Pina ha un'alibi».

«Chi?»

«L'assassina. Quella che io pensavo che fosse l'assassina. Invece ha un alibi. Non so come uscirne».

«Ma scusa. L'autrice sei tu. Sei tu che decidi chi ha un alibi e chi no».

«Guarda che non è così che funziona coi romanzi. L'autore ha potere, ma fino a un certo punto».

Emma non l'ascoltava più. Era al telefono con la Speedy Pizza di via San Pio V.

«Come la vuoi?»

«Salamino piccante. Però se io decifro il Quaderno come minimo in segno di gratitudine Camelia me lo lascerà pubblicare. Cioè, lei può diventare miliardaria con le ricette, e io col libro delle ricette. Che male c'è?»

«Stai riuscendo a decifrarlo?»

«No, però sono sicura che l'Artusi è la chiave. Utilizzando la penultima lettera delle ricette pari e l'ultima delle ricette dispari ho ottenuto una frase sensata. Guarda: 'mghnuikklsse' diventa 'abigeatotopi'. 'Abigeato Topi'. Ha un senso».

Emma era ferma al centro di una piastrella della cucina, e pensava che stava per affrontare il concorso insieme a un'idiota e a una pazza. Non le restava che andare in camera sua, togliersi i vestiti, e mettersi addosso indumenti larghi e molli, in attesa della napoletana in arrivo.

Un difetto dell'uomo cresciuto a romanzi rosa è che difficilmente apprezza la donna che indossa indumenti larghi e molli. Un difetto della donna che il giorno dopo inizia il concorso 'Una Stella per Natale' è che difficilmente apprezza le visite a sorpresa. Per questo motivo, quando quella sera alle nove Mario Mongilardi si presentò inaspettato in via Lombroso 22, quarto piano, sia lui che Emma restarono delusi. Lui di vederla con indosso indumenti larghi e molli, lei di vederlo e basta. Ma nascosero la delusione in un bacio che in parte la placò.

«Emma...» sussurrò lui, fra i capelli di lei, stringendola in anticamera, «tu ce l'hai un vestito da sera?»

Per un attimo Emma ebbe la sensazione di aver sentito la Voce della Noia, tanto che spostò nervosamente la testa, poi si rese conto che era Mario.

«Un vestito da sera come?»

«Classico. Roba sexy che luccica».

«Ce l'ho. Non luccica, però fa la ruota».

«E aderisce?»

«Anche. Senti, mi si fredda la pizza. Ne vuoi un pezzo?»

«Pensavo di portarti a cena fuori, vestita da sera».

«No no. Sto mangiando una napoletana, vieni. A proposito di Napoli, ti piacciono le frappole?»

«Le frappole?»

«So farle» disse Emma, con misurato orgoglio.

Mario la seguì in cucina e osservò con lieve diffidenza Bianca, una persona che lui trovava carina, ma priva sia di capo che di coda.

«Ciao... vuoi pezzo?»

«Ragazze, è arrivato il momento di dirvi una cosa. Non mi piace la pizza».

«E le frappole?» chiese Emma.

«Amore mio, finisci quella roba, vestiti carina ed esci con me... e poi riportami qui, e invitami a dormire... a conclusione di tutto questo, domattina ti preparo il cestino della merenda e ti accompagno al Meridien, per il primo giorno di concorso. Venduto?»

Che peccato, non era la sera giusta. Quella era la sera in cui Emma aveva conosciuto Jasmine, non dimentichiamolo.

E fu così che alle dieci Mario uscì da via Lombroso 22, quarto piano, con la sensazione che la strada per conquistare il vero amore fosse ancora un po' in salita.

Il dottor Carella non sapeva che quella era l'ultima sera prima del concorso, non sapeva neanche che esisteva il concorso, e che il giorno seguente l'Hotel Meridien avrebbe inghiottito Bianca per risputarla dopo una settimana. Per lui, quella era la sera in cui guardava le cartine della Lapponia con Carla. Il bello delle cartine della Lapponia è che c'è un mucchio di spazio fra un posto e l'altro, e lo sguardo può attardarsi e sperdersi. Così, mentre percorreva la distesa di carta neutra che stava tra Kautokeino e Ata, Alessandro riuscì a mettere a punto un piano per la serata. Ora non restava che passare alla pratica. Si voltò verso Carla, che insieme a lui guardava le cartine della Lapponia, e le disse: «Allora io vado, ciao».

Con scioltezza ed eleganza, si alzò dal divano senza far cadere la candela alla menta, e raccolse la sua borsa da dottore, che in mano a lui sembrava un attrezzo di scena.

Carla lo guardò incredula.

«Vai? E dove? Stasera dormi qui, ricordi?»

Ale era addoloratissimo ma non poteva dormire lì.

«Domattina devo portare al Crifu delle analisi del Rogbo, e le vogliono prima delle sette».

«Crifu? Rogbo?»

«Sono laboratori. Analisi della dicromoltina evarica di un paziente allonfatico. E visto che il Crifu è a due passi da casa mia e i campioni sono molto labili, è meglio se dormo lì. Mi spiace, Billy, ma devo proprio andare».

Niente di tutto questo piaceva a Carla. Né essere chiamata Billy, invece che amore o pulcina o altri appellativi intimi, né che Ale all'improvviso se la battesse dopo che le aveva stragiurato di non avere più niente a che fare con quella Lorena. Ma

Carla era una giovane donna bella e sagace, potente e colta, perciò non batté ciglio e chiese: «Vai da Lorena?» con un tono talmente tranquillo e indifferente che Ale avrebbe anche potuto cascarci. Ma aveva la coscienza pulita, e quindi poté risponderle, in perfetta sincerità.

«Non so di chi parli. Quella persona è definitivamente uscita non tanto dalla mia vita quanto dai miei pensieri».

Baciò Carla e scappò, come una volpe dalla tagliola.

E scappando si sentiva buono, buono, buono come la Fata Turchina, buono come la Madrina di Cenerentola, buono perché in tasca aveva una cosa buona e voleva farla vedere a Bianca. Perciò, sospinto da tanta bontà suonò al quarto piano di via Lombroso 22, circa tre ore dopo che Mario se n'era andato.

«Chi è?» chiese una voce arruffata.

«Sono Ale. Carella. Sei Emma? C'è Bianca?»

«C'è, ma dorme».

«A quest'ora? Ma sarà l'una... dai, aprimi».

«No... ti prego... lasciaci dormire. Ciao».

Ale era stupito e dispiaciuto. Ragazze sane e piene di vita che all'una dormivano. Fidanzate che lo prendevano sul serio. Infermiere ex amanti che lo minacciavano. Era circondato da figure femminili molto deludenti. Non insistette, e si sedette per terra, sul pianerottolo. Scrisse un biglietto, lo infilò in una busta che aveva in tasca e fece passare il tutto sotto la porta, poi scese le scale e se ne andò.

È la notte giusta, pensò, per incontrare un cane abbandonato e portarmelo a casa.

Tre ore prima che Ale suonasse alla porta di Emma e Bianca, proprio mentre Mario da quella stessa porta stava uscendo, Camelia finiva di preparare le valigie per il concorso. Aveva riempito spensieratamente un paio di trolley, ma adesso si era incagliata di fronte a una compatta distesa di barattoli e tubetti, che nessuno dei suoi beauty riusciva a contenere.

«Come fai ad avere tutte queste creme a ventitré anni?» le

chiese Noemi stupefatta. Lei aveva usato sempre e solo la Nivea, in versione classica e soft, e non concepiva altre creme.

«Non sono mica tante, mami... ho i prodotti base che mi ha consigliato Suor Amelie, ti ricordi, quella che prima lavorava all'Oréal, più qualcosina che ho comprato qui... Sai, al giorno d'oggi l'epidermide è sottoposta a duri assalti da parte degli agenti atmosferici».

Noemi la guardò, piacevolmente sorpresa.

«Non credevo che tu fossi in grado di dire 'epidermide'».

Camelia scosse la testa: «Oh mami! Io potrei fare un sacco di cose, se tu non ti fossi fissata con questo maledetto concorso! Potrei perfino diventare il Nuovo Volto dei capelli Voilà! I provini sono domani, e sarei ancora in tempo per andarci!»

«Come sarebbe, il volto dei capelli?»

«Voilà, shampoo e balsamo effetto lifting! Il loro volto icona! L'icona dei capelli Voilà! Lo sai che la Voilà dell'anno scorso quest'anno fa *Domenica In Campo* su Italia Uno?»

«Smettila di delirare e finisci di preparare la tua roba, così poi ti faccio una cioccolata calda e vai a dormire».

Ma non era destino, perché mentre Camelia borbottando cercava di costipare creme e lozioni in uno zainetto, qualcuno suonò educatamente al citofono. Un suono breve, discreto ma udibile, compatto ma senza incertezza. Solo un uomo sapeva suonare il citofono così.

«Dev'essere Mario!» trillò Camelia, fiondandosi alla porta.

«Chi?»

«Un mio amico!»

Mario aveva esitato parecchio prima di sospingersi verso casa di Camelia. Il fatto che la strada per conquistare il vero amore fosse ancora un po' in salita non lo autorizzava a questa brusca deviazione. Così, mentre parcheggiava con finta noncuranza in viale Catone, aveva chiamato Ada, che stava guardando *L'Ispettore Rosaria* e quindi non aveva nessuna voglia di dilungarsi.

«Ti va bene che c'è la pubblicità. Hai tre minuti».

«Sì, ma anche un po' più di disponibilità non guasterebbe. Che cosa mi consigli? Emma mi ha praticamente sbattuto fuori. Vado a trovare Camelia?»

«Se pensi che vederla possa acuire il tuo senso di rimpianto per Emma...»

«Be', certo. Acuirà, acuirà. Allora vado?»

«Vai. Ciao».

Ada riattaccò, avendo intravisto l'Ispettore Rosaria che entrava in un covo di camorristi. Mario respirò profondamente l'aria morbida e fresca della notte, e suonò nel suo modo inimitabile il campanello di casa Picchi. Era pronto per sentire acutamente la mancanza di Emma in compagnia di Camelia.

Non era pronto, invece, a incontrare Noemi, che avvolta in una vecchia felpa mangiava latte e corn flakes, e si ritirò rapidamente in camera sua dopo aver appurato che Mario era effettivamente figlio della sua occasionale cliente Contessa Maffei in Mongilardi, a cui aveva di recente venduto un rarissimo gingko.

Rimasti soli, Mario e Camelia si guardarono, un po' nervosi.

«Ed Emma?» chiese lei.

«Arrivo da casa sua. Era stanca».

Pausa.

«Camelia... ho ricevuto uno strano sms qualche giorno fa».

Camelia cercò di assumere un'espressione disinteressata.

«Ah. Sì. Ne ricevo tanti anch'io. Ti hanno offerto trentamila euro in prestito?»

«No. Diceva che mi amava».

«Oh. Carino. E... sai di chi era?»

«Purtroppo era anonimo».

«Mmm».

«Però so di chi vorrei che fosse».

«Ah. Ecco. Senti, ma secondo te io potrei essere il Nuovo Volto dei capelli Voilà?»

«Secondo me, tu potresti essere il nuovo volto di qualsiasi cosa».

E trascinato da un'emozione che lui scambiò per ardente desiderio, Mario acchiappò Camelia e la baciò senza sosta per parecchio tempo. Lei partecipò ma poi lo scostò e disse: «Scusa, ma non è possibile! Dobbiamo rinunciare al nostro amore! Tu sei il ragazzo di Emma!»

«Sì, be'... insomma. Non è tanto un problema di amore quanto... Camelia, torna qui».

Ci sono momenti della vita in cui la nostra essenza salta fuori e ci sorprende. E in fondo, l'essenza di Camelia era cresciuta in un Convento, educata da schiere di suore, per la maggior parte in buonafede. Così, davanti ai suoi occhi, invece che le dolci e ingannevoli promesse della passione amorosa, sfilarono una quantità di sante variamente trafitte e torturate in nome della propria castità. Sante che mai, per nessun motivo, avrebbero baciato il ragazzo di un'altra santa loro amica. Poteva Camelia immaginare, ad esempio, Santa Barbara che si faceva il ragazzo di Santa Lucia? No, no e poi no.

«Non posso, Mario. Sì, lo confesso, quell'essemmesse ero io, ma adesso ho capito che sbagliavo. Io devo rinunciare a te, e immolarmi sull'altare dell'amicizia, anche perché domani incomincia il concorso, e con che faccia guarderei Emma che prepara dolci per farmi vincere mentre io ho ceduto a un colpevole sentimento nei tuoi confronti?»

Era un discorso impeccabile, e Mario non ci trovò niente da ridire. Fu costretto a ritirarsi con garbo per la seconda volta in mezz'ora. Ma non era tanto quello a preoccuparlo, quanto rendersi conto che il suo rimpianto per Emma, mentre baciava Camelia, era ridotto veramente al lumicino.

Che cosa ci faceva Elena Belmonte, a sera fonda, sola in via Monferrato, ferma davanti a una saracinesca chiusa? Semplice: aveva incontrato il destino. Come un pugno lanciato a caso, il destino ci colpisce a tradimento, ed Elena quella sera non aveva certo in programma una svolta della sua esistenza. Si era recata a casa di una sua amica, una certa Ludovica, che una volta al mese organizzava delle seratone di canasta, gioco in cui Elena era abilissima. Anche quella sera, infatti, lei e la fortunata con cui faceva coppia avevano vinto, e di conseguenza Ludovica aveva purtroppo deciso di non invitarla più. Ma Elena questo non lo sapeva, e tornava a casa con un po' di euro in tasca e uno stato d'animo molto aperto al karma, come avrebbe detto la sua insegnante di Pilates. Dopo la memorabile scossa Wachowski, Elena fibrillava, in cerca di qualcosa che le permettesse di mandare al diavolo sia Corrado che la Pasticceria. E fu così che notò un cartello giallo sulla saracinesca di Rosaschero, un classico esercizio senza infamia e senza lode che da decenni riforniva di pasticcini gli abitanti del quartiere. Colpita da un'intuizione fulminante, inchiodò la macchina e scese. Sì, era proprio un cartello di vendesi. Si cedeva la licenza e i locali, tutto. Elena restò lì impalata, e davanti a lei si formò un cartone animato immaginario: al posto di Rosaschero c'era la Elena's Tea Room, una sala da tè tutta tappezzata di carta a rose e altri fiori, e con sedie a fiori, tavoli di vimini, angioletti alle pareti, no, fatine alle pareti, fatine, angioletti e lanterne, e pizzi, molti pizzi in ogni dove, e rampicanti esterni, e anche rampicanti interni, se c'è roba verde che si arrampica nei dentri, in pratica un'autentica sala da tè inglese da film inglese con Miss Marple trapiantata nella precollina! Soldi a palate! Grande soddisfazione professionale!

Elena risalì in macchina col cuore in tumulto, e quando arrivò a casa, trascinata dal nuovo stile della sua vita, si chiese perché mai avrebbe dovuto continuare a vivere in una casa che le faceva schifo, prese un sacco nero, e iniziò a buttare via oggetti di design a manate.

Dopo aver mandato via Ale, Emma sarebbe anche tornata a dormire, ma il sonno sembrava momentaneamente assente. Il concorso, Andrea, Jasmine, un po' di rimpianto per aver liquidato troppo frettolosamente il seducente Mario, tutto questo si agitava dentro di lei, e così, per non tornare a letto a rivoltolarsi fra le lenzuola, andò in cucina e prese il Quaderno di Ermanno Picchi e la copia dell'Artusi, che Bianca aveva mollato sul tavolo di cucina. Niente, nessuno dei tentativi aveva portato a niente. Il segreto del Quaderno restava impenetrabile. Eppure Emma riluttava ad abbandonare l'idea che il Pellegrino fosse Artusi. E mentre guardava la sua copia del celebre testo, e pensava a quando l'aveva comprata, e a tutti i libri di Bianca che invadevano la casa, le balenò in mente la semplice ed evidente soluzione di quel ben custodito mistero.

Zenzero, mandorle e caffè

Sulla piazza principale, e anche unica se è per quello, di Valle San Nicolao si affacciano due esercizi commerciali: l'Alfonsina e la Tabaccheria. L'Alfonsina domina la piazza in posizione leggermente rialzata, mentre la Tabaccheria è disposta gentilmente su un lato e, con una specie di pacata allusione ai danni del fumo, sta proprio all'imbocco del sentiero che porta al cimitero. L'Alfonsina vende commestibili e ogni altra cosa sia possibile stipare nello spazio del negozio, con un debole per i collant marroncini, i preferiti dalle signore locali. La Tabaccheria vende giornali, sigarette, shampoo, candele, quaderni, biglietti della corriera e altri articoli di interesse generale. Rita Ceschino in Trisciuoglio andava ogni santo giorno dell'anno tranne la domenica sia dall'Alfonsina che da Maria Grazia, la tabaccaia. L'Alfonsina era morta da anni, erano le sue discendenti a mandare avanti il negozio, ma restava saldamente titolare. Maria Grazia invece era viva e vivace, e amava guardare la televisione nel retrobottega: un grande schermo LCD, che non era certo una stravaganza, ma una sudata conquista, frutto di migliaia e migliaia di punti raccolti nel corso di infinite spese alla Coop di Biella. Perciò Maria Grazia non solo era al corrente di ciò che accadeva nel mondo (probabilmente anche l'Alfonsina, che godeva di una prospettiva particolare) ma ne era al corrente nel grande formato e nei brillanti colori del suo premio. Così quel giorno poté accogliere Rita con uno squillante annuncio.

«Ciao! Ho visto tua figlia in tivù! L'han fatta vedere al TG3!»

«Eh lo so...» Rita Ceschino sospirò, perché son croci che bisogna portare, «l'ho vista anch'io... basta che non fai tanto cine, però, perché io meno si sa più son contenta. Pensare che a quest'ora potrebbe essere professoressa! Dammi due pacchi di sale grosso, va'».

«E suo padre?» chiese Maria Grazia.

«Oh, suo padre...» Rita alzò le spalle. «È tutto contento, neanche avesse fatto un terno al Lotto. Lo sai come sono 'sti napuli». Scuotendo mestamente la testa, Rita comprò 'Tuttosport' per il marito e 'Intimità' per sé.

«Ma cos'è che fa? Un concorso di cucina?»

«Una specie. Ma non è mica lei. È l'altra. Lei va da aiutante. Non so neanche perché l'han fatta vedere» si rammaricò Rita, aggiungendo agli acquisti una scatola di liquirizia, la sua passione.

Anche Corrado Delacroix aveva assistito all'ingresso dei concorrenti al Meridien, e non nella versione molto compatta del TG3, bensì in quella in scala 1 a 1 di Gambero Rosso Channel, nel collegamento di Valeria Volatile. Aveva visto i tre gemelli lituani mandati da Mart Kalev e un inglese che sembrava un batterista con due assistenti che sembravano un bassista e un chitarrista, inviati da Tim Curry. Aveva visto le giapponesine scelte da Tortellier, l'altezzoso algerino che rappresentava Jean Michel Langardon, le pasticciere portoghesi e i pasticcieri svizzeri, le cuochette danesi, tutte bionde e con le trecce, due islandesi molto piccoli o piccole, perché era impossibile stabilirne il sesso, e un gruppetto di russi che sembravano cigni. E le sue tre fatine, la bionda, la bruna e la rossa, le fragili barriere che separavano la Pasticceria Delacroix dal baratro dei DolciGraziosi. Le guardava sorridendo, sentendosi già abbastanza lontano da quello che stava per perdere, quando Vittoria gli tirò il cardigan di lana azzurra. Si voltò, e la vide con un'espressione insolitamente corrucciata. Anzi, era insolito già il fatto che avesse un'espressione.

«Cosa c'è?»

«Corrado... io ho un pensiero... non so cosa fare...»

«Che pensiero?» le chiese, un po' allarmato. Era normale che Vittoria pensasse, meno che si rendesse conto di farlo.

«Riguarda Andrea... ma non so se è il caso di dirglielo. Potrebbe arrabbiarsi. Però potrebbe arrabbiarsi anche se non glielo dico e poi lo scopre. Potrebbe arrabbiarsi perché non gliel'ho detto. Secondo te, che cosa lo farebbe arrabbiare di più?»

«Cos'è che non sai se dirgli o no?»

«Che Jasmine fa sesso di gruppo. Lo fa sempre, mica solo ogni tanto. Di solito lo fa con la sua parrucchiera, Olyve, e chi capita. Io non so se ad Andrea farebbe piacere...»

«Chi te l'ha detto?»

«Titti. Sai no... Teresa Topazi, la mia amica. Lo sa perché una volta c'è stata pure lei».

«Ah». Corrado ripensò a Jasmine, così com'era la sera prima, a cena. Carina, ma già un po' dura, già un po' consumata.

«Capisci, Corrado?» insisteva Vittoria. «Non so, cosa dici? Secondo te è una cosa che ad Andrea gli sta bene, o quando lo scopre... sai no. Gli prende male».

'Gli prende male' sembrava a Corrado la risposta più giusta. Siamo pasticcieri torinesi, pensò. Un'altra cultura. Evoluti, curiosi, ma comunque portati a uno stile di vita in cui il sesso di gruppo può entrare solo molto marginalmente, e per quanto riguardava Andrea forse neanche marginalmente, tenendo conto dei geni di sua madre.

«Non ti preoccupare» disse a Vittoria. «Magari lei gliel'ha già detto, e ha intenzione di lasciar perdere, adesso che sta con lui».

«E se no?»

«E se no, divorzieranno. Tanto, divorzieranno comunque».

Vittoria annuì. Ma nel suo placido cervello monocolore, qualcosa si agitava. Voleva bene ad Andrea, e non le piaceva l'idea di vederlo sposarsi con un divorzio di Damocle che gli pendeva sulla testa.

Bianca, che era un'accanita lettrice ed estimatrice dei romanzi di Harry Potter, alzò la testa, aspettandosi quasi che il soffitto del salone dell'Hotel Meridien fosse meteorologicamente instabile quanto quello di Hogwarts. Già loro, i giovani pasticcieri riuniti lì sembravano un'accolita di maghi e streghe, così diversi fra loro, concentrati, vestiti in tutte le fogge dal tweed al manga. E seduti in fondo alla sala, su delle specie di troni, Queen Paola del Belgio, il Vescovo di Nôtre Dame, il Cancelliere tedesco, il Supremo Pasticciere decano e presidente dell'ACME, Georges Saint-Honoré (discendente del creatore della torta) erano sfavillanti e temibili come Esperti in Arti Magiche. Ma il soffitto era banale, e così fu tutto il resto della cerimonia di apertura, saluti, istruzioni eccetera. Fino al momento in cui Queen Paola si alzò, in un profluvio di riflessi Swarovski, e mostrò la busta bianca che conteneva il foglio su cui erano scritti i tre ingredienti obbligatori. La regina si schiarì la voce, si avvicinò al microfono, aprì la busta, disse cose in francese, in italiano e in inglese, e poi, dopo un'altra schiaritina, pronunciò chiaro e forte: «*Ginger, almonds and coffee. Gingembre, amandes et café.* Zenzero, mandorle e caffè».

In sala fiorì un mormorio diffuso... facile, difficile, banale, stupido, credevo peggio, credevo meglio, pensavo si sarebbero sbizzarriti, ah ma qualsiasi dolce può, sì però così i gelati, oh no io le mandorle non le posso neanche toccare mi si chiude la carotide, puf, già fatto, ce l'ho, be' ma con questi puoi, ancora caffè ma l'hanno già messo otto anni fa, eccetera eccetera.

Bianca guardò Emma, sperando di leggerle in volto lo stupore per aver sentito proprio i suoi ingredienti preferiti, quelli per i quali aveva già pronti almeno cinque dolci sensazionali. Invece, in volto non le lesse niente, Emma era neutra.

«Come ti dice?» le chiese.

Emma inspirò e rispose: «Io odio lo zenzero».

«Scusate» disse Camelia in tono incerto.

Emma la guardò, rassegnata. «Sì?»

«Che cos'è di preciso lo zenzero? Non è una cosa che si gratta sul sushi?»

E con queste parole ebbe ufficialmente inizio il concorso 'Una Stella per Natale' per Camelia e le sue assistenti.

Solo molto più tardi, quando si ritrovarono nella suite di competenza, in pigiama, occupate a esplorare il contenuto mirabile del frigobar, Emma si ricordò della busta bianca che aveva trovato quel mattino sul pavimento dell'ingresso, e la lanciò a Bianca.

«Questa è per te».

Era vero, sopra c'era scritto 'Per Bianca'.

«L'ha lasciata stanotte Ale, è passato verso l'una. Me la sono messa in borsa ma poi me la sono completamente dimenticata».

Bianca la prese, la guardò e la infilò senza aprirla fra le pagine di *Nicholas Nickleby*, che si era portata sperando di avere la possibilità di leggere ogni tanto.

«Non la leggi?» chiese Camelia. «Magari è una dichiarazione d'amore».

Bianca assunse uno sguardo vitreo, molto simile a quello abitualmente sfoggiato da Audio e Video.

«Questa persona non mi interessa».

«Meglio. Non è certo il momento di essere innamorate» disse Emma.

Camelia annuì tristemente. «È proprio vero. Io ormai all'amore ho rinunciato».

«Ah sì? E da quando?» le chiese Bianca, interessata a quell'attività.

«Da ieri. Ho capito che non posso costruire la mia felicità sul dolore altrui».

«Ma come parli?»

«Come Suor Albertina. Diceva sempre questa cosa, quando la Superiora le urlava dietro che non sapeva fare niente e avrebbe fatto meglio a sposare quel tizio di Rimini. E allora Suor Albertina rispondeva: non potevo costruire la mia felicità sul dolore altrui. Perché il tizio di Rimini era sposato con la maestra».

«Alt» disse Bianca, «non entriamo a vele spiegate in *Beautiful*. Dobbiamo dormire, perché domani si comincia a lavorare sul serio. Hai già qualche idea, Emma?»

«Zero» rispose serena la loro condottiera, scartando un Bacio Perugina. Perché non poteva inventare qualcosa di altrettanto semplice e perfetto?

Tre giorni e molti esperimenti dopo, la troupe della Pasticceria Delacroix non si era avvicinata di un millimetro a qualcosa di commestibile che comprendesse zenzero, mandorle e caffè. Intorno a loro, nelle altre nove isole superaccessoriate messe a disposizione dei concorrenti, fervevano attività molto promettenti. Lo zenzero, le mandorle e il caffè stavano prendendo il volo tra le indifferenti volte del Meridien, combinandosi in seducenti preparazioni: i ragazzi rock di Tim Curry lavoravano a una gelatina allo zenzero in crosta di pasta di mandorle e coperta di salsa al caffè. Amalia De Cruzeiro e Teresa Singueras, le violente pasticciere portoghesi, mantecavano profumatissimi gelati, e il ragazzo algerino che creava nel nome di Langardon arrotondava gocce di caramello creando ghirlande squisitamente decorative. Le giapponesine di Tortellier ridevano fra loro producendo piccole forme geometriche che poi chiudevano in bolle di cristallo. Intanto, Emma grattava cioccolato e pestava mandorle, e poi li buttava, mordicchiava lo zenzero e lo sputava, annusava caffè e reprimeva conati di vomito. Non c'eravamo proprio. Camelia e Bianca non le erano di nessun aiuto. Camelia, da quando aveva deciso di rinunciare all'amore, aveva scoperto che l'amore era l'unica cosa che le interessava nella vita e, come ripeteva mille o duemila volte al giorno alle sue socie, se le avessero offerto di fare la valletta a Sanremo avrebbe accettato, sì, ma senza nessun entusiasmo. Aveva ormai capito che la sua vera vocazione era diventare una ricca padrona di casa.

«Eventualmente potrei fare un calendario delle casalinghe» disse a Bianca mentre insieme, spalla a spalla, osservavano Emma che annusava caffè e spiaccicava mandorle.

«Ah-ah». Bianca stava cercando di ricordare tutti i dolci che aveva letto nella sua vita, ma stranamente, per una specie di blocco mentale, l'unico che le tornava in mente erano i lukum che mangiano Edwin Drood e Rosa prima che le cose prendano una piega troppo sinistra.

«Pensi che potrebbe essere un punto di partenza?» propose a Emma. «Sono dolci di miele, mandorle e zucchero a velo. Potresti farli con caffè, mandorle e zenzero a velo».

Emma buttò via una poltiglia di cioccolato e pulì accuratamente il piano di marmo.

«Lo zenzero a velo non esiste».

«Inventalo tu. Potrebbe essere la mossa vincente».

«Non esiste neanche una mossa vincente. Purtroppo io non sono all'altezza di questo concorso. Non ho idee, non ho le tecniche di base, non ho né preparazione né inventiva».

Camelia sospirò. «Se potessimo decifrare il Quaderno del nonno. Scommetto che lì c'è di sicuro qualche dolce che andrebbe bene».

«Quello non sarebbe un problema» Emma le rispose spaccando una mandorla. «Ho capito come si fa. Devi solo dirmi una cosa. Tuo nonno, oltre al Quaderno, ti ha lasciato qualcos'altro?»

«Sì, uno scatolone con dentro un libro da messa, un altro libro con la copertina marrone che non so cos'è, un setaccio di legno, poi, aspetta... un teatrino, un vasetto di miele con l'etichetta scritta in tedesco e... mi pare un mazzo di carte».

«Dov'è questo scatolone?»

«A casa di mia madre, su in mansarda».

«Allora quando usciamo di qui lo vai a prendere, e se quello che penso io è vero, ti traduco tutte le ricette, così poi puoi diventare la chef più famosa del mondo».

«Non mi interessa» spiegò Camelia sconsolandosi tutta. «Io voglio realizzarmi tra le pareti domestiche, e aver cura della mia famiglia».

«Quando?» si informò Bianca.

«Mai. Infatti l'uomo che amo non può essere mio».

Trattandosi di una condizione sentimentale che in qualche modo accomunava tutte e tre le ragazze, calò il silenzio.

«Però» disse Bianca, la prima a riprendersi, «sarebbe meglio tradurle subito, se vuoi vincere il concorso».

«No. Se era per copiare una ricetta di Ermanno Picchi, qui ci potevano mandare anche Cleopatra Farina».

Emma diede una vigorosa grattata di zenzero sulle mandorle spoltigliate assumendo la sua espressione più ottocentesca, ma

Bianca e Camelia, per nulla impressionate, si scambiarono un'occhiata comunicandosi la rispettiva, assoluta noncuranza nei confronti dell'etica.

Ma superare gli ostacoli morali non bastava. Erano quelli fisici il problema. Infatti erano state prese tutte le possibili precauzioni per evitare ogni contatto fra i concorrenti e l'esterno. Spariti i cellulari, proibiti i computer, impossibile uscire, vietato entrare, i giovani pasticcieri erano isolati dal mondo, e non esisteva nessuna possibilità di farsi arrivare da fuori scatoloni pieni di cianfrusaglie.

Emma non se ne curava, e continuava a inseguire barlumi di idee confuse, con al centro una semplice e profonda consapevolezza: lei detestava l'idea di un dolce allo zenzero, e quindi non poteva farlo.

Bianca, intanto, osservava il piano di marmo del tavolo con lo sguardo pungente di chi elabora un piano. Prima di tutto, però, aveva bisogno di un'informazione.

«Emma. Potresti dirmi, così, solo per curiosità, che cos'è che ti interessa, nello scatolone di Camelia?»

Emma la guardò.

«Non vorrei che tu ti facessi venire delle idee pericolose».

«Anche se mi venissero, non potrei metterle in pratica, perciò».

«Allora ti dirò che è il libro».

«Quale? Quello da messa o l'altro?»

«Indovina».

«E come faccio?»

«Potresti».

«Ah, ho capito. È come la Sfida al Lettore di Ellery Queen. A questo punto ho tutti gli elementi, bla bla, per capire bla bla».

«Esatto».

Bianca si concentrò, ripensò a tutto quello che avevano detto, a tutti i tentativi, a tutte le ipotesi, e l'unico risultato fu che le venne un sonno terribile, e cominciò a sentire che lo stomaco le volava fuori dal corpo, un indizio certo che stava per addormentarsi. Si scosse. Era inutile sforzarsi, quel tipo di analisi sistematica non faceva per lei. A questo punto, bisognava ricorrere a un piano. E il piano le si presentò alla mente con diabolica prontezza, già dotato di nome, cognome e soprannome: c'era una sola persona in grado di aiutarla, e cioè Giuseppe Scippa detto Tinco, l'Allegro Apprendista di via Mezzaluna.

«E le tre finaliste sono: Nardoni Sara, De Santis Manuela e Riso Valentina. Queste concorrenti sono pregate di presentarsi sul palco».

Valentina lanciò un urlo disumano e abbracciò Tinco, facendogli molto male perché gli aveva accartocciato un piercing col crocifisso all'orecchio sinistro. Tinco sopportò il dolore con pazienza e le consigliò di dargli il cinque.

«Da paura!» commentò.

«Hai visto? E te che dicevi! Su dieci eh! Sto in finale su dieci. Sono ganzissima, sono una storia!»

Vale si era fatta largo a furia di impeccabili sciampi e meravigliosi impacchi e supreme applicazioni di phon attraverso le insidie del concorso 'Sciampista Emergente Provincia di Torino' e adesso era pronta ad affrontare la finale, che si presentava molto impegnativa. Si trattava infatti di fare shampoo, tinta, lozioni e interventi vari a tre ragazze che vantavano il primato piemontese per la categoria 'Capigliature lunghe, ribelli, nodose e mai pettinate'. L'Organizzazione del concorso aveva fatto le cose in grande, e aveva fatto arrivare dai rispettivi luoghi d'origine le tre signorine: Maria Pia Cordero di Fossano, Antonietta Laganà di Ovada e Alice Benelli di Verbania. Ciascuna di loro aveva più di un metro di capelli mai sfiorati da interventi esterni, e a Valentina sarebbe toccata la ragazza di Verbania, un groviglio di nodi color paglia. Ma ce l'avrebbe fatta, e avrebbe vinto, purché Tinco non le facesse mancare il suo ardente sostegno. Tinco era disponibile, ma non sapeva che tra poco si sarebbe trovato di fronte a una scelta molto difficile.

Quando furono trascorse settantadue ore senza che Bianca avesse dato il minimo segno di aver ricevuto la sua lettera, Alessandro iniziò a preparare la valigia per la Lapponia. Carla aveva raccolto e distribuito molte interessanti informazioni sulla primavera lappone e il suo limitato fascino, e Ale sapeva che avrebbe incontrato licheni fioriti e animali polari in avanzato stato di gravidanza. Ma nonostante questo, era un po' triste. Non per Bianca, si disse, posando un barattolo di grasso di pere sul maglione che gli aveva fatto sua mamma. Che mi risponda o no è abbastanza lo stesso, sono poi fatti suoi alla fine. Se vuole approfittarne, bene, altrimenti continui pure a servire ai tavoli, a me che mi frega. Non ho certo intenzione di ribaltare la mia vita per lei, tra l'altro proprio adesso che ho deciso di impegnarmi con Carla, non è che puoi impegnarti con una ragazza e subito dopo, tipo, azzerbinarti davanti a un'altra e dirle che la ami perdutamente e vuoi vivere con lei e cose del genere. Una che è innamorata di un prete dell'Ottocento, pure. Quindi al limite è anche meglio che non mi abbia risposto, così la tagliamo corto e ciao.

Al termine di questa riflessione, Ale prese la valigia, ne rovesciò l'intero contenuto per terra, e uscì di casa per andare in ospedale, a salutare il suo primario.

Mezz'ora dopo, la dottoressa Libertucci lo guardava negli occhi con una certa freddezza. Quel giorno il primario era fresca di parrucchiere, e aveva tanti ricciolini intorno alla testa, ma non per questo sembrava un'agnellina, anzi.

«Ci siamo già salutati, Carella. Hai agito di testa tua, con la solita leggerezza, prendendoti le ferie in questo momento, molto inadatto. Cosa vuoi, anche il bacio d'addio?»

«Non mi permetterei mai, capo. Senti. Te la ricordi quella ragazza?»

Se avesse dovuto chiedere 'Quale ragazza', Daniela Libertucci non sarebbe diventata primario in così giovane età. Perciò si limitò ad annuire.

«Me la ricordo. Ma non è con lei che parti per la Lapponia, giusto?»

«Infatti. Però, volevo chiederti. Secondo te».

La dottoressa represse uno sbuffo.

«Cosa vuoi da me? Te l'ho già detto: vacanze sbagliate, con la donna sbagliata. Ma tu fai pure le tue cazzate tranquillo, che tanto la vita dura duecento anni e le occasioni si sprecano».

«Le ho scritto una lettera. Ma non si è più fatta viva, quindi ciao, e salutami le infermiere».

«Non può farsi viva. È segregata in un concorso di cucina. Ieri sera l'ho vista su Sky, davano la diretta di una gara per pasticcieri e lei era lì, con altre due tizie, che tritavano frutta secca. Il commento diceva che non possono comunicare con l'esterno, perciò non vedo come potrebbe risponderti».

«Dove?»

«Hotel Meridien, al Lingotto. Buona Lapponia, Carella. Adesso avrei da fare».

Circolava una brutta aria attorno alla Pasticceria Delacroix. I primi giorni di diretta sul Gambero Rosso Channel avevano informato tutti gli interessati dell'imminente catastrofe, e Ugo Graziosi della DolciGraziosi si stava già leccando i canini in previsione del gustoso bocconcino. Quell'insopportabile presuntuoso di Corrado Delacroix avrebbe dovuto smollargli la Pasticceria, e lui l'avrebbe trasformata in un involucro elegante pieno di prodotti scadenti. Le aveva ben viste, le ragazze della Delacroix, annaspare senza costrutto mentre gli altri concorrenti creavano i loro capolavori. E le avevano ben viste tutti, anche Corrado, anche il barista Manlio, e Cleopatra Farina, e perfino Tinco, quando non era costretto ad assistere agli sciampi di Valentina.

E le aveva viste Andrea, sullo schermo in laboratorio, mentre su in casa Jasmine giaceva addormentata nel loro letto. In questi giorni di vita in comune, Andrea aveva scoperto che Jasmine passava la maggior parte del suo tempo dormendo, prendendo additivi chimici e girando per Torino in parrucca e occhiali neri alla ricerca di un abito da sposa.

«Voglio trovarlo qui, nella tua città!» aveva dichiarato con entusiasmo. «Non a Milano o a Roma. E se pensi che Torino mi mette una tristezza che mi sembra di essere un pipistrello, ammetterai che devo amarti molto».

«Sei carina, ma sarei ancora più contento se tu smettessi di impasticcarti, tesoro».

«Ma lo faccio poco, adesso! Meno di poco! Solo un pochino ogni tanto per lavorare, va bene amore mio?»

Difficile dirle di no, ma per Andrea meno di poco non era abbastanza. Aveva ragione suo padre: i geni morigerati di Susanna avevano schiacciato quelli blandamente sperimentatori di Corrado, e Andrea era un integralista inconsapevole che aveva la ferma intenzione di trasformare Jasmine in un'altra donna: niente più pastiglie e niente più pigrizia, bevute, idee confuse, trucco sbavato. Sarebbe diventata una persona sana, equilibrata e felice.

«Oh no, questo non è possibile, *chéri*. Prenderei almeno venti chili» aveva ragionevolmente obiettato Jasmine, che in verità non aveva previsto tutta quella buona volontà quando si era fidanzata. Ma aveva esperienza, sapeva che le abitudini l'hanno sempre vinta sui propositi, e che ben presto di vita regolare in casa loro non si sarebbe più parlato.

Così si impasticcava, dormiva e cercava abiti da sposa, mentre Andrea guardava in tivù la disfatta di Emma. Eccola lì, la sua Emma, spenta come un topo impolverato, che senza passione smanacciava sul banco da lavoro. Si sentiva stringere il cuore, guardandola, perché dal momento in cui avevano annunciato gli ingredienti obbligatori, lui aveva capito che non poteva farcela. Emma non sopportava lo zenzero. Naturalmente la soluzione c'era, ed era anche abbastanza semplice, e Andrea si chiedeva quanto ci avrebbe messo a capirla. Sapeva di essere lui il responsabile di quell'appannamento. Pur essendo un uomo, intuiva che se il concorso fosse stato nei giorni in cui lui ed Emma stavano insieme, quei tre giorni perfetti, dalla sua mente e dalle sue mani sarebbero usciti dolci avvincenti. E invece assisteva a quello spettacolo straziante insieme a Zlatan, Zhang e Jerôme.

«Wo xi Emma hao yun qi wo bu xi huan clema uccellino cuole» commentava Zhang, scuotendo la testa.

«Donna infelice non può cucinare» annunciò Zlatan. «Al mio Paese si dice così».

«E allora? Cosa dovevo fare? Stare con lei solo per farle vincere il concorso?» protestò, ma flebilmente, Andrea.

«Esattamente questo. Lasciarla dopo. Quello che ti manca, Andrea, e che invece tuo padre ha sempre avuto, è la capacità di mettere le sorti della Pasticceria davanti alle beghe con le donne».

Andrea non rispose a Jerôme. Guardava Emma, e malediceva l'impenetrabilità dello schermo, che gli impediva di infilare una mano nel televisore e levarle i capelli dagli occhi. Così arruffata, non sarebbe mai riuscita ad avere un'idea. E l'idea era lì, ne era certo, in un angolo della sua mente. Bastava trovarla.

Anche in casa Mongilardi si guardava Gambero Rosso Channel. Quando arrivava da Milano, Mario trovava suo padre e Vito Trisciuoglio inchiodati sul divano: essendo personalmente privo di parabola, Vito si era affidato alle risorse del notaio, il quale si era poi appassionato in proprio alla gara. Animato da una cieca fiducia nella figlia, Vito non condivideva lo sconforto generale nei confronti della prestazione di Emma.

«Fa pretattica» spiegava al notaio. «Si fidi, dottore. Non vuole far vedere che cosa ha in mente. È accorta, mia figlia».

«Sarà, ma tra due giorni la gara è finita, e lei ancora non ha combinato niente».

«Combinerà, e quando combinerà, non ce ne sarà per nessuno. Si lasci servire».

Il notaio era poco convinto, mentre Mario, che era arrivato e si era piazzato anche lui con una lattina di birra in mano, condivideva l'ottimismo di Vito.

«Ce la faranno papà, vedrai».

«Ma quale 'Ce la faranno'!» insorse Vito. «Con tutto il rispetto, signor Mario, ma casomai 'Ce la farà'. Le altre due sono zavorra! Le vede o no? Non alzano un dito, quelle due scimunite».

Mario si risentì. Lasciando perdere Bianca, che neanche si capiva cosa ci facesse lì, gli sembrava che Camelia desse un notevole contributo ai lavori. Era talmente carina, col grembiule bianco.

«Mi sembra che collaborino bene, invece».

«Eh, puoi capire. Guardi la bionda, non vede che c'ha lo sguardo di un totano lesso?»

Mario tacque. Era un uomo intelligente, e non poteva negare che Camelia avesse qualcosa del totano, nella placida fissità dei suoi occhioni blu, ma non vedeva perché no. Sono sguardi belli e marinari, pensò, certo meglio degli occhi verdi e inquietanti di quell'altra. In quanto al profondo e misterioso sguardo scuro di Emma, bene, quella era un'altra faccenda. Quelli erano gli occhi che aveva deciso di sposare. Anche se al momento non ricordava esattamente perché.

Anche Elena e Noemi guardavano il concorso, ma la loro reazione era anomala. Era, infatti, improntata all'entusiasmo. Per citare una frase di Elena, la vita è come un'onda che porta via i materassini, e in seguito ai recenti avvenimenti Wachowski la vita della bionda Direttrice di Sala stava rotolando da tutte le parti. Aveva dato la caparra per il locale di via Monferrato, aveva telefonato a un arredatore rétro per farsi rifare l'appartamento, e non vedeva più una sola ragione al mondo per dire a Camelia che era figlia sua e di Corrado Delacroix.

«Ma lo facevamo per lei» obiettava Noemi. «Per darle maggiori possibilità».

«E quali? Quella di scoprire che sua madre l'ha abbandonata e suo padre è un bastardo?»

«Non è un bastardo» protestò Noemi. Non voleva sentir parlare così di un uomo che sapeva distinguere a occhio trenta tipi diversi di gelsomino. «Non l'ha mai saputo, di avere una figlia, e ha un cuore puro».

«Guarda, questa è proprio l'ultima cosa che mi interessa. Io lo voglio cancellare dalla mia vita con un colpo di spugna, come una scritta sulla lavagna dei ricordi. Finem giustificat mezzi, cara mia. Noi a Camelia non diremo un bel niente. Figlia tua è, e figlia tua rimane. Io, tra l'altro, devo anche rifarmi l'alloggio, sinceramente non avrei proprio tempo per degli sconvolgimenti emotivi».

«Ma se vince, lui glielo dirà».

«Fammi ridere. Ma le hai viste? La Trisciuoglio è un bluff. Ormai Corrado non sa neanche più giudicare i pasticcieri. Non vinceranno mai. Stiamo in una botte di ferro».

Il piano di Bianca era semplice: spedire Tinco a casa di Camelia a recuperare i due libri nello scatolone, e poi lasciare che fosse lui a trovare il modo di farli entrare al Meridien. Era certa che ci sarebbe riuscito, perché un ragazzo di genere punk, se vuole sopravvivere in un covo di truzzi come via Mezzaluna, deve sviluppare capacità che gli umani non conoscono. Ma come mettersi in contatto con Tinco? La notte fra mercoledì e giovedì si svegliò alle tre con questa domanda piantata come un'accetta fra i lobi frontali, e per placare l'ansia decise di puntare sull'omeopatia, e sostituirla con un'ansia più forte. Accese la luce, e prese *Nicholas Nickleby*, abbandonato per terra vicino al letto. Tirò fuori la busta chiusa fra le sue pagine, la aprì e lesse:

'Ciao biancastella. Sto per partire, vado in Lapponia con Carla. Tra una cosa e l'altra, laggiù dovrei riuscire a togliermi dalla testa tutto quello che ti riguarda. Te l'avevo detto, vero, che poi alla fine mi ero innamorato di te? O forse no? Vabbè, è lo stesso, tanto parto. Mi sono sinceramente stufato della mia vita sentimentale e di tutto questo casino, ti pare? Mi concentro su Carla, e le altre non le guardo più. Comunque non era questo che volevo dirti, ma che ho venduto i tuoi acquerelli. Ti danno mille euro. Devi chiamare la casa editrice LUCE SULL'ACQUA, che pubblica libri eleganti per bambini presuntuosi. Li useranno per illustrare una storia, non so bene, comunque mia sorella lavora lì, si chiama Carlotta, ti spiegherà tutto. Poi vedi tu. Se vuoi impegnarti in qualcosa che sai fare bene, ottimo. Se preferisci continuare a cazzeggiare, perfetto. Con tutto il mio inutile amore, Alex'.

Mentre Bianca leggeva questa lettera, Alessandro girava attorno al Meridien, cercando un sistema per entrarci. Non poteva essere impossibile, pensava, in Italia niente è veramente impossibile, basta avere il cugino giusto e si entra dappertutto. In più lui era un medico, aveva la valigetta, sarebbe bastato trovare qualcuno che si sentisse male... A un certo punto, continuando a girare, capitò su un lato oscuro dell'albergo, un lato desolato, tra il parcheggio e l'immondezzaio, pieno di bidoni e sacchi di raccolta differenziata sì, ma comunque puzzolente. A quell'ora di notte era deserto, ma una porta si aprì, e ne uscì una fragile ragazzetta che trascinava un sacco nero, enorme. La porta spalancata alle sue spalle faceva intravedere una specie di retrocucina: evidentemente il concorso obbligava tutti a orari di lavoro esagerati. Ale si concentrò, perché era il momento di essere supremo, e andò incontro alla ragazza con calma, cercando di avere un'andatura da religioso in giovane età, un trentenne destinato a diventare arcivescovo e forse un giorno papa, che cammina, non vola, però il terreno lo sfiora appena. Era impossibile aver paura di un simile incedere, e infatti Marzia Spaccesi, anni diciassette, lo guardò avvicinarsi in trance, un po' come Maria quando arrivò Gabriele.

«Signorina, mi scusi, è questo l'Hotel Meridien?»

Era la domanda giusta, perché spostava altrove l'interesse. Quell'uomo che la avvicinava alle tre del mattino non desiderava quindi rapinarla e neanche stuprarla, ma ottenere una semplice informazione. E così Marzia rispose, e Ale ci mise meno di otto minuti a convincerla ad aiutarlo.

Un quarto d'ora dopo bussava alla porta della suite Croma, dov'era alloggiata l'équipe Delacroix. Bianca era ancora sveglia, la lettera posata accanto a lei. Quando vide entrare Alessandro, si sentì svuotare di tutto il suo sangue.

«Che cosa ci fai qui?»
«Volevo soltanto sapere se hai avuto la mia lettera. Vedo di sì. Ce l'hai in mano».
«Emma me l'ha data soltanto adesso».
«Che sbadata».
«Vattene via. Se ti beccano ci squalificano».
«Volentieri. Hai bisogno di qualcosa?»
«Tu?»
«Evidentemente sì».

'Oh caro diario, anche se siamo nel cuore della notte e dovrei dormire, perché altrimenti mi verranno le ZDGP, zampe di gallina precoci, devo assolutamente raccontarti una cosa molto romantica che è avvenuta stanotte, proprio come se anche noi fossimo una puntata di *Amore e Basta*. Poco fa mi sono svegliata sentendo degli strani rumori nel salotto della nostra suite (arredato con divani in pelle bianca che sono un urlo) e quando ho aperto la porta ho visto Bianca che si baciava con uno! E non era uno di qui, tipo quel cuoco giapponese troppo figo che se non fossi innamorata di Chi Sai Tu ci proverei subito. No, era quel dottore con la coda che le sta dietro da una vita, anche se è fidanzato con alcune altre. Oh, diario, è stato terribile vedere due che si baciavano e non essere io! Per fortuna hanno smesso subito, e Bianca lo ha cacciato, però prima gli ha dato un biglietto da portare a Tinco. Dice che è stata una vera fortuna che Ale (il tipo biondo) sia venuto, perché forse grazie a lui riusciremo a vincere il concorso. Quando se ne è andato, le ho chiesto se si erano messi insieme, e lei ha detto di no, che anzi, quando usciremo di qui sa già cosa deve fare per non vederlo mai più. Bene, adesso dormo, se no mi si sfibrano i capelli. Anche se ho rinunciato all'amore, non è un buon motivo per trascurarmi, vero, caro diario?'

Il Rotolo di Zia Margherita

Giovedì mattina Emma fu svegliata dalla Voce della Noia, che si era ormai ambientata bene all'Hotel Meridien, e aveva ricominciato a farsi sentire.

«Ehi... guarda che oggi è già giovedì... Ssstai attenta... sssabato devi presssentare qualcosssa... hai accettato quesssta resssponsabilità, sssei una persona matura, non una ragazzina... forza... una sssu mille ce la fa, tu sssarai anche una delle altre novecentonovantanove, ma non puoi sssottrarti... sssenso di ressponsabilità... impegni presssi... non hai mica sssei anni... ssette anni...»

«Balena!!!» urlò Emma, saltando a sedere sul letto.

«Inutile. Questa volta non ssserve... sssu... vai a preparare... una cosssa qualsssiasi...»

Andando sotto la doccia, Emma pensava di chiedere a Bianca qualche consiglio su come ammazzare la Voce della Noia, ma sapeva che sostanzialmente l'odioso serpentello aveva ragione, e lei doveva comunque preparare un qualsiasi dolce da presentare sabato. Chiuse gli occhi, lasciandosi investire dai sibaritici getti dell'albergo, e tra i vapori si materializzò il Rotolo della Zia Margherita. Era un dolce di cui le aveva parlato Costanza, la mamma di una bambina a cui aveva occasionalmente fatto la baby-sitter. Si trattava, a quanto ricordava, di un rotolo di pasta paradiso e panna. Se aromatizzo la torta paradiso con lo zenzero, e trasformo la panna in una crema al burro al caffè, e avvolgo il tutto in una sfoglia di pasta di mandorle? Otterrò una torta pesante, siciliana, austriaca, confezionabile in scatole di latta di design, buona per essere venduta su Internet. E sono a posto.

Con questa roba non vincerò mai, ma salverò la faccia, e tanto, visto che ho intenzione di licenziarmi, non devo neanche preoccuparmi dei Delacroix.

Emma uscì dalla doccia e raggiunse Bianca e Camelia nel salottino della suite, notando appena che Bianca era pallida come una vampira.

«Ragazze, oggi cominciamo a lavorare davvero. Che ne dite?»

Bianca aveva munito Ale dell'indirizzo di Tinco, e così il giorno dopo la sua controversa visita al Meridien, il dottor Carella suonò il campanello 'Scippa' al condominio in via Mezzaluna 13. Gli aprirono la porta due bambine sui dieci anni, identiche in tutto tranne che una aveva i bigodini e l'altra il rossetto.

«Ciao. Mi chiamo Alessandro. E voi chi siete?»

«Giovanna Paola!» urlarono le gemelle in perfetto unisono.

«Ah. E abita qui un certo Tinco?»

«Giuseppe! È per te!» urlarono ancora più forte, e poi scomparvero. Una delle due, quella con i bigodini, riapparve giusto il tempo di gridargli, sempre a volume iperrealista: 'Sei un mito!'

Tinco e Ale si erano già visti in Pasticceria, e non ebbero nessuna difficoltà a riconoscersi.

«Ciao. Ho un biglietto per te da parte di Bianca» disse Ale senza preamboli, e gli porse un foglio a quadretti. Tinco lo aprì, lo lesse e sbarrò gli occhi.

«Brutta storia! Come faccio? Oggi c'è la finale di Vale, quella mi ammazza».

Ale indicò la stanza alle sue spalle.

«Se mi fai entrare, ne parliamo».

«Non è possibile!» gridò Elena, davanti all'armadio di sua sorella. «Non possiamo avere la stessa taglia!»

«Perché no? Siamo più o meno uguali, no?»

«Uguali? Intanto tu hai due anni più di me. Poi io sto a dieta, faccio Pilates, bevo due litri di acqua al giorno e non mangio un piatto di pasta dal 2003, mentre tu ti ingozzi di würstel e patate fritte, non fai nessuno sport e non hai la minima cura di te stessa. Non è possibile che abbiamo la stessa taglia».

Elena non se ne faceva una ragione. Da tre giorni viveva a casa di sua sorella, in attesa che il solerte arredatore rétro le rifacesse completamente l'appartamento in stile Sorelle Brönte, e quel mattino aveva aperto l'armadio di Noemi per dare un'occhiata, e vedere se per caso c'era un golfino che potesse sostituire quello color lobelia che aveva dimenticato a casa. Naturalmente non c'era niente del genere, soltanto una uniforme distesa di tute, jeans, maglioni di shetland e camicie scozzesi. Un obbrobrio. Ma un obbrobrio tutto, rigorosamente, in taglia 44. La sua! Quella che lei manteneva a costo di sforzi estenuanti, e di cui Naomi invece non si rendeva neanche conto.

«E invece ce l'abbiamo. Datti pace».

«Ma scusa, come è possibile? Ieri sera hai mandato giù mezzo chilo di zabaglione!»

«Non so che farci. Sarà il vivaio. Si vede che a zappare consumo. Senti, invece di lagnare, metti una maglia e vieni che inizia la diretta».

Elena si infilò con aria torva un maglione color ruggine, fregandosene se stava male con il vestito pervinca. Improvvisamente, niente aveva più un senso. Tanto meno la sobria colazione che Noemi le aveva messo davanti: una mela, un vasetto di yogurt scremato e una fetta biscottata. Mentre lei si stava spalmando di marmellata una fetta di pane tostato già abbondantemente cosparsa di burro. E accompagnata da caffelatte e un'impressionante quantità di frollini. No, c'era qualcosa che non andava. Con malagrazia, Elena tirò verso di sé il pane, se ne tagliò una fetta e mise mano alla marmellata. Da quando era iniziato il concorso, lei e Noemi tutte le mattine prima di andare al lavoro e tutte le sere appena tornavano, guardavano insieme Gambero Rosso Channel, unite dal sincero desiderio che le ragazze della Pasticceria Delacroix perdessero la gara.

Purtroppo, Ale e Tinco non erano al corrente di questo nuovo sviluppo, ed erano convinti di avere in loro due potenti alleate, e quindi misero a punto un piano destinato a sicuro fallimento.

«Non posso occuparmi di questa faccenda» disse Tinco, proprio mentre qualche chilometro più a ovest Elena e Noemi accendevano la televisione. «Stamattina Valentina, la mia ragazza, ha la finale del concorso 'Sciampista Emergente Provincia di Torino', e io devo andarci, se non mi vede nel pubblico va in para e non combina niente».

«Se non porti a Bianca quello che le serve, loro perderanno il concorso, e la Pasticceria sarà venduta a un tizio che difficilmente avrà molta considerazione per il personale. Finirete tutti licenziati, tu, lei, la cassiera, e quel tipo mezzo tisico che sta dietro il banco. Forse terrà i pasticcieri, ma non certo voi manovalanza».

In altri momenti Tinco si sarebbe risentito di sentirsi definire 'manovalanza' da quel tipo ben vestito e mal rasato, ma adesso aveva problemi più urgenti. L'interesse personale e l'amicizia lo tiravano da una parte, l'amore in direzione opposta.

«Cavoli. Non so che farci».

«Andrei io, ma la madre e la zia della ragazza non mi conoscono. Tu invece sei di casa, giusto?»

«Sai che roba. La signora Elena mi detesta».

«Ma sa che state dalla stessa parte. Se le fai vedere il biglietto di Bianca, capirà. E devi anche farlo molto in fretta. Siamo già a giovedì. Sabato devono dare il loro dolce, ed Emma sembra completamente intronata».

«Uei, vacci piano. Emma sa quello che fa».

«Non questa volta».

Ma Tinco scuoteva la testa. «Vale mi ammazza» continuava a ripetere, e si capiva che ci credeva.

«Prova a parlarle».

«Parlare?» Era evidente che la comunicazione verbale aveva un posto molto basso nella considerazione di Tinco. Sapeva che parlare con Valentina era una perdita di tempo. La roba le circolava nel cervello senza lasciare traccia e poi se ne spifferava fuori a razzo.

«Prova. Spiegale che devi andare. E poi, potresti sorprenderla con una piccola mossa segreta».

«Cioè?»

Alessandro gliela spiegò.

E così il piano si era messo in moto, solo per andare a schiantarsi contro il più imprevedibile degli ostacoli. Quando Tinco suonò il campanello di casa Picchi Belmonte, Noemi gli aprì e lo squadrò senza interesse.

«Chi sei?» gli chiese.

«Lavoro alla Pasticceria. La signora Elena mi conosce».

Convocata, Elena confermò la conoscenza, e guardò Tinco con un disinteresse ancora maggiore. Già non le piaceva prima, figuriamoci adesso che aveva iniziato la sua (per il momento) silenziosa guerra contro la Delacroix.

«Buongiorno, signora Belmonte. La signorina Camelia ha bisogno di una cosa che è nella vostra mansarda. C'è uno scatolone di roba che le ha lasciato suo nonno, e lì dentro ci sono due libri che le servono assolutamente».

Le due arpie si guardarono, e Tinco sentì un leggero brivido di inquietudine. Non stavano reagendo nel modo giusto.

«Le servono per cosa?»

«Per il concorso. Sono riuscite a farmi avere un messaggio. Finora le cose si sono messe molto male, ma con l'aiuto di questa cosa ce la faranno a vincere».

Tinco porse a Elena il biglietto di Bianca.

Elena lesse e disse alla sorella: «Possono decifrare il Quaderno di tuo suocero».

«Ah!» disse Noemi. «Questo ci sarà molto utile!»

«Infatti» confermò sua sorella, «ma a noi, non a quello. Mi spiace, Scippa» aggiunse poi rivolta a Tinco, «ma non ti daremo proprio niente. Grazie della visita». E gli chiuse la porta in faccia.

Per quanto possa sembrare strano, Giuseppe Scippa detto Tinco aveva qualcosa in comune con Corrado Delacroix: quando, sia pure dopo un'iniziale riluttanza, abbracciava un'idea, poi la seguiva e sosteneva fino alle estreme conseguenze. Avendo deciso di mettere a rischio la sua vita sentimentale, e anche la sua sopravvivenza fisica (nel caso Valentina avesse effettivamente deciso di ammazzarlo) per portare a Bianca questi famosi libri, adesso non aveva la minima intenzione di rinunciare perché quelle due cornacchie non volevano darglieli. Sarebbe entrato in quella casa, avrebbe trovato lo scatolone, avrebbe preso i libri, e poi avrebbe trovato il modo di farli avere alle ragazze. Per questo uscì dal cancello facendo molta attenzione a richiuderlo senza farlo scattare, certo che la Belmonte e sua sorella si sarebbero rintanate in soggiorno a guardare la tele appena lui fosse uscito.

Ale lo aspettava in macchina, a cellulare spento. Aveva già quindici chiamate senza risposta di Carla, e per evitare che si rivolgesse alla polizia le aveva appena mandato un sms che diceva: 'STO BENE NN PREOCCUP INCASINATO LAVORO APP POSSO KIAMO'. Non era un messaggio credibile, tenendo conto che la mattina dopo dovevano partire per la Lapponia con la Air Kuomi, ma avrebbe se non altro scoraggiato l'ipotesi che lui fosse rimasto vittima di un fatale incidente. Anche se, in un certo senso, era esattamente quello che gli era successo.

«Quelle stronze non vogliono darmi i libri» gli annunciò Tinco, comparendo davanti al finestrino come un ectoplasma coi piercing.

«Perché? Non si fidano di te?»

«Cazzo ne so. Vado a prendermeli, ma devi darmi una mano».

Ale mise il freno a mano e lo seguì.

Emma fissò gli ingredienti allineati davanti a lei. Uova. Zucchero. Farina. Latte. I pilastri della pasticceria. Necessari e sufficienti a quasi tutto. Un po' di lievito, il cioccolato, e potevi addolcire l'universo. Poi, più indietro, i tre demoni malefici che la tormentavano: mandorle, zenzero, caffè. Mai mai più nella mia intera vita, pensò, quando sarò uscita di qui, metterò una di queste tre cose in un dolce. Ma intanto, adesso le toccava, e anche se il piacere era del tutto assente da quello che stava per fare, stava comunque per farlo, e nel miglior modo possibile.

Si trattava di una via d'uscita onorevole nell'ambito di una brutta sconfitta, e bisognava ricorrere alla disciplina... Aiutata da Bianca e Camelia, anche loro in versione molto sottotono, preparò con estrema attenzione e diligenza la pasta paradiso, e poi, mentre cuoceva in forno, si stravaccò su una poltroncina e chiese una sigaretta.

«Ma noi non fumiamo!» protestò Camelia.

«Io comincio oggi» annunciò Emma.

«No, non farlo!» Camelia aveva letteralmente il terrore del fumo, instillato con successo da Suor Lauretta, che quando era piccola le raccontava le atroci storie dell'Uomo Cicca, un mostro giallo e cadaverico che arrotolava i bambini nella carta bianca e li accendeva, per poi fumarseli ruttando.

«E invece sì. Ho bisogno di una passione».

«Ma il fumo?» protestò Bianca.

«Perché no? Quando uscirò di qui non avrò più né lavoro né amore. Perciò».

«E Mario?» chiese Camelia, con voce tremante.

Emma alzò le spalle. «Mario non basta. Sapete una cosa? Quando ho incontrato Andrea e Jasmine, l'altro pomeriggio, mi sono schiantata. Ho capito che non ce n'è, che lo amo, che lo voglio, e che non mi interessa nessun altro. Non importa se siamo stati insieme solo tre giorni, mi sono bastati. Perciò, anche se avessi vinto il concorso, me ne sarei andata dalla Pasticceria».

«E cosa farai?» chiese Bianca.

«Boh. Ci penserò».

Bianca aveva un asso nella manica. Il piano B, che avrebbe messo in pratica per evitare l'insidiosa trappola dell'amore, ormai per lei definitivamente rappresentata da Alessandro. «Cercano personale per una baleniera» buttò lì. «Io pensavo di presentarmi. Ti potrebbe interessare? Pagano un casino».

«Direi di no. Non potrei mai collaborare all'uccisione di una balena. Motivi personali».

Sul palco del Dancing Lutrario tre giovani donne dalle chiome a dir poco indisciplinate erano sedute davanti ad altrettanti lavandini. Accanto a loro, le tre finaliste del concorso 'Sciampista Emergente Provincia di Torino' attendevano il fischio d'inizio per iniziare la prova decisiva. Ma una di loro si sentiva già autoesclusa dalla lotta. Come previsto, le parole di Tinco non avevano lasciato la minima traccia nel cervello di Valentina, un organo fatto esclusivamente di chewing-gum rosa nuovo di zecca. Lei sapeva solo che lui non era lì, mentre i ragazzi di Sara e Manu, le altre due finaliste, erano piazzati in prima fila con un ghigno di incoraggiamento stampato in faccia. Come avrebbe potuto sbrogliare la massa infeltrita che stava sulla testa di Alice di Verbania senza una presenza amica? Sì, è vero, c'erano sua mamma, suo papà, sua sorella Marika, le sue due migliori amiche Chiara e Saryn, zia Anto, sua cugina Rosi, c'erano le due nonne con quattro loro amiche, e la vicina di casa signora Gabri, ma niente che le rammentasse anche solo lontanamente Tinco, il suo boyfriend, anzi, il suo 'lui', come diceva 'Top Girl'.

Più che sconsolata, Vale sentì il fischio di inizio, e afferrò senza entusiasmo le matasse stoppose della sua vittima, per sbatterle nel lavandino. Ma in quel momento sentì due vocette acute strillare come giovani iene: «Forza Vale!!!» Alzò lo sguardo e vide, sedute in prima fila, proprio vicino ai boyfriend delle altre, Giovanna Paola, che sventolavano un cartello con sopra scritto 'VALE 6 1 MITO' e sorridevano con tutti i loro dentini, parte da latte e parte no.

Che cosa può fare una parigina a Torino, quando ha finito di comprarsi abiti da sposa? Per ammazzare la noia, Jasmine se n'era comprati tre, corredandoli di tutti gli optional che le avevano suggerito la sua sfrenata fantasia e molte telefonate con Olyve, ma ormai francamente non sapeva proprio cos'altro aggiungere. Andrea non le offriva nessun tipo di intrattenimento, a parte quello notturno che era fantastico ma comunque, gira e rigira, Andrea era pur sempre uno, e più che tanto non poteva fare. Per il resto, passava tutto il suo tempo inchiodato davanti al televisore, a struggersi perché quella deficiente che avevano mandato al concorso non combinava niente. Le aveva vagamente spiegato che se la ragazza non entrava almeno fra i primi tre classificati la loro Pasticceria sarebbe andata in rovina, avrebbero dovuto vendere a uno più cattivo di Gambadilegno, e suo padre avrebbe molto sofferto e bla bla, ma in fondo, che importava, era solo una pasticceria, se Andrea voleva a tutti i costi una pasticceria *bon*, ne avrebbero aperta una a *Paris*, e in quanto a Delacroix *père*, era un uomo molto affascinante ancora, e tra le sue amiche avrebbe fatto furore, e quindi non era per niente una situazione grave o sgradevole, allora perché Andrea stava lì a guardare quella roba senza muovere un muscolo come uno trafitto dalla paralisi?

Lei era bella stufa, ed era arrivato il momento di prendere qualche iniziativa. Sempre quel giovedì mattina, mentre Tinco entrava in casa Picchi Belmonte da una finestra e Ale intratteneva sulla porta Noemi ed Elena convincendole di essere un nuovo dottore dell'ospedale poco più su, e di aver perso la strada («Ma trovato due signore davvero affascinanti»), Jasmine, in accappatoio e occhiali neri, si avvicinò ad Andrea che guardava la televisione con attenzione assoluta e disse: «Amore, ho bisogno di contrattaccare i carciofi».

«Sì, va bene. Un attimo».

Dunque era vero. Quando guardava quello stupido concorso in televisione, Andrea perdeva la capacità di ascoltare. Jasmine cercò una conferma.

«Devo uscire un attimo. Pensavo di andare a fare sesso con il nipote dei vicini».

«Ah-ah» rispose Andrea, cercando di capire se nell'isola Sette il rappresentante di Mart Kalev stava effettivamente preparando dei cioccolatini allo zenzero. Lui stesso li aveva sperimentati qualche mese prima, ma non era rimasto per nulla soddisfatto. Mangiarli era un'esperienza, certo, ma una a cui si poteva rinunciare dopo averla provata, a meno di non apprezzare la sensazione di mettere in bocca un cioccolatino e sentire un sapore di carne. Si girò, con l'impressione che qualcuno gli avesse detto qualcosa. Ma non c'era nessuno. Poco prima, gli era parso di intravedere Jasmine in accappatoio, ma era scomparsa. O forse non c'era mai stata. Poco interessato ad appurarlo, riportò lo sguardo allo schermo proprio mentre inquadravano un'atona Emma che sbatteva una crema al burro. La crema al burro? Quel dinosauro della pasticceria? Oh, no!

Fin qui, la parte facile. Infilarsi in casa di Noemi, entrare in camera di Camelia, trovare lo scatolone, frugare nel contenuto, prendere i libri, uscire, e sgattaiolare fuori mentre Ale continuava a dire cose senza senso alle due befane incatenate dai suoi occhi blu, tutto questo era stato semplice come respirare per Tinco, che era sopravvissuto al G8 e a un paio di battibecchi all'Askatasuna, il suo Centro Sociale preferito. Adesso veniva il difficile. Far entrare il bottino all'Hotel Meridien, con la certezza che raggiungesse Bianca.

«C'è una sola categoria di persone che entrano ed escono senza problemi da quell'albergo» disse Ale, mentre parcheggiavano nelle vicinanze del Lingotto.

«E sarebbe?»

«Giornalisti. Quelli di Gambero Rosso. Due volte al giorno entrano a intervistare i concorrenti. E poi ci sono i cameramen. Quelli che spostano i cavi. I microfonisti».

«Avranno tutti un pass».

«E un punto debole. Vieni, andiamo a dare un'occhiata».

C'era una piccola folla di curiosi, davanti all'ingresso del Meridien, ma nessuno passava oltre le transenne che li separavano dalla troupe di Gambero Rosso Channel. Alessandro e Tinco osservarono tutti con calma, in cerca di uno spiraglio. Quando vide Valeria Volatile girarsi per la terza volta a guardarlo, Ale capì di averlo trovato.

«Riesci a tirare un sasso in testa a quella ragazza senza farle troppo male e senza farti prendere?» chiese a Tinco.

«Hai scelto la persona giusta. Dimmi esattamente quanto vuoi profonda la ferita».

Elena e Noemi lanciarono uno strillo quasi perfettamente sincronizzato.

«È lui! Il dottor Carella!»

Era lui, infatti, quell'incantevole dottore che poche ore prima era capitato a casa loro, il giovane interno dell'Ospedale San Camillo che si era perso fra le tortuose stradine della collina. Lui, che adesso, in diretta su Gambero Rosso Channel, soccorreva Valeria Volatile, la conduttrice dei collegamenti, dopo che una mano delinquenziale ma purtroppo non identificata l'aveva colpita in pieno cranietto con un sasso appuntito causa di molto sangue ma, a quanto pareva, poco danno.

«Che cosa ci fa lì?» si chiese Noemi.

«Già. Qui c'è qualcosa che non mi... Oddio! Santa Vergine dei Tre Mari!»

Era assai raro che Elena si abbandonasse a invocazioni mariane, e Noemi si voltò stupita: sua sorella era sbiaditissima e aveva gli occhi quasi fuori dalle orbite.

«Che succede?»

«Mi sono ricordata! Io quel ragazzo, il dottore, l'ho già visto. È venuto una volta in Pasticceria a cercare la Longhi!»

«Bianca Longhi? L'assistente di Camelia?»

«Lei. Sta succedendo qualcosa di molto strano, Noemi. E non mi piace per niente».

Curata Valeria, Alessandro trovò naturale proporle di bere qualcosa, e lei trovò naturalissimo invitarlo a entrare al Meridien, e fornirlo di un pass, e lui restò con lei abbastanza da non farle capire più niente, e poi la lasciò giusto un attimo, e con aria tranquilla e la sua valigetta da dottore, e il pass bene in vista, prese l'ascensore, salutò cortese e disinvolto tutti quelli che incontrava compresi un paio di uomini della Sicurezza, e arrivato alla Suite Croma infilò nella serratura un Piggy Tail, arnese da scasso ottenuto da un suo cugino che aveva a lungo militato nell'IRA, entrò, posò un pacchetto su un letto a caso, uscì, richiuse col Piggy Tail, scese, ritrovò Valeria ancora in stato di lieve ebetudine, e la salutò, scusandosi se non poteva trattenersi oltre ma doveva proprio partire subito per la Lapponia.

Ecco fatto. Le ex chiome ribelli di Alice di Verbania scintillavano come ruscelli svizzeri al sole di primavera. Non un nodo deturpava quella massa dorata, che si inanellava tutta in graziosi ricci arcuati. Da ciascun singolo capello emanava un intenso profumo di calicanthus, e a toccarli si sprofondava in una morbidezza totale ma non per questo meno energica e vitale. Valentina aveva fatto un trattamento superbo, e per quanto le altre due finaliste avessero a loro volta dato grande prova di sé, non potevano esserci dubbi, la Sciampista Emergente Provincia di Torino era lei, e soltanto lei.

E se aveva ottenuto un risultato così strepitoso era stato solo per non deludere le due aspiranti Vallette di Topo Gigio, che con la complicità di qualcuno, probabilmente un dottore biondo con la coda, avevano saltato la scuola ed erano venute a sostenerla con cartello e urla. È vero, Tinco non c'era, ma Giovanna Paola erano una sua emanazione diretta, erano carne della sua carne e sangue del suo sangue, e gli assomigliavano pure, compresi due piccoli finti piercing che per l'occasione si erano piazzate a un orecchio. Valentina aveva vinto per loro, ma neanche per loro avrebbe rinunciato a distruggere moralmente e (soprattutto) fisicamente il loro fratello, non appena fosse riuscita a mettergli le unghie addosso.

Nel corso della giornata Emma e le sue quasi inutili aiutanti limarono e perfezionarono la loro versione del Rotolo fino all'eccellenza. Il giorno dopo lo avrebbero rifatto cinque, sei, dieci volte, e sabato avrebbero consegnato il risultato ottimale. Poi avrebbero avuto tutta la giornata libera, per spassarsela con gli altri cuochi, rilasciare interviste, e cercare di farsi notare. Sabato sera la premiazione, domenica a rintanarsi, e da lunedì, almeno per quanto riguardava Emma, il vuoto. O almeno, questo era il programma finché, giovedì sera, le ragazze salirono in camera e trovarono un sacchetto marrone sul letto di Camelia.

«E vai! Ce l'hanno fatta» strillò Bianca, afferrando il pacchetto.

«Che cos'è quello?» chiese Emma.

«I libri del nonno. Ho incaricato Tinco di andare a casa di Camelia, farseli dare da sua madre e portarceli».

Bianca aprì il pacchetto e tirò fuori un antico messale istoriato, stampato in elaborati caratteri gotici, e una vecchia copia dell'Artusi. Li esaminò un attimo, poi scartò l'Artusi e prese in mano reverente il libro da messa.

«Ma certo... non era Pellegrino Artusi, era proprio una faccenda di santi, come dicevo io. E quindi la chiave sta nel messale. Tinco poteva fare a meno di prendere anche quel vecchio Artusi. Ci esce dagli occhi».

Emma ridacchiò: «Veramente è proprio questo il libro giusto. Il messale poteva pure lasciarlo lì. Una vecchia edizione dell'Artusi è esattamente quello che speravo di trovare».

Si trattava della diciottesima ristampa, del 1914, tirata in ottantamila copie dalla Bemporad e figli, e in vendita presso la loro sede, in via del Proconsolo 7 bis a Firenze. Copertina marrone, prima pagina viola.

«Questo?» Anche Camelia era molto perplessa. «Ehi, ma ci abbiamo passato le serate, a fare gli alfabeti con quel libro, e non ne abbiamo ricavato niente».

«Perché non era proprio questo. Era un'altra edizione. Vedrai, poi ti spiegherò come fare».

«Poi? Davvero non vuoi usarlo per vincere la 'Stella per Natale'?» Bianca era letteralmente desolata. «Tinco si è sbattuto come un'anguilla per farcelo avere. E non solo lui. Credo che anche Alessandro abbia fatto cose. Forse hanno ferito Valeria Volatile».

«Di sicuro!» confermò entusiasta Camelia. «Tutti oggi dicevano che una mano misteriosa le aveva perforato il cranio, e un dottore molto carino l'aveva curata!»

«Be', mi spiace. Davvero». Emma sembrava ostinatamente rammaricata. «Non avrei voluto darvi tutto questo disturbo, comunque ve l'avevo detto che non avrei usato le ricette del nonno Picchi».

«Ma la Crema Ottobre! Forse si può fare con lo zenzero!» propose Camelia.

Emma rabbrividì a sentire quella parola. «Vorrei che nessuno più dicesse 'zenzero' in mia presenza, grazie».

«Emma! Pensaci bene. Lo so che con questo concorso IO non divento di certo miliardaria, ma forse TU sì» rincarò Bianca.

«Escluso. L'unica di noi che certamente ne ricaverebbe qualcosa è Camelia. È lei la titolare».

Camelia alzò le spalle. «Se è per me non vi preoccupate. Non mi importa di vincere. Non lo volevo neanche fare. A me importa solo di... di una persona che non posso nominare».

«Perché non la puoi nominare?» chiese Emma incuriosita.

«Perché è un amore proibito. È il ragazzo di un'altra, anche se lei non lo ama».

Emma sbuffò. «Non mi dire che sei ancora fissata su Zlatan!»

«No no. Non comincia per Z. Comincia per... sgmf».

Camelia aveva pronunciato l'iniziale così piano che era risultato soltanto un fruscio. Ma non ebbe modo di ripetere, perché Bianca, che seguiva un altro filo di pensiero, intervenne con una certa violenza.

«Okay Emma, allora diciamo che a nessuna di noi tre importa molto di questa 'Stella per Natale', e quindi se non vuoi decifrare le ricette del Quaderno sono affari tuoi. Però la Pasticceria? Non mi hai detto che se non vinci i Delacroix dovranno vendere?»

«Ah-ah».

«E allora non hai scelta. Segui il mio ragionamento. Tutti sanno che Andrea ti ha lasciata per quella tizia. Se non vinci, penseranno che l'hai fatto apposta per vendicarti, e che loro sono stati degli idioti a mandare proprio te. È sleale».

Era sleale. Bianca aveva perfettamente ragione. Emma prese lentamente in mano quella vecchia edizione dell'Artusi. E tenendola fra le mani, saggiandone gli spigoli con dita lievi ancora leggermente infarinate, sentì che le spuntava in mente un'altra possibile soluzione.

Appena aveva visto Alessandro chino sulla sanguinante Valeria Volatile, Tinco si era allontanato senza fretta dal Lingotto, e dopo una breve sosta strategica aveva raggiunto il Dancing Lutrario, dove Valentina stava festeggiando la vittoria in compagnia dei suoi fans. Tutto intorno, i camerieri servivano l'aperitivo, mentre sul palco l'orchestra delle Carote Cotte suonava i successi dell'estate scorsa in versione liscio, e Giovanna Paola ballavano, ebbre di libertà.

Quando Valentina lo vide arrivare, esultò pensando a come l'avrebbe respinto con insuperabile freddezza e distacco, facendolo sentire una merdina secca capitata per sbaglio a un ballo di debuttanti, ma purtroppo per lei Cherubino quella mattina aveva incontrato il suo Don Giovanni, e senza perdere né il ritmo della camminata né il sorriso sull'angelico faccino, Tinco la ignorò e andò ad abbracciare in rapida sequenza Nonna Iolanda e Nonna Andreina, che gradirono l'omaggio. «Ah, il ragazzo di Valentina!» strillò una. «Eh, già, il ragazzo di Valentina! Vieni Bice! Che ti faccio conoscere il ragazzo di Valentina!» strillò l'altra, più loquace.

In un attimo il clan Valentina circondava Tinco e quando lui sentì su di sé l'attenzione di tutti, nonché lo sguardo furioso e prossimo all'insulto di Valentina stessa, tirò fuori di tasca una scatoletta blu, la porse con misurata teatralità alla 'Sciampista Emergente del 2006', e le mentì con fermezza, come ben gli aveva consigliato Alessandro quel mattino.

«Tieni. Questa l'ho comprata l'altra settimana, perché lo sapevo già che vincevi».

«Non la voglio» disse Valentina, sorprendendo Tinco. «Me ne frego dei tuoi regali. Se ci tenevi a me, oggi venivi qua invece di andare da quelle stronze».

«Ah sì? E se poi restavo senza lavoro me li davi te ottocento euro al mese?»

La scena non si stava svolgendo come previsto, ma la replica non mancò di efficacia: le nonne, le amiche delle nonne e i genitori si schierarono immediatamente dalla parte di Tinco, mentre sorelle, cugine e amiche restarono salde attorno a Vale.

«Di questi tempi il lavoro bisogna tenerselo stretto» disse il padre di Vale.

«E pure le fidanzate, allora!» ribatté con grande spirito l'amica Saryn.

«E minchia, mica non me la voglio tenere stretta! Guarda cosa c'è qui dentro, e dimmi se non è serio!»

A questo punto la curiosità prevaleva anche nel settore Vale, e la sorella Marika risolse brillantemente l'impasse dicendo: «E aprila, no, 'sta scatola, così dopo ce lo butti in faccia, quello che c'è dentro!»

Valentina prese con un gesto di disprezzo la scatoletta, la aprì, e le si sbarrarono gli occhi dalla sorpresa.

«Miiii! Gli Angeli Melosi della Marmotta! E non quelli d'argento! Quelli d'oro!»

Sul gruppo delle cugine-sorelle-amiche calò un silenzio spesso. Gli Angeli Melosi erano il sogno segreto di qualunque ragazza avesse il ragazzo. Si trattava di una furbata di un marchio di gioielli abbordabili, la Marmotta: due angioletti uguali, sennonché uno aveva l'aureola col simbolo maschile e l'altro con il simbolo femminile. E non solo: attaccando con un ingegnoso sistema a incastro i due angioletti l'uno all'altro, essi formavano una mela. Si riusciva così a sintetizzare in un solo oggetto l'idea della Metà della Mela con quella romantica del 'siamo angeli ecc. ecc. un solo paio d'ali ecc. ecc.' che da anni imperversava melensa sulle magliette. Va da sé che fra i giovani innamorati di periferia gli Angeli Melosi erano diffusi nella versione argento, mentre quella oro era un Sogno Impossibile se non avevi la fortuna di stare con un delinquente di successo.

«Eh? Bella storia o no?»

Convinta di aver raggiunto il massimo della felicità a sua disposizione su questa Terra, la giovane Valentina si buttò fra le braccia di Tinco e gli fece di nuovo male al piercing.

Nel corso di quella giornata, anche Jasmine aveva trovato la soluzione ai suoi problemi di coppia. Dopo aver constatato l'impossibilità di comunicare con Andrea, era uscita di casa senza una meta precisa. Non sapeva proprio dove andare: a Torino c'erano in tutto una ventina di negozi frequentabili, e ormai li aveva rivoltati come buona terra, e più nulla ne poteva ricavare. E oltre ai negozi e al sesso, a Jasmine non interessava assolutamente nient'altro. La vita è dura, in queste condizioni, ma lei era una ragazza coraggiosa, e l'aveva sempre affrontata senza lamentarsi, dall'alba al tramonto e dal tramonto all'alba. Adesso, però, era allo stremo delle forze, e si chiedeva se innamorandosi dell'abitante di un'oscura mediopoli italiana non avesse commesso un errore colossale. Ci voleva qualcosa che uniformasse Andrea alle sue aspettative e al suo stile di vita. E mentre sconsolata si chiedeva cosa, come, chi, la provvida casualità che ci guida la portò di fronte alle vetrine del Paradiso dei Bambini, l'elegante negozio di giocattoli che occupa molte vetrine di via Carlo Alberto angolo via Doria, e di via Doria angolo via Carlo Alberto. Di fronte alle bambole, ai tigroni di peluche, di fronte al castello di Cenerentola, alle Bratz e ai Lego, a quei giochi colorati, inutili e beffardi, Jasmine ritrovò se stessa, e le sue inclinazioni naturali, e capì che non era il caso di farla tanto lunga: era arrivato il momento di fare un bellissimo scherzo ad Andrea. Con lo stesso sorriso che sfoggiava in *La Figlia del Tulipano Nero*, prese il cellulare e formò il numero di Olyve.

UNO STRATO SOTTILE DI MERINGA AL CIOCCOLATO

Alle sette di venerdì mattina Carla, la fidanzata del dottor Carella, scese dalla Rover di suo padre e percorse con lo sguardo miope, ma corretto da ottime lenti, il marciapiede del lato 'Partenze' dell'aeroporto di Caselle.

«Non capisco» disse, e in effetti non capiva. «Alessandro dovrebbe essere già qui».

Suo padre, un fabbricante di additivi chimici tutt'altro che stupido, la guardò con una certa compassione.

«Ma stella mia, son due giorni che non lo senti e non lo vedi. Quello ti ha dato buca, credi a me».

«Impossibile. È tutto deciso. Lapponia, e poi matrimonio. Ieri sera mi ha mandato un sms che diceva 'NO PROBLEM CI VEDIAMO LÀ'. Capisci l'italiano, papi? NO PROBLEM, CI VEDIAMO LÀ».

Il tono lievemente isterico di Carla era più che giustificato. Era circondata da valigie piene di capi pesanti, e a Kautokeino la aspettava un igloo per due con buffet libero. Tutto questo aveva un senso solo se drappeggiato attorno al suo adorato Alessandro. Senza di lui, avrebbe preferito di gran lunga una settimana a Ibiza.

E dov'era, in quel momento, il dottor Carella, ottimo medico, pessimo fidanzato? Ma era lì! Era lì, a pochi metri da lei, che parcheggiava nella zona VIP e saltava giù, correndo verso Carla in un attraente sventolare di giacca grigia. L'assenza di valigie non voleva dir niente, probabilmente erano rimaste in macchina.

«Amore! Sono qui!» gridò Carla quando lo vide arrivare, riuscendo contemporaneamente a rivolgere un breve sguardo di trionfo a suo padre.

Ale continuò a correre, le arrivò vicino, l'abbracciò forte forte, poi si staccò da lei, la guardò con occhi negli occhi, e con struggente dolcezza le disse: «Carla, meno male, avevo paura di non arrivare in tempo. Senti, volevo dirti, se in Lapponia ci vai comunque volentieri, bene, ma se lo fai per me, lascia perdere. Non posso venire. Non posso allontanarmi così tanti chilometri da lei».

Alle sette di venerdì mattina Emma era già nella cucina dell'Hotel Meridien, all'Isola numero Nove, quella riservata alla Pasticceria Delacroix. Aveva lasciato dormire Bianca, ma aveva dovuto svegliare Camelia, perché almeno formalmente la concorrente era lei, e doveva fingere di fare qualcosa a beneficio delle telecamere. Intorpidita di sonno, Camelia si appoggiò al banco e per la decima volta in dieci minuti protestò acerbamente.

«Perché mi hai fatta alzare così presto? Io odio alzarmi presto. Qua mica si devono dire le preghiere!»

«Lo so, ma mi è venuta un'idea. Tu non devi fare niente. Puoi anche dormire. Siediti, fai finta di sbattere qualcosa in una ciotola e dormi».

«Be', ormai che ci sono, se vuoi ti aiuto. Che devo fare?»

«Fatti dare della farina di riso».

Così iniziò la vera gara della Pasticceria Delacroix. Emma preparò un impasto per biscotti con farina di riso e farina 00, zucchero, burro, uova, lievito, vaniglia, panna, limone. Lo stese, ne ritagliò due quadrati di venti centimetri e quattro strisce di venti per dieci, e le mise a cuocere in forno. Poi prese un certo numero di uova e separò il bianco dal rosso. Il bianco lo montò a neve molto ferma, e con quella fermissima neve, zucchero e un goccio di aceto fece degli strati sottili di meringa, che mise a cuocere in un altro forno. Intanto il biscotto era pronto, e raffreddava quieto in un angolo dell'Isola. E anche la meringa a suo tempo si raffreddò, e su ogni cerchio di meringa fu deposta una copertura di cioccolato amaro, e con i rossi d'uovo Emma preparò una crema densa e poi la mescolò con la panna che aveva montato, in proporzioni imperscrutabili, fino a ottenere una perfetta crema chantilly. E con cioccolato e rossi d'uovo e panna preparò una crema al cioccolato, e poi un'altra crema al cioccolato quasi uguale ma arricchita da due tazzine di caffè forte, e un'altra crema chantilly quasi uguale ma profumata con mezza tazzina di caffè leggero, e poi farcì gli strati di sottile meringa al cioccolato con tutte queste creme alternate, e ottenne una torta irregolare e molto fitta. E la circondò di arabeschi di zucchero caramellato e cioccolato, e intanto anche Bianca si era svegliata ed era scesa in cucina, e lei e Camelia la guardavano, e probabilmente le parlavano anche, ma Emma non le sentiva, completamente intenta a fare quello che stava facendo, e a sbrigarsi anche, perché gli altri erano anni luce avanti a lei, e il biscotto era sempre lì, ormai freddo, in un angolo dell'Isola.

'Caro diario, ti scrivo nella pausa pranzo, tanto non ho certo fame, a stare tutto il giorno in mezzo ai dolci mi si chiude lo stomaco, e non ci fosse un cameriere carinissimo che si chiama Reuben e mi porta gamberi, patatine e altri cibi sopportabili, penso che ormai sarei magra come quelle fantastiche ragazze che sfilano per McQueen. Oh, diario, perché non posso essere come loro? Veramente M. (preferisco non scrivere il nome casomai tu dovessi capitare sotto Occhi Che Non Devono Sapere) dice che mi preferisce più morbidella, ma se un giorno dovesse cambiare idea? E poi tanto che importa, a M. ormai ho rinunciato, anche se Emma non lo ama, comunque quando usciremo di qui lei sarà uno straccio, senza lavoro, senza amore, e almeno Mario la potrà consolare. Voglio dire, non è che posso dirle, be', tanti saluti, beccati pure questa mazzata e tante grazie. Oh, accidenti, diario, ho perso il filo! Volevo dirti che Emma ha improvvisamente cambiato dolce, non fa più il Rotolo della Zia Margherita, ma un'altra specie di torta che si è inventata lei e non ha neanche un nome. Tanto che importa, perderemo, e quando questa storia sarà finita so già cosa devo fare. Lo vuoi sapere, caro diario? Tornerò in Convento, e diventerò anche io una suora.

Non devi pensare che sia una scelta perdente. Visto che non posso avere M., e neanche fare la modella o la PR, forse la carriera di suora potrà darmi qualche soddisfazione. In fondo, anche una suora può essere testimonial, okay, non potrò essere il Volto dei capelli Voilà, perché i capelli delle suore si vedono poco, però tipo per una crema idratante andrei bene, non credi? Voglio dire, pensa che bello slogan: "ANCHE LE SUORE SI IDRATANO", con la mia faccia umida e fresca! Adesso purtroppo ti devo lasciare, perché Emma ha bisogno di me per spelare le mandorle. Non capisco perché non usa quelle già spelate dei sacchetti'.

Delle mandorle e della meringa nessuno fuori sapeva niente, perché l'ultimo giorno del concorso era criptato, e le telecamere di Valeria Volatile se ne stavano spente e inoperose nel pulmino di RaiSat, pronte a tornare in campo il giorno dopo, per la premiazione. L'idea era di garantire un ultimo giorno di lavoro tranquillo e privato ai dieci team. Ognuno poteva giocarsi in pace gli ultimi trucchi, disfare gli inganni, svelare le vere intenzioni.

Stranamente, molto stranamente, in quello stesso venerdì Jasmine si alzò molto presto, e raggiunse Andrea in cucina, una cosa che mai era successa da quando anche lei abitava nell'attico di corso Fiume.

«Ehi, ciao *chéri*, com'è che non guardi la tele, oggi?»

«Oggi niente concorso. È l'ultimo giorno, e non lo fanno vedere».

Jasmine sorrise, tutta allegra. «Bene! Almeno non vedi la vostra sciocca ragazza che fa dolci cattivi e perde!»

Andrea non ritenne prudente rispondere, e Jasmine, ingannata (come tante prima di lei) da quel silenzio, continuò a cuor leggero.

«Chi vincerà, secondo te, *chéri*?»

«Ti interessa?»

«*Mais non!* Lo chiedevo solo perché ti amo, e voglio dividere con te ogni piccola, stupida preoccupazione».

Andrea posò il croissant che gli aveva mandato su Lucia col montacarichi, e si alzò.

«Io scendo in laboratorio».

«E non mi chiedi cosa farò oggi?»

«Lo so già. Uscirai a comprare qualcosa».

«Sbagliato! Ti devo fare una sorpresa molto speciale, però mi devi dire più o meno a che ora torni a casa».

«Non lo so, Jasmine. Ho molto da fare».

«Okay. Ciao ciao Andrea. A più tardi!»

Invece di andare in laboratorio, come aveva annunciato, Andrea uscì in strada, e andò a sedersi alla fermata dell'autobus che era proprio davanti alla Pasticceria Delacroix, sotto i tigli di corso Fiume. Chiuse gli occhi, inspirò, e cercò di immaginare il suo futuro: senza la Pasticceria, senza Emma, con Jasmine. Purtroppo, a differenza di Bianca, non sapeva niente della baleniera in partenza.

Emma saldò le pareti della scatola di biscotto, tutte tranne una, il coperchio. Posò il coperchio accanto alla scatola, fece un respiro profondo, e cominciò a decorare le pallide superfici di biscotto morbido. Spumina di cioccolato destinata a indurirsi, palline d'argento, codetta colorata, schegge di mandorle, fiorellini di zucchero e fiorellini di crema, ghirigori di glassa, e mentre finiva quella vedeva già tutte le altre, le infinite varianti, le scatole di biscotto che avrebbero resa unica ogni Torta. Ognuna decorata in modo diverso, ognuna personalizzabile con nomi, date, disegni, ricami, ma tutte con dentro la stessa identica perfettissima piccola Torta, quella che in quel momento stava nel frigorifero della sua Isola, e che poi lei avrebbe deposto nella scatola, prima di chiuderla con il coperchio e sigillarlo con zucchero caramellato profumato allo zenzero. Vedeva le persone spezzare la scatola in frammenti irregolari e mangiarla, da sola o nel caffelatte, o usarla per appoggiarci sopra un pezzo di svenevolissimo dolce di meringa, e mordere il tutto con un brivido di passione. Vedeva i pasticcieri della Delacroix creare infiniti esemplari di

Torta e prepararli per le spedizioni in tutto il mondo, spedizioni costosissime data l'estrema deperibilità dell'articolo, e vedeva molti miliardari in Uruguay e a Singapore attendere nervosi l'aereo personale che avrebbe portato loro la Torta. Vedeva folle di postulanti riversarsi su Torino per venirla a mangiare direttamente in loco, ben sapendo che solo così l'avrebbero gustata al massimo, e vedeva schiere di esseri umani normali provare a farsi in casa una loro personale versione del dolce e riuscirci tutto sommato abbastanza bene, purché avessero un forno ventilato. E vedeva se stessa altrove da tutto questo, lontana dalla Pasticceria, e da Andrea, e da Corrado, e da tutto questo clamore.

Vedeva tutto questo e rideva, aggiungendo ancora una spruzzatina di codette, e rimpiangendolo subito dopo, perché Emma ancora non padroneggiava perfettamente l'arte di smettere.

Avvantaggiato dalla sua ferma adesione al presente, a dispetto di ogni eventuale maggior fascino del futuro o del passato, Corrado Delacroix era l'unico dell'omonima Pasticceria a non sentirsi preda dello spleen, in questo venerdì di maggio. Anzi, era piuttosto di buon umore: invece di disperarsi per l'imminente fine della Pasticceria Delacroix così come la conoscevamo, aveva già cominciato a progettare una nuova Pasticceria Delacroix. Accompagnato dalla paziente Vittoria, ancora tormentata da un'insolita attività cerebrale, girava le Langhe in cerca del paesino più adatto al prosperare della sua prossima impresa. Corrado Delacroix non guidava e mai aveva guidato: fino all'avvento di Vittoria, lo portavano in giro graziosissimi autisti giovinetti, a nome Claudio o Paolo, bruni o biondi, ironici, eleganti e capaci di stare giorni interi senza dormire. Questo rendeva i suoi viaggi molto piacevoli, e del tutto indipendenti dal Codice della strada.

«Portami un po' a La Morra» disse infatti a Vittoria, che era quasi arrivata a Verduno. Mentre faceva un'inversione sulla statale considerata con apprensione dai TIR che viaggiavano in entrambe le direzioni, Vittoria ribadì: «Sì, però secondo me dovrei dirglielo».

«Benissimo» approvò Corrado, come già aveva fatto una seicentina di volte negli ultimi giorni.

«E se poi si arrabbia?»

«Piacere non gli farà».

«E allora scusa, dovrei lasciargli sposare una che va con tutti, e quasi tutti insieme?»

«Sono attrici... sul set nascono amicizie, poi ognuno torna alla propria vita. Ferma lì».

Corrado scese dalla macchina e osservò una piccola panetteria impigliata fra i rampicanti. Si apriva su una piazzetta fornita di uno spettacoloso belvedere, di quelli che fanno la fortuna della zona: dolci prati e languide colline.

«Che te ne pare? Dicono che vogliono venderla».

Vittoria si chiese distrattamente se aprire una pasticceria a La Morra avrebbe significato vivere a La Morra, e in questo caso, dov'era lo Zara più vicino?

Alessandro salutò con la mano Carla che tempestava di pugni il vetro posteriore della Rover di suo padre. Neanche scoprire che la ragazza da cui non poteva allontanarsi non era la solita Lorena bensì una certa Bianca, cameriera e acquerellista, aveva mitigato la violenza della sua crisi isterica, ma Ale era sicuro che prima o poi le sarebbe passata. Quando la macchina non fu più visibile, si aggrappò a un taxi, temendo che quell'improvvisa, meravigliosa sensazione di leggerezza si trasformasse in volo.

«Il primo è quello» lo informò il tassista, indicando un collega più avanti.

«Ho la mia macchina, se non me l'hanno portata via».

«Ah. Allora levi le mani dalla mia».

«Scusi. È che mi sono appena sfidanzato e mi sto chiedendo perché ci ho messo così tanto. Mi sento come se...»

«... le avessero tolto di dosso un rivestimento di piombo».

«Esatto. Anche lei?»

«Anche io. Stia solo attento, adesso».

«A cosa?»

«A non ricascarci. Si goda la sua libertà».
«Sì, be'. Sarei innamorato di un'altra».
«Faccia finta di niente».
Il tassista ricominciò a fare il suo sudoku, e Ale si allontanò, meditando sul consiglio.

Se a livello del mare tutto pareva tranquillo, e neanche uno dei molti clienti della Pasticceria immaginava la sua prossima fine, più in basso, in laboratorio, lo spleen era notevole, quel venerdì. Tutti avevano visto Emma preparare il Rotolo della Zia Margherita, e tutti sapevano che non era con quell'ottimo dolce casalingo che si sarebbe vinto 'Una Stella per Natale'. Per questo Zhang agitava la frusta senza brio, e Zlatan non fischiettava mentre gonfiava il burro di zucchero. Per questo le gelatine al lampone erano meno rosse, gli zabaglioni meno profumati, le diplomatiche meno diplomatiche. Serpeggiava lo sbaracco, e ciascuno era preso dalla sua personale malinconia, così nessuno si accorgeva che l'agitazione di Elena era di segno opposto. Da quando avevano visto il dottore amico di Bianca inquadrato dalle telecamere di RaiSat, lei e Noemi avevano cominciato a temere il peggio, e cioè che le ragazze avessero trovato il modo di scassinare le ricette di Ermanno Picchi, e di conseguenza di vincere il concorso. E questo non doveva assolutamente succedere. Lei voleva vedere Corrado Delacroix abbattuto dalle banche, e solo in seguito lo avrebbe calpestato con i suoi migliori tacchi a stiletto da quindici centimetri, dicendogli: (si era preparata il discorso), (i puntini indicavano le eventuali repliche di Corrado) «E adesso me ne vado! Sì, Corrado, ti lascio, lascio te e la Pasticceria! (...) No, questa volta parlo sul serio e infatti ho già acquistato un piacevole locale in via Monferrato (...) con i risparmi di due vite di lavoro, la mia e quella di mia sorella Noemi! Anche un topolino può partorire Maometto, e io ho acquistato un piacevole locale in via Monferrato che diventerà l'Elena's Tea Room! Sì! Ah ah ah! Elena's Tea Room, un'adorabile Sala da Tè e Pasticceria a cui affluiranno come papere mansuete tutte le signore di Collina, Precollina e Borgo Po! Sì! Lo so che tu sei rovinato, e solo con me potresti rimetterti in piedi, ma NON MI INTERESSA! È finita! Non mi farai più soffrire con la tua gelida indifferenza che fa brinare anche i boccioli di maggio (...) Con la tua occulta superbia! (...) Anche la rosa più profumata alla fine si ricorda di tirare fuori gli artigli! (...) No, è inutile piangere, supplicare, promettermi di sposarmi, dichiararmi che mi hai sempre amata ma combattevi questo amore troppo grande per il cuore di un uomo! È inutile! Dovrai proseguire da solo sul sentiero della vita, e da lontano assistere impotente al trionfo della mia avviata attività commerciale!»

Un discorso così superbo meritava di essere pronunciato dalla prima all'ultima parola, e guai se quelle tre maledette ragazzine, con l'aiuto di un paio di delinquenti di cui uno purtroppo stipendiato da lei, avessero vanificato le ore passate china sullo Zingarelli.

Ma quella sera, quando Corrado tornò dalle Langhe, i suoi timori si placarono. Il Supremo Delacroix, come lo chiamavano in gioventù, mandò a chiamare lei, Andrea, Jerôme, Zlatan e Zhang, e li fece accomodare nella saletta delle riunioni, tappezzata da alte teche di vetro in cui trovavano posto riproduzioni in gesso e cera di tutti i dolci prodotti dalla Casa.

«Allora, ci sono novità» esordì con un sorrisetto appena amaro. «Oggi sono stato a La Morra, per vedere la panetteria di Molina, che forse vuole vendere. Mi ha detto che la figlia di sua sorella è cameriera al Meridien, e ha saputo che la classifica del concorso è già fatta: primi i russi, secondi i lituani, terzi gli inglesi. Anche se la Giuria si pronuncerà domani, gli addetti ai lavori non hanno dubbi. Noi siamo fuori. Anzi, siamo sotterrati. Ultimi. Ce la giochiamo con gli islandesi. Eh? Jerôme?» ridacchiò, rivolto all'impassibile algerino. «L'avresti mai detto? Giocarcela con gli islandesi fa ridere, no?»

«Abbastanza» confermò Jerôme.

«Quindi dovrò vendere alla DolciGraziosi. Se le banche mi lasceranno qualcosa, prenderò la panetteria a La Morra, e ripartiremo da lì. Ma non so a quanti di voi potrò pagare lo stipendio. Probabilmente a nessuno».

Elena non si poté trattenere. Era il suo momento. Si alzò, stupenda nel suo abito di lino bianco, e disse con grazia: «Anche se tu potessi, Corrado, io non lo vorrei. Approfitto dell'occasione per dirti che mi licenzio. E mi raccomando la liquidazione».

Con questa nota di insuperabile volgarità, Elena lasciò la stanza, comprendendo finalmente le sensazioni che doveva aver provato vita natural durante la Regina di Saba.

Bianca, Emma e Camelia fissavano la torta senza vederla. Era impossibile vederla, perché era dentro la scatola. Quindi fissavano la scatola, trovandola meravigliosa, e desiderando moltissimo aprirla, per trovare meravigliosa anche la torta.

Bianca aveva un libro in tasca al suo bianco grembiule. Lo tirò fuori e lesse:

«'Sappi che nulla per divin volere
può dal nulla crearsi. E se tu vedi ognora
formarsi molte cose in terra e in cielo
né d'esse intendi la cagione, e pensi
che le faccian gli Dei, vaneggi ed erri'».

«Questo vorrebbe dire» spiegò poi alle amiche perplesse, «che le cose le facciamo noi, anche quando ci sembrano troppo belle, come questa torta».

«Sì, per essere un dolce è fighissima» ammise Camelia. «Forse potrebbe servire come logo per una linea di abbigliamento per bambini».

«Perché no» disse Emma, «è tua, puoi farne quello che vuoi. Questa è la Torta Camelia».

Camelia rabbrividì.

«Non dirlo neanche per scherzo. Forse non lo sai, ma neanche io vorrei chiamarmi così».

«Ma è la tua torta».

«Tua».

Emma si accese una sigaretta (aveva davvero cominciato a

fumare, purtroppo) e cercò Bianca con lo sguardo. Bisognava chiarire subito quel punto.

«Camelia. Questa è la TUA TORTA. Ripeti con me. È tua. L'hai inventata tu. Io ho soltanto eseguito la tua idea. Questa torta, in pratica l'hai fatta tu. Domani tu la presenterai a Queen Paola e compagnia. Tu. Dillo. Di': 'Questa torta l'ho fatta io'».

«Comunque» protestò Camelia, «non voglio chiamarla così».

«Okay. Come vuoi chiamarla?»

«Torta dell'Amore».

Emma e Bianca si scambiarono uno sguardo.

«Torta Camelia, allora» disse Emma, in tono definitivo.

«No! Ho detto di no. Se è mia, allora decido io».

«Non è il momento di fare capricci. Deve avere un nome semplice e affascinante, e per pura fortuna tu hai un nome semplice e affascinante, quindi questo dolce potrà chiamarsi come la sua creatrice. È perfetto, Cam».

Camelia tacque ingrugnita, finché un pensiero mostruoso cominciò a formarsi nella sua mente, senza incontrare ostacoli o resistenze.

«Allora però voglio qualcosa in cambio».

Così scende la notte su questo venerdì. Scende sulle nostre ragazze che lavorano, e anche sugli altri pasticcieri che lavorano anche loro, ma con molta più tranquillità, perché i loro dolci sono già pronti e perfetti da giorni.

Scende su Tinco e Valentina, che se ne stanno al pub in piazza Europa e raccontano ancora una volta le reciproche e fantastiche recenti imprese. Scende su Giovanna Paola, recuperate e castigate dal padre, ma felici proprietarie di una Polaroid che le ritrae abbracciate al batterista delle Carote Cotte («Sei un mito!»)

Scende su Elena e Noemi, che aspettano mezzanotte e uno, quando ricomincerà la diretta su Gambero Rosso Channel, e a mezzanotte e due hanno uno choc di proporzioni globali: si aspettano di vedere Emma che pasticcia senza costrutto con un dolcetto modesto, sovrastata da tutti gli altri concorrenti, e invece lei, Bianca e Camelia stanno trafficando attorno a qualcosa che non assomiglia per niente al Rotolo della Zia Margherita, e, quello che è peggio, sembrano molto allegre.

Scende su Rita Ceschino in Trisciuoglio che dorme già da due ore, e a cui poco importa se sua figlia vince o perde 'una gara di torte', e scende su Vito Trisciuoglio, che è ancora sveglio, e sta meditando un'iniziativa assai difficile da portare a termine, e che però gli sta molto a cuore.

Scende su Mario, che guarda la diretta anche lui, e cerca le parole da dire a Emma domani sera, e neanche si accorge che mentre le cerca guarda la piccola Camelia, che affetta mandorle con notevole perseveranza.

Non scende, invece, su Jasmine, che guarda nervosamente l'orologio: tutto è pronto, prontissimo, ma lui non torna. Dov'è, Andrea?

E scende anche su due interessanti giovani uomini fermi sotto l'Hotel Meridien. Che ci stanno a fare? Non lo sanno neanche loro. Per amore non è, perché uno dei due è innamorato di un'altra, e l'altro dei due ha appena deciso di seguire il consiglio del tassista. Stanno lì così, a guardare le finestre illuminate, e anche se non si conoscono, verso l'una si guardano in faccia. Andrea vede un ragazzo biondo e sorridente con la coda. Alessandro vede un ragazzo bruno con l'aria scorbutica.

«Ehi. Anche tu hai la ragazza lassù?» chiede Ale.

«No. Io ce l'ho a casa. E tu?»

«Io non ce l'ho e non la voglio avere. Cioè, sarò anche innamorato, va bene, ma non è un buon motivo».

«Pensavo che fosse uno dei migliori, veramente».

«Non per me. È anni che sono fidanzato, e porto avanti altre storie e combino casini. Adesso basta».

«Ma? Questa qui di cui sei innamorato adesso?»

«Questa qui è una potenza. Però un tassista a Caselle mi ha detto di lasciar perdere».

«L'avessi incontrato io».

«In che senso?»

«Che se io avessi incontrato al momento giusto un tassista che mi diceva di lasciar perdere, adesso non sarei in questo casino».

«Che casino?»

«Che sto per sposarmi con una che amo da quando avevo sedici anni, ma perché non la conoscevo».

«E adesso che la conosci?»

«È un po' come essere fidanzato con una scavatrice o una mangusta. Apparteniamo a specie diverse. E alla lunga, la forma della sua mascella mi dà ai nervi».

«Se vuoi piantarla, posso insegnarti quindici modi diversi per farlo senza che lei se ne renda neanche conto».

«Non so. Mi sentirei scemo. Cioè, è una vita che le muoio dietro. Il guaio è che sono innamorato pazzo di un'altra».

«Non è un guaio. È un'opzione».

«Io non ho opzioni. Anzi, è meglio se torno subito a casa».

E così finalmente Andrea tornò a casa, aprì la porta con la chiave, entrò, chiamò Jasmine, non ottenne risposta ma sentì il rumore della televisione in camera da letto. Si diresse da quella parte e in quel momento suonò il suo cellulare, rispose, e sentì la voce di Vittoria.

«Andrea, scusa l'ora ma non ce la faccio più. Te lo devo proprio dire. Ho saputo, ma è sicuro, che Jasmine fa sesso di gruppo. Oh, si parla di orge, Andrea!»

Andrea nel frattempo aveva aperto la porta della camera da letto, e fu così in grado di confermare.

La Torta Camelia

Alle cinque del mattino Emma e Bianca decisero che quella era la versione finale della Torta Camelia. Più di così non potevano fare. La misero nel frigorifero dell'Isola 9, lo chiusero con una combinazione che soltanto loro conoscevano, e attraversarono la cucina tranquilla ma non del tutto inattiva. Qua e là, in qualche Isola, si notavano ancora delle presenze. I minuscoli islandesi giocavano a carte con occhi sbarrati, le ragazze giapponesi erano immerse in fitte conversazioni mute con i tre gemelli lituani, e uno dei ragazzi russi sbatacchiava un cucchiaio assorto, guardando il suo dolce, un singolo meraviglioso pasticcino trasparente. Entrarono piano nella Suite Croma, dove Camelia dormiva già da ore. Da quando aveva ottenuto quello che desiderava in cambio del nome della torta, si era persa in certi suoi silenziosi progetti, e non aveva più partecipato ai lavori di rifinitura.

Bianca chiuse la porta della camera da letto di Camelia, e lei ed Emma si abbatterono sui divani, troppo stanche per dormire.

«A che ora dobbiamo consegnare?» chiese Bianca, tirandosi un cuscino sulla pancia.

«Alle dieci».

«E la premiazione è alle venti. Che facciamo dalle dieci alle otto?»

«Boh. Il programma dice interviste».

«E se io me ne andassi? Vorrei andare a portare la domanda per imbarcarmi».

«Sulla baleniera? Ma a fare cosa, di preciso?»

«Cucina. Almeno, in partenza cucina, poi magari trovo altro».

«Senti ma...» Emma soppesò le parole. «Quella lettera di Ale?»

«Niente. Acquerelli» sbadigliò Bianca.

«Acquerelli come?»

«Me li ha venduti. Per illustrare un libro. Mille euro. E ne vorrebbero altri».

«Be'. E tu vuoi mollare tutto per imbarcarti su una baleniera?»

«Hai mai conosciuto illustratrici di libri per bambini miliardarie?»

«Ah, perché invece le cuoche di baleniere si vestono da Valentino!»

«Che c'entra. Se entro nel tunnel della normalità, poi non ne esco più. Sai, lavori, guadagni, metti da parte, compri macchina, ti fidanzi, bambine che nascono, pranzo da mia madre, che ne so. E poi ti arriva la mazzata e strabocchi».

«Che mazzata?»

«Non so. Una. C'è da scegliere. Una di quelle mazzate che con la vita normale non le assorbi, ma coi miliardi sì. Ti faccio un esempio. Mi ammalo di qualche cosa di orribile? Bene, se sverso nei soldi posso ancora cavarmela, o almeno avere il top del massimo in fatto di cure. Se sono normale, mi tocca la Asl. Oppure una slavina mi sfonda il tetto della villetta. Coi miliardi, esco e vado a comprarmene un'altra. Senza, vado ospite dai parenti».

«Che modo di ragionare è? Basi la tua vita sull'ipotesi delle disgrazie? Puoi fare un lavoro che neanche è un lavoro, e cioè dipingere casette con gli acquerelli, e pure essere pagata, e c'è questo tipo che è riuscito perfino a entrare qui dentro pur di vederti, e tu vuoi buttare tutto per cercare di trovare il petrolio in Amazzonia?»

«Amazzonia?»

«Per dire. Groenlandia».

«Comunque lui è venuto qui ma adesso in questo momento è in Lapponia con la sua fidanzata».

«Ah sì? Non ne sarei tanto sicura».

«Quando con la baleniera passerò davanti alla Lapponia, butto l'occhio».

Emma annuì. Se la vedeva, Bianca, così piccola, sul ponte della baleniera, con un binocolo puntato verso le coste della Lapponia.

«Be', almeno lui è in Lapponia, non rischi di incontrarlo. Io per evitare Andrea dovrò organizzarmi».

«Tipo?»

«Mi licenzio, tanto per cominciare».

«E poi?»

«Boh. Andrò a lavorare da un'altra parte. Forse mi piacerebbe aprire un bugigattolo di dolci su una passeggiata al mare. Magari a Mentone».

Emma alzò il viso, sentendosi già un po' di profumo di onde sul naso. Anche Bianca sentiva il profumo delle onde, quelle gelide del Mare del Nord. Il mare invadeva il Meridien.

E mentre il mare invadeva il Meridien, Andrea e Jasmine erano in cucina e ridevano, mangiucchiando pane e formaggio l'uno, sedano e mela l'altra.

«Ah, sono proprio contenta allora!» trillò Jasmine.

«Anche io» sorrise Andrea.

«Ah, ma quando sei entrato, che ridere! Perché a loro non glielo avevo detto, no? No no, gli avevo detto che eri via per lavoro! Ah-ah!»

«Ah-ah!» convenne Andrea.

«E Olyve, poveretta!»

«E anche Giles, che faccia! Tra l'altro, nei film sembra più alto».

«Be', ma tu l'hai visto sdraiato!» ribatté felice Jasmine. Era di ottimo umore. Il suo esperimento era riuscito alla grande. «Sai, Andrea, non so proprio perché ho aspettato tanto. Tutti questi giorni, così noiosi, a cercare di adattarmi alla piccola vita di questa città sonnacchiosa! Lo sai, avevo tanta paura che tu fossi un pochino provinciale, con la mente ristretta...»

«E invece ce l'ho larga, hai visto?»

«Larghissima! E anche senza acidi!» si entusiasmò Jasmine. «Ho fatto proprio bene a farti vedere la vera Jasmine. Sì, è vero, sono un po' monella».

«Un'adorabile monella».

«Vero? E poi così mi conosci davvero. D'ora in poi saremo molto, molto felici. Ci sarà tanta gioia nella nostra vita senza ipocrisie».

«Speriamo, Jasmine».

«Ho corso un bel rischio, però. Pensa se tu entravi, mi trovavi a letto con Olyve, Giles e Marcello, e facevi un'orribile scenata».

«Quello è niente. Pensa se tiravo fuori una pistola e vi ammazzavo tutti».

«Eh, appunto. Un bel disastrone! Perché vedi, io ti amo tanto, ma è meglio se non cambio il mio stile di vita. Credo che non riuscirei più neanche a recitare. Cioè, mi inaridirei».

Andrea la guardò con simpatia. Era davvero una cara ragazza. Bella, intelligente. Anche se non capiva come gli potesse mai essergli venuto in mente di sposarla, avrebbe sempre ricordato il periodo del loro fidanzamento come un'esperienza faticosa ma tutto sommato positiva.

«E non devi inaridirti, infatti. Senti, io adesso dormirei qualche ora, poi ti porto all'aeroporto, va bene? Puoi prendere il volo delle tre».

«Per dove?»

«Parigi. O vuoi andare da qualche altra parte? Domattina posso chiamare la segreteria giù in Pasticceria e ti faccio prenotare dove vuoi».

Jasmine lo guardò incredula.

«Mi mandi via?»

«No. Puoi fermarti quanto vuoi, ma visto che la città non ti entusiasma e noi non siamo più fidanzati, forse preferisci andartene».

«Non siamo più fidanzati cosa come?»

«Io non resto mai fidanzato con ragazze che vanno a letto con altra gente, Jasmine. È una mia particolarità».

«Quindi è stata tutta una finta! Non è vero che hai la mentalità aperta, che sei un uomo libero, che capisci».

«Capisco benissimo, e non sono affatto arrabbiato, ma naturalmente non puoi davvero pensare che mi terrei per casa una signorina che appena resta sola due ore si porta tre persone nel mio letto».

«Quindi non mi vuoi più sposare?»

«Per niente».

«Ma tu mi ami!»

Andrea scoppiò a ridere, decisamente di buon umore. «No, per fortuna no. Mi ero sbagliato. Succede. Sai, con questo fatto che mi piaci da un sacco di anni, mi sono confuso. Non ti preoccupare. Allora, Parigi o qualche altro posto?»

Jasmine scelse la più classica delle risposte: una tazza scagliata contro il muro. Questo segnò la fine della simpatia che Andrea provava per lei, perché era l'ultima delle sue tazze inglesi a righe bianche e azzurre, e ci teneva, accidenti.

«Rita, preparati che dobbiamo andare a Torino».

Rita stava lustrando con estrema cura le maniglie in zinco nichelato verniciato trasparente della sua cucina di betulla massiccia e impiallacciato. Il fatto che fossero state verniciate proprio per evitare di doverle lucidare non la interessava minimamente. Lei, ogni giorno, lucidava le maniglie, strofinava i pavimenti, brillantava l'inox e sfregava le piastrelle, e poi rimirava la perfetta bellezza del tutto.

«A Torino? E a fare che?»

«A vedere la premiazione di Emma».

«Ma non la premiano mica, Vito! Sveglia! Maria Grazia mi ha detto che in tivù dicono che vinceranno degli altri, certi russi, credo. Cosa andiamo a fare. NO! FERMO!»

Appena in tempo. Se il suo urlo trapanante fosse partito un secondo più tardi, Vito, distratto dal pensiero che gli frullava nella testa, avrebbe messo piede in cucina con gli zoccoli da orto, un evento così terrificante che la mente non poteva figurarselo, anche perché non esistevano precedenti nella vita reale, ma solo negli incubi di Rita.

«Scusa Rita, non mi ero accorto. Tu non dar retta a Maria Grazia, secondo me la premiano. E anche non dovessero premiarla, noi dobbiamo esser lì al suo fianco».

Rita si fermò a considerare, con la Spugna Magica Abratax a mezz'aria.

«Dici? E a fare che?»

«A sostenerla, a farle sentire il nostro affetto! Ma scusa! Ti ricordi quando era piccola che è arrivata terzultima alla caccia alle uova? L'hai ben consolata, no?»

Rita vacillò. Per quel giorno aveva un programma delizioso: riordinare tutti gli armadi. Aveva già acquistato carta a fiorellini per rifoderarli, e con l'acquolina in bocca pregustava un meraviglioso pomeriggio, che si sarebbe concluso con una splendida serata: pizza alla Vallese e conseguente Scala Quaranta con le amiche, mentre Vito andava dal notaio a vedere la tele satellitare. E doveva rinunciare a tutto questo per raggiungere l'odiata Torino e ficcarsi in mezzo alla calca per vedere dei cuochi stranieri? Con un sospiro, posò la spugna.

«Bon. Allora vado a mettere il taieur».

Anche Ugo Graziosi della DolciGraziosi si preparava ad assistere alla premiazione del concorso 'Una Stella per Natale'. Non che fosse invitato. Nessuno mai lo invitava a feste, serate e riunioni che riguardavano l'eccellenza dolciaria internazionale. L'ACME aveva orrore di Ugo Graziosi, e non cercava di nasconderlo. Ma lui aveva emissari e fiduciari, infiltrati fra i grandi, e spesso riusciva a intrufolarsi. Quella volta lì, si voleva intrufolare con particolare accanimento, per assistere *de visu* alla sconfitta dell'odiato Delacroix, e si riservava il piacere di sussurrargli la sua offerta non appena quelle tre pietose ragazzette fossero arrivate ultime (così si diceva in giro). E infatti uscì di casa, con un orribile gessato blu con i risvolti larghi, le scarpe col rialzo, i capelli reimpiantati, la dentiera, la moglie di trent'anni più giovane, l'inutile fuoristrada. Quella sera, senza ombra di dubbio, la Pasticceria Delacroix sarebbe diventata sua.

Un momento molto brutto nella vita di una donna è quando sono le quattro di pomeriggio e si rende conto di non avere niente da mettersi per andare alla premiazione di 'Una Stella per Natale', quella sera stessa alle otto. Non era certo questa la condizione di Elena, che già da quindici giorni aveva acquistato un mirabile completo della Sanlorenzo: rasatello a fiori e giacchino color corallo, un vero insulto a Corrado Delacroix che detestava gli imprimé. Per la verità si era chiesta se fosse il caso di andarci, dopo il suo recentissimo e plateale licenziamento, ma aveva concluso che lei e Noemi si sarebbero presentate in quanto madri di una delle concorrenti, mantenendo la loro immagine pubblica ben separata da quella dei Delacroix. Quella del tutto impreparata ad affrontare la serata era invece Noemi, a cui sua sorella aveva chiesto con brutale franchezza se contava di venire alla premiazione vestita da boscaiolo canadese.

«Ma no, figurati, pensavo di mettere il kilt con il twin set di cachemire» aveva risposto Noemi, tutta fiera.

«Il KILT!» aveva strillato Elena rischiando le coronarie. «A cinquant'ANNI SUONATI NON CI SI METTE IL KILT! Non dovresti neanche averlo, un kilt. E non parliamo del twin set di cachemire! Il twin set di cachemire va benissimo per andare alle riunioni della parrocchia, ma in una serata internazionale in cui purtroppo tua figlia potrebbe essere filmata dalle televisioni di tutto il mondo, sarebbe un abominio nel nome della santissima decenza urbana!»

A parte quest'ultima misteriosa frase, il discorso di Elena era ineccepibile, e Noemi si era arresa, e si ritrovò a trottare come una levriera affannata in cerca di qualcosa che lei stessa non sapeva cosa fosse. Un abito nero, come le aveva suggerito Elena, sostenendo che era il rifugio ideale di chi non ha stile? O un bel vestito rosa ortensia, come sognava da anni, senza mai avere il coraggio di buttarsi? Guardando incerta le improbabili vetrine di Frav, Noemi cercò di convincersi che dopotutto non era poi così importante, perché di certo Camelia non avrebbe vinto.

Lei ed Elena ne avevano discusso fino a prosciugarsi le corde vocali.

«Ti dico che c'è sotto qualcosa. Quel ragazzo che ha preso a sassate la Volatile l'ha fatto con uno scopo, ne sono certa».

«Ma su, Elena, ormai lo sanno tutti che vinceranno i russi, l'han detto e stradetto».

«Certo, finché quella maledetta Emma faceva il rotolo di pan di Spagna o quello che era. Ma le hai viste stanotte, no? Lavoravano a qualcos'altro. E io di questo qualcos'altro non mi fido, cara mia. Non vorrei che quella serpe in seno all'ultimo avesse imbroccato».

«Erano poi delle cialde, eh? Biscottini di meringa. Sai che levata di ingegno. Dai. Non ce l'hanno fatta, punto e basta. E scommetto che non hanno neanche decifrato il Quaderno di Ermanno. Vedrai, sarà una vera débâcle».

Così si consolavano, le sorelle Belmonte, ma lo stress era tale che alla fine Noemi, presa per sfinimento, comprò un abito di seta moiré viola melanzana che gettava attorno a sé una densa onda di malasorte.

In un angolo della grande sala dei ricevimenti Super dell'Hotel Meridien (che aveva anche una sala dei ricevimenti Normal) Corrado Delacroix riceveva, come sua abitudine, gli omaggi di tutti i massimi esponenti dell'ACME. Esistevano pasticcieri più illustri di lui, o che avevano vinto un maggior numero di premi, o che avevano creato dolci più famosi, ma nessuno aveva altrettanto fascino, stile o capacità di stare al centro dell'attenzione. Quando compariva lui, gli altri si affievolivano all'istante, e sembravano uomini normali, più o meno giovani, più o meno attraenti, con le loro rughe e i loro sorrisi, mentre il remoto Delacroix con gli occhi azzurri era, per universale ammissione, lievemente iperumano. Umano e leggiadro era invece Andrea, quella sera meno serio del solito.

«Dov'è la tua fidanzata?» gli aveva chiesto suo padre quando era andato a prenderlo sotto casa.

«Partita» rispose Andrea, mentre Vittoria lo guardava intimorita, temendo di essere stata la causa di una terribile rottura (ma anche un po' sperandolo).

«Ah» rispose asciutto Corrado, sistemandosi la cravatta di seta. «E torna?»

«Direi di no».

«Oddio Andrea... non volevo...» cominciò Vittoria, ma Andrea le svolazzò due dita in faccia a significare che non c'era problema.

«Non c'entri niente. Se anche tu non mi avessi telefonato, sarebbe stato esattamente lo stesso. Anzi, almeno mi hai dato quel paio di secondi di preavviso».

Jasmine Jay uscì così per sempre dalla vita dei Delacroix padre e figlio. Il padre, per la verità, ogni tanto negli anni a venire ne avrebbe brevemente parlato con Jerôme, in questi termini: «Ti ricordi di quando quel cretino di mio figlio voleva sposare un'attrice francese?»

In quel momento, mentre padre e figlio conversavano con Mart Kalev e Tim Curry, il pensiero di Jasmine era per loro inesistente. Il pensiero per loro esistente era che quella era la loro ultima serata da effettivi Delacroix della Pasticceria Delacroix. A differenza delle sorelle Belmonte, quella notte non avevano guardato la diretta Sky: Andrea era troppo occupato con la folla di star internazionali che entrava e usciva dal suo letto, e Corrado aveva ormai archiviato l'intera questione del concorso, della Pasticceria, di trent'anni della sua vita. Si preparava a congratularsi sinceramente con i vincitori, a manifestare una formale gratitudine alla Trisciuoglio per l'impegno profuso, e a ritirarsi per un mese al Melo Fiorito, da dove avrebbe incaricato un paio di legali rognosi di vendere a Graziosi nel modo più doloroso (per Graziosi) possibile. Da parte sua, Andrea aveva un unico progetto: farsi perdonare da Emma. E a dimostrazione di quanto avesse ancora da imparare, era piuttosto fiducioso di riuscirci.

Era stato lui a mandare due inviti per la serata ai genitori di Emma, e pensava di non conoscerli, sennonché, quando vide quella coppia con lui in abito scuro e lei in tailleur carta da zucchero, capì che dovevano esser loro, forse perché Rita aveva gli stessi capelli della figlia, e Vito gli stessi occhi. Li osservò da lontano, come sua abitudine, e a un certo punto vide un giovane uomo molto ben vestito e piuttosto bello avvicinarsi a loro e salutarli con cerimoniosa cordialità. Uhm. Andrea si avvicinò, e si presentò: «I signori Trisciuoglio? Buonasera, sono Andrea Delacroix».

Rita lo valutò, e siccome era molto più intelligente di quello che aveva voglia di sembrare, capì all'istante come mai sua figlia era così scarsa in fatto di fidanzati, ultimamente.

«Il principale di Emma?» chiese, porgendo vezzosa una mano sbiancata dalla varichina.

«No, quello è mio padre».

Mario sentiva il cuore battere a mille. Era lui! Il rivale! L'ex che ancora faceva svenire Emma! Giusto quello che ci voleva per rimpolpare la sua un po' flebile passione per lei.

«Molto lieto» disse, ed era vero. «Mario Mongilardi».

«Avvocato?» chiese Andrea, ricordando con irritazione che Emma usciva con un esponente della sgradevole professione.

«Sì. Emma le ha parlato di me?»

«No».

Interessante, pensò Vito, guardandosi intorno per vedere se qualcuno serviva gli aperitivi.

Elena e Noemi giravano alla larga dai Delacroix, ma non troppo. Elena aveva infatti tutte le intenzioni di impedire a Corrado con ogni mezzo di rivendicare la paternità di Camelia, anche in caso quest'ultima avesse malauguratamente vinto. Era addirittura disposta a emulare Lee Oswald, Jack Ruby e altri assassini famosi, e freddarlo tra la folla.

«Tu non hai pistole» le sussurrò sua sorella quando lei le comunicò questo progetto.

«Credi tu» disse Elena, lanciando un'occhiata eloquente alla propria borsetta. «L'ho comprata due anni fa, quando c'era la pantera».

«Che pantera?»

«La pantera che girava in collina. Non ti ricordi?»

«Ma era una bufala».

«Sarà. Ma io preferivo avere una pistola, casomai quella mi saltava nel bagno, che ho la finestra che dà sul giardino. È un attimo, e sei sbranata come una vedova indiana».

Noemi corrugò la fronte, ma ormai era troppo tardi per preoccuparsi di pistole, pantere e paternità: entravano le regine, e la premiazione aveva inizio.

Queen Paola del Belgio e Queen Beatrice d'Olanda non ne potevano più: erano due ore che andavano avanti a proclamare, premiare e stringere mani, ed entrambe le sovrane desideravano soltanto levarsi le scarpe e ficcarsi nella vasca da bagno. Lo stesso pensiero animava attrici, poeti, rockstar, scrittori e celebrità assortite, assiepati nel Salone Super e circondati da grappoli di cuochi di ogni forma, di ogni sesso, di ogni età, dimensione e colore. Era mezzanotte, e 'Una Stella per Natale' stava per chiudersi: per due anni non se ne sarebbe parlato più, e la prossima volta si sarebbe svolta a San Pietroburgo. I dieci dolci presentati dai giovani pasticcieri erano disposti al centro della sala, su una tavola bianca, posati in piatti dorati. Erano quelle le copie di rappresentanza, in tutto e per tutto identiche, pur trattandosi di manufatti, a quelle che quel mattino erano state consegnate ai giudici assaggiatori. Era possibile identificare la bavarese alle mandorle e zenzero con chicchi di caffè dell'esagitato pasticciere algerino inviato da Langardon, il trionfo di sfoglia croccante alle mandorle con miele zenzerato in coppa di cioccolato e caffè dei pasticcieri svizzeri, il dolce al cioccolato farcito con crema allo zenzero, cioccolato ai sette pepi, mandorlata di zucchero e caffè sifonato dei gemelli lituani, il gelato schiumato ai dieci gusti delle ragazze portoghesi, i dolcetti danesi di quindici colori diversi, le *mousselines* di caffè profumato alla mandorla e zenzero delle giapponesi, gli *arabesques* su panna in coppa di cioccolato degli islandesi, la Torta Camelia, il meraviglioso cremino detto l'Inafferrabile che costituiva il capolavoro dei pasticcieri russi, la gelatina in crosta di mandorle dei ragazzi inglesi, e la *Tarte aux Surprises* del monacale pasticciere belga inviato da Tortellier, che al primo assaggio lasciava di stucco, al secondo inorridiva, e al terzo non potevi farne a meno mai più. Era opinione generale che proprio la *Tarte aux Surprises* di Tortellier fosse la vincitrice morale, in quanto dolce più innovativo ed elegante, e che la Torta Camelia avesse vinto soltanto perché era la più commerciabile, con quell'astuta scatola di biscotto. Era perfetta per essere riprodotta sulla copertina delle riviste, e consentiva lo scenografico gesto di aprirla e mostrare la vistosa sposina di meringa al suo interno.

«Tutto lì» commentò spregiosamente Niels Bohr, spettegolando con Tim Curry, l'altro grande sconfitto, mentre i russi, arrivati secondi, si complimentavano con le colleghe italiane, e le invitavano a uscire con loro quella sera stessa.

Camelia si lasciava intervistare con una grazia senza pari, non dava nessuna spiegazione sull'esecuzione della torta, si metteva sempre dal profilo giusto e dribblava le domande a cui non sapeva rispondere (quasi tutte) mandando baci a Suor Melissa, in collegamento in diretta dal Convento. Accanto a lei, Corrado sorrideva, Andrea era raggiante, ed Emma e Bianca già si preparavano a sparire sullo sfondo, come conviene a delle brave assistenti. E la mamma e la zia? Dov'erano quelle due affascinanti signore, che avevano tanto temuto questo momento? Eccole lì, tranquille e sorridenti, intente a rilasciare anche loro qualche intervistuccia laterale sul tipo «Già a tre anni Camelia faceva miracoli con pane e burro». Come mai tanta placidità? Perché durante la premiazione Elena si era avvicinata con noncuranza a Corrado, senza badare alla cara Vittoria, e gli aveva sussurrato. «Corrado, ti devo parlare subito».

«Adesso? Ti sembra il momento?»

«Sì. Ti avverto che ho una pistola nella borsetta».

«Ma va'?»

«E ho intenzione di usarla se non mi ascolti».

«Senti ma... l'analista? Non ci vai più?»

«No. Ho capito che tutti i miei problemi dipendevano solo da te».

«E quindi vuoi uccidermi?»

«Se non farai come dico io».

«Non dire sciocchezze, su, e fammi sentire coso... Mitterrand».

«Mitterrand non mi interessa. Ascoltami bene: se anche per caso, e non credo proprio che succederà, Camelia dovesse vincere, ti proibisco di tirar fuori la storia della paternità».

«Ma come? Non eravamo d'accordo?»

«Ho cambiato idea. Per me è sorta l'alba di una nuova stagione: apro una sala da tè».

Corrado ridacchiò, cercando di non disturbare l'illustre ospite francese.

«Sei impazzita?»

«No. Te l'ho detto: mi licenzio, apro una sala da tè, e voglio che Camelia continui a essere figlia di mia sorella. Se ti azzardi a dire mezza parola, smentirò tutto e dirò che mi avete violentata in tre».

«In tre? E perché?»

«Fa più pena. Tu, Jerôme e l'autista. Se non sbaglio, ventiquattro anni fa ne avevi uno molto carino».

Corrado si voltò di sbieco a guardarla: «Ma scusa, l'hai tirata fuori tu questa storia della figlia».

«Era una manifestazione della mia ansia da prestazione. L'ho letto su 'Psiche e Karma', il supplemento di psicologia di 'Diva e Donna'. Ma adesso non ne ho più bisogno. Sono una donna indipendente, aprirò un locale mio e non ho nessuna intenzione di diventare madre».

Corrado sbuffò leggermente.

«Fai un po' quello che ti pare. Per me, possiamo metterci una croce sopra. Adesso però stai zitta, e fammi sentire Mitterrand».

Così, quando, nell'assoluta e stupefatta sorpresa dei presenti,

Queen Paola aveva annunciato che la vincitrice era la Torta Camelia, Elena si era limitata a lanciare uno sguardo di ammonizione a Corrado, talmente intenso da far sfigurare Medea, e lui non ci aveva fatto neanche caso, occupato com'era a osservare Ugo Graziosi che strisciava fuori dalla Sala, probabilmente per andare a sbattere la testa contro qualche muro nelle vicinanze.

A un certo punto Emma, Camelia e Bianca riuscirono a chiudersi in un bagno tutte e tre insieme, e a festeggiare la loro privata vittoria con una bottiglia di champagne da bere a garganella.

«Camelia» disse Emma prendendola per le spalle. «Promettimi una cosa: qualunque cosa succeda al mondo, non dire mai a nessuno che la torta l'ho fatta io. Non potrei sopportare niente di tutto questo. Il casino, le interviste. È orribile».

«A me piace» disse Camelia.

«Lo vedo. Goditelo. Io farò la pasticciera anonima».

«C'è solo un problema» disse Bianca. «Camelia non è in grado di sostenere il ruolo di pasticciera famosissima».

«Oh, ma io mi ritiro. Figuratevi se voglio continuare con questa storia dei dolci. Non se ne parla. Mi ritiro già da subito. Farò la moglie e la madre».

«Ma devi andare a tredici puntate di *Voilà our chef!*» si preoccupò Emma. «Come pensi di cavartela?»

«Penso di non cavarmela. Dirò che mi vengono quei cosi. Come si chiamano quei cosi che hanno le persone molto nervose?»

«Eczemi?» propose Bianca.

«No. Che tremano, urlano...»

«Ah! Gli attacchi di panico».

«Eh. Dirò che in televisione mi vengono gli attacchi di panico, e che ho fatto una scelta di vita, perciò a *Voilà our chef!* ci può andare uno di quei divini ragazzi russi».

«Brava!» approvarono Bianca ed Emma.

«E poi, c'è il resto...» disse gongolando, e lanciò uno sguardo d'intesa a Emma, che le strizzò l'occhio.

«Giusto. Buona fortuna».

«Crepi la fortuna» concluse Camelia, che qualcosa da sua madre aveva preso.

Uscendo dal bagno, le ragazze incontrarono Andrea, che cercava una di loro. Bianca e Camelia evaporarono come pioggerella estiva. Emma gli sorrise: «Ehi. Ciao. L'hai visto Graziosi che se ne andava sfumettando?»

«Ah-ah. Poi domani in Pasticceria ne parliamo. Mio padre ti vorrà dire delle cose, credo. Io te ne voglio dire due. La prima è questa: quando hai capito che la soluzione consisteva nell'ignorare gli ingredienti obbligatori?»

«Toccando un libro. Ho pensato che il trucco era dividere il dolce in due. Fare quello che volevo io, e metterlo dentro un altro che avesse anche quello stramaledetto zenzero».

«Brava. Mi sembrava davvero strano che ti facessi bloccare da una questione formale».

Emma aprì la bocca per protestare, ma Andrea aveva fretta.

«Non importa. Adesso però c'è una cosa più urgente. Senti».

Le prese le mani, la immobilizzò, e la guardò negli occhi. Era una tecnica che non falliva mai, da quando aveva quindici anni. Le ragazze restavano ipnotizzate, come criceti di fronte a un cobra.

«Ho mandato via Jasmine. Tutta quella storia è stata una specie di allucinazione. In questi giorni pensavo a te sempre, sempre. Anche mentre ti guardo, ti penso. Azzeriamo tutto, e torniamo a quella sera sul ponte Isabella. La frase aggiornata adesso è: nessuna mi è mai piaciuta quanto te. Punto».

Emma svincolò le mani con dolcezza.

«Peggio per te. Io adesso non ti voglio più».

Lo lasciò lì, e si allontanò veloce e senza voltarsi.

Arrivò in sala con il sangue che le pulsava a mille dietro gli occhi, e andò quindi inevitabilmente a sbattere contro Mario Mongilardi, che la cercava, anche lui, da mezz'ora.

«Emma! Finalmente!»

«Oh, Mario, ciao. Che ci fai qui?»

«Un avvocato del mio studio ha tolto di galera uno dei giurati».

«Ah. Bello».

«Siete state bravissime! Non avrei mai creduto che Camelia fosse così dotata!»

«Visto? È portentosa».

Lui la guardava con ammirazione e interesse. Naturalmente era uno sguardo che non aveva niente a che fare con quello del cobra Andrea, ma era uno sguardo che prometteva una vita felice.

«Emma, lo so che non è il momento, forse. Poi, c'è qui quel tuo Delacroix. Non so. Forse sto sbagliando, ma sento che te lo devo dire adesso. Tu stasera stai con me. Punto e basta. A casa tua, a casa mia, dove vuoi, ma con me».

Emma sospirò. «Purtroppo non posso, Mario. Ti ho ceduto a terzi».

«Eh?»

«Eh già. Ti ho scambiato col nome della torta. Camelia ha lasciato che la chiamassimo così anche se detesta il suo nome, ma in cambio ha voluto te. Credo che abbia intenzione di sposarti».

«Eh? Ma io non voglio sposare Camelia. Voglio sposare te».

«Strano. Sei pazzo di lei».

«Sì, be', è solo una cosa... cioè, perché tu ami quell'altro, e allora io... si tratta di superare gli ostacoli, in modo che il nostro amore possa... be'... diciamo trionfare».

Emma lo guardò perplessa.

«Sei scemo?»

«No, è... credo che sia un po' colpa di mia cugina Ada».

Emma gli batté una mano su una spalla.

«Allora mi spiego tutto. Tua cugina Ada mi ha sempre fatto una paura boia. E adesso scusa, ma vedo arrivare Camelia e non vorrei intralciarla».

Mentre Emma si allontanava, Camelia arrivò davanti a Mario e gli annunciò con un sorriso veramente sfolgorante: «Ehi. Ti ho vinto. Vieni, che c'è la webcam e voglio presentarti a Suor Melissa».

Lui la seguì docilmente, e si raddrizzò la cravatta.

Emma e Bianca arrivarono a casa alle tre del mattino, ma la giornata non era ancora finita. Quando entrarono in casa, si presero uno spaventone degno di Wes Craven. Infatti la porta era chiusa ma senza mandate, e in cucina c'era la luce accesa. Si immobilizzarono terrorizzate, poi sentirono una voce tranquilla che diceva: «Siete voi? Venite, venite».

In cucina trovarono Alessandro, che stava contemplando Audio e Video.

«Salve, ragazze. Ho trovato questi pesci parecchio stressati. Chi si è occupato di loro questa settimana?»

«I vicini. La famiglia Cinquepalmi».

«Non hanno fatto un buon lavoro. Li trovo magri e depressi. Gli ho dato qualcosa da mangiare, e li ho circondati di un minimo di calore umano, ma il recupero completo sarà lento».

«Cosa diavolo ci fai qui? Come sei entrato?» chiese Bianca, sentendosi molto provata.

«Con la mia Piggy Tail. La stessa che ho usato per lasciarvi i libri in camera. Ah, com'è andata? Siete poi riuscite a fare questo e quello?»

«Sì, grazie. Abbiamo vinto il concorso» rispose con garbo Emma. «Adesso vi lascio. Avrete delle cose da dirvi».

Emma andò in camera sua, e Bianca mise su il bollitore.

«Allora. Vediamo di chiarire questa faccenda» disse Alessandro, in tono molto professionale. «Cosa vogliamo fare?»

Lei lo baciò struggevolmente per almeno otto minuti.

«Sì, va bene, ma non credere di cavartela così. E gli acquerelli?»

«Okay. Ci sto. Li vendo. Li faccio».

«E la baleniera?»

«E la Lapponia?»

«Mettiamo una pietra sopra?»

«Ne mettiamo una anche sulle varie fidanzate?»
«E tu la smetti con la storia di diventare miliardaria?»
«Eh no. Questo no».
«Ti affidi al caso e intanto fai acquerelli e mi ami?»
«Per tre anni, poi ti lascio e ricomincio».
«Dieci».
«Cinque».
«Okay cinque».
«E adesso vieni?»
«Dove?»
«Di là con me».
Ale non aveva motivo di rifiutare.

«Sssei una sciocca... non sssai giocare le tue carte... non sssi fa cosssì, no... la torta era tua, e non ne ricaverai niente... cosssa credi, che domattina Delacroix ti offrirà chisssà che? Te lo puoi ssscordare... ssscorda... ssscorda... per lui è normale che la gente si sveni per la Passsticceria... ti dirà grazie... ssse va bene... e anche Andrea... hai voluto fare l'orgogliosa, ma intanto sei innamorata persssa... almeno adessso lavati i denti... non sssi va a dormire coi denti sssporchi... sssu... sssu...»

Emma non aveva la forza di combattere contro la Voce della Noia, e per pura inerzia andò in bagno e si lavò i denti. Se sperava così di metterla a tacere, stava fresca. Quella sera la Voce della Noia aveva parecchio da dire, un po' su tutti gli argomenti, e non era disposta a stare zitta. Il tema di fondo, il *fil rouge* delle sue riflessioni erano tutti i fallimenti di Emma dai tre anni in avanti, culminanti in quella memorabile serata in cui aveva gettato via il successo professionale, l'amore della sua vita e un potenziale fidanzato interessantissimo.

«Adessso dovrai fare dei progetti... cercare di sssalvare il sssalvabile... sssui monti di pietra può nassscere un fiore...»

«No, ti prego, Gianni Morandi no» supplicò Emma, mettendo la testa sotto il cuscino. Per questo non sentì suonare, e fu Bianca a mettere la testa dentro, prima di inabissarsi con Ale in un nuovo mondo sconosciuto, e a dirle: «Ohu. Suonano! Che si fa?»

«È lui...» sussurrò l'instacabile fastidiosa, «è lui che viene a chiederti perdono in un modo talmente meravigliossso che non potrai dirgli di no. Apri! Apri!Apri!»

«Ci penso io» rispose allora Emma, e andò alla porta, tanto per smentire, una buona volta, la Voce della Noia.

Che invece questa volta aveva perfettamente ragione.

Perché Andrea entrò senza neanche salutarla, tenendo in mano un pacchettino fatto di Scottex tutti ingarbugliati. E le parlò molto in fretta, come lui non faceva mai, senza prendersi il tempo di una riflessione nascosta o di un bizzarro pensiero segreto.

«Emma non chiudere la porta. Arrivo dal laboratorio. Sono stato lì fino a adesso perché volevo fare una cosa che ti costringesse a capire quello che sei per me, e che ti amo e tutto il resto, e non sapevo cosa, ma poi ho pensato a questo, solo che ne ho dovuti fare sei prima che me ne venisse uno decente».

Le porse il grumo di carta, e lei lo svolse con delicatezza. Dentro c'era un anello di cioccolato fondente, con incastonato un piccolo fiore di zucchero, rosa, e qualche pallina d'argento.

Se lo infilò all'anulare della mano sinistra, ed era della sua misura, perfetto.

Lunedì mattina Andrea ed Emma si separarono dopo trenta ore di frequentazione ininterrotta. Arrivarono insieme alla Palazzina Delacroix, poi lui salì nell'attico a farsi la barba, e lei si presentò in cucina, dove Lucia, Zhang e Zlatan la aspettavano per festeggiarla.

«Ma la signora Elena?» chiese Emma, circa mezz'ora dopo. Aveva in mano una caipirinha fuori orario, ed era seduta sul tavolo.

«Si è licenziata, quella capa tosta» disse sconsolata Lucia.

«Huang ying wo hen quing nuova vita!» affermò senza esitazione Zhang.

«Può essere, Zango» disse Lucia con un filo di tristezza. «Ma alla nostra età, i cambiamenti sono un rischio».

«I cambiamenti sono un rischio solo se accompagnati da bombe» le spiegò Zlatan, e su questo nessuno trovò niente da ridire. E stavano ancora festeggiando quando il signor Delacroix mandò a chiamare Emma.

«Hai fatto molto bene» le disse dieci minuti dopo, quando la ricevette nel suo studio.

«Grazie» rispose Emma, che aveva deciso di attenersi a uno stile essenziale.

«Ho già ricevuto offerte di credito da cinque diverse banche. In un certo senso, è merito tuo».

«Scusi, ma direi in 'qualunque' senso».

Delacroix la osservò con interesse.

«Ah, ti fai avanti, eh? Non dimenticare che sono stato io a sceglierti».

«E lei non dimentichi che sono stata io a fare la torta».

«Vorresti avanzare delle pretese?»

«Non dovrebbe essercene bisogno».

Corrado cambiò tattica.

«Dov'è mio figlio? Ieri l'ho cercato, ma non era a casa e aveva il cellulare spento».

Emma sorrise. «Sarà a Parigi, dalla sua fidanzata».

Corrado scoppiò a ridere. «Venite a cena da noi, stasera. E naturalmente riceverai un aumento di stipendio. Non esagerato, perché comunque i debiti restano».

«Vorrei anche fare tre proposte per la nuova scatola di cioccolatini».

«Nessuno te lo impedisce. Bisogna vedere se piaceranno a Jerôme. E adesso, se vuoi scusarmi, aspetto una telefonata dal Re di Svezia. Sua figlia si sposa. Cominciate a pensare qualcosa per la torta di nozze».

Quella sera, Emma e Bianca si presero una serata di riposo dai fidanzati. Sembrerà presto, dopo poche ore di attività nel ramo, ma avevano una questione urgente da sbrigare. Camelia, in partenza per Biella con Mario, aveva definitivamente regalato a Emma il Quaderno di nonno Picchi, nonché l'Artusi del 1914, e si trattava di vedere se l'idea di Emma era giusta, e se sarebbero finalmente riuscite a decifrarle.

Emma sembrava ritenere necessario un minimo di ordine. Pulirono bene il tavolo della cucina e ci appoggiarono sopra il libro, un foglio di carta e una matita. Bianca guardava i tre oggetti come se si aspettasse che si mettessero a parlare da un momento all'altro.

«Che si fa?» chiese, quando nessuno dei tre aprì bocca.

«È semplice. Il codice è davvero basato sull'Artusi. Ma su questo Artusi. Ogni ristampa è diversa, giusto? Cambiano i caratteri, l'impaginazione. L'Artusi che ho comprato io sulle bancarelle è completamente diverso da questo. La prima lettera a sinistra di ogni pagina del mio non coincide con la prima lettera a sinistra di ogni pagina di questo».

«Perciò!» disse Bianca entusiasta. «Perciò il nonno le ha dato anche il libro!»

«Sì, ma doveva spiegarglielo meglio! Cioè, era suo nonno, la conosceva bene, più o meno doveva sapere che non era il tipo di bambina che capisce tutto al volo. In più aveva solo sei anni».

«Giusto» disse Bianca, «povera Camelia eccetera, però adesso traduciamo le ricette, dai. Vediamo se è vero...»

Emma scrisse l'alfabeto su un foglio di carta, poi aprì l'Artusi e segnò accanto a ogni lettera la prima a sinistra di ogni pagina del libro. Fatto questo, prese il Quaderno e aprì a caso. La ricetta n.15 era la 'TNMEA POOPFNM', e bastarono pochi secondi a farla diventare 'CREMA OTTOBRE. Si guardarono, incantate, poi Emma cominciò a dettare, e Bianca a scrivere «È un dolce molto delicato, che si serve, come tutti gli altri dolci, verso la fine di un pranzo...»

Ringraziamenti

Di solito quando metto in un libro una persona realmente esistente gli o le cambio nome, lo modifico, lo mischio ad altri, e in generale evito non solo che venga riconosciuto da terzi, ma addirittura che lui o lei stesso o stessa si riconosca. Questa volta ho fatto così per parecchia gente, meno un paio di eccezioni. La più vistosa è Daniela Libertucci, che esiste davvero, è davvero medico, non credo sia ancora primario (ma lo sarà di sicuro prima o poi) e non so perché mi sembra inseparabile dal suo nome e quindi non gliel'ho cambiato, anche se l'ho inserita in una situazione di pura fantasia (almeno credo). Grazie Daniela se non adirai le vie legali o cose del genere.

Poi c'è Fabio Picchi, supremo cuoco e ammaliante amico, re del ristorante Cibreo di Firenze e di quel cubetto di Paradiso che è il Teatro del Sale. Dovendo avere un cuoco di caratura superiore e temperamento atipico, mi risultava difficile non chiamarlo come lui. Spero che a lui non risulti difficile non prendermi a mestolate in testa.

Grazie di cuore, fin da adesso, a tutti i pasticcieri, cuochi e regine che non protesteranno pubblicamente per la mia improntitudine nel parlare di cose che non conosco.

Indice

Omicidio all'osservatorio

Quando ha finito di leggere questo romanzo, Valentina Paggi, l'abile e paziente editor che ha avuto cura del libro, mi ha telefonato per protestare: «E Omicidio all'Osservatorio*?» Come andava a finire? Voleva sapere chi aveva ucciso la Contessa Tortonese e perché. Perciò ho deciso di aggiungere questa* bonus track, *per Valentina, e per tutti quelli che si sono appassionati alle indagini di Padre Denza.*

Nonostante le prove, Padre Denza non è convinto che sia stata la signora Pina a uccidere la contessa, e si aggira in cerca di altre possibilità. A furia di aggirarsi, in una notte di luna piena capita nel piccolo cimitero di Moncalieri, e qui assiste a una scena piuttosto bizzarra: Rosa Gelmetti danza sulla tomba della Tortonese, calpestandola e prendendola a calci. Padre Denza non crede ai suoi occhi: ma come, la signorina Gelmetti! La sorella di Don Gelmetti, il Direttore del Reale Collegio di Moncalieri! Una signorina magra e porosa come un foglio di carta assorbente, con la passione delle composizioni floreali secche! Quando racconta la strana scena a Peggy Fleming, l'ardimentosa pattinatrice non ha dubbi: è lei l'assassina. Padre Denza continua a indagare, e a questo scopo accetta un invito a cena dai Gelmetti (sogliola bollita, fagiolini scotti e martin sec senza panna). Versa qualche goccia di sonnifero nell'acqua dei due fratelli, e mentre loro ronfano con la faccia nel piatto fruga a suo piacere in tutta la casa, e in camera di Rosa trova un diario. Lo legge, e scopre l'amara verità. Tanti ma tanti anni prima la signorina Gelmetti era fidanzata con un Bersagliere, che l'aveva poi piantata per un'altra, altra che Rosa aveva erroneamente identificato con una pescivendola del mercatino locale. Ma pochi mesi prima, ascoltando non vista una conversazione, aveva scoperto che invece era la contessa l'antica amante segreta del Bersagliere, e quindi la vera colpevole dell'infrangimento di tutti i suoi sogni. Di lì a ucciderla, è stato un attimo. Approfittando dell'esagerata miopia della Tortonese, Rosa si è travestita da cuoca, l'ha seguita all'osservatorio e l'ha uccisa a matterellate. Ha anche avuto conferma della riuscita del suo piano, perché le ultime parole pronunciate dalla disgraziata vittima sono state: «Oh, Pina». Come mai la signorina Gelmetti ha voluto rifilare il delitto alla cuoca? Semplice, la odia perché suo fratello, Don Gelmetti, dice sempre che la peperonata di Pina è più buona di quella che fa Rosa.

La colpevole sfugge alla giusta punizione scappando in Russia. Questo perché a Bianca non piace che ci siano troppi morti nei suoi libri, e fosse stato per lei, anche la Tortonese si sarebbe salvata, cavandosela con un brutto bernoccolo. Come vedete, non è adatta a fare l'autrice di gialli. Chissà se andrà meglio come acquerellista?

Finito di stampare
nel mese di aprile 2006
per conto della Adriano Salani Editore S.p.A.
dal Nuovo Istituto d'Arti Grafiche - Bergamo
Printed in Italy